LE VOLEUR DE BROSSES À DENTS

ÉGLANTINE ÉMÉYÉ

LE VOLEUR DE BROSSES À DENTS

Robert Laffont

ISBN 978-2-221-14633-0

À Marie-Christine, Djamila, Céline, Sandrine, Jacques, Olivier et tant d'autres que je ne connais pas, vous êtes admirables, à bout de forces, et pourtant toujours debout. Mon histoire, c'est la vôtre – c'est la nôtre –, et je veux la raconter pour qu'enfin on vous soutienne, vous reconnaisse, pour que vos enfants, mais également vous, ayez une vie aussi digne que possible.

Les choses commencent à bouger, mais c'est si lent.

Si tu pleures, personne ne pleurera avec toi.
Si tu ris, tout le monde rira avec toi.

La nuit

Pour la troisième fois, Samy se réveille en hurlant. Si je le laisse, il est capable de hurler comme ça des heures durant, rien ne le calme. Comme un automate, je me lève, de toute façon je ne dormais pas vraiment, j'étais en veille depuis ses derniers hurlements, il y a deux heures. Je me lève, donc, et je vais dans sa chambre tenter de le calmer. Les yeux fermés, il crie, non, il hurle vraiment, comme s'il était terrorisé, et se frappe, encore et encore. Demain matin, son visage révélera les traces de ses coups, des coups de poing vifs, puissants, donnés de ses petites mains, elles-mêmes très abîmées par ces coups et par les morsures qu'il s'inflige quotidiennement : les tempes violettes, les joues rouges, tuméfiées, les pommettes déformées.

Je suis à côté de lui, j'essaie de lui prendre les mains, mais je sais que cela ne sert à rien. Il lutte, ses mains m'échappent, il est trop rapide. J'essaie de lui parler, pour le réveiller tout à fait, cela marche parfois ; pas cette nuit. Il est déchaîné.

Je finis par le prendre dans mes bras comme je peux, pendant qu'il se débat, pour le mettre dans mon lit, parce que je ne tiens plus debout. Ainsi, je pourrai l'immobiliser plus facilement. Samy a quatre ans, il est costaud, et je n'ai plus la force de le maintenir en lui coinçant les bras et les jambes, comme le fait son grand-père.

Je le pose dans mon lit, toujours hurlant et se frappant, et je m'allonge à ses côtés. Je lui parle doucement, j'essaie de lui attraper les mains, mais il s'agite trop, je n'arrive pas à esquiver ses coups de pied, de poing. Je commence à perdre patience, je m'allonge sur lui, seul moyen de lui bloquer les jambes, tout en lui maintenant les mains. Je chante des berceuses, ça ne marche pas mieux : il hurle de plus belle. Je lui donne à boire, il jette le biberon, je me tais, je ne fais rien pendant un quart d'heure, aucun résultat, je le supplie, je le remets dans son lit, je le laisse encore quinze minutes seul, je reviens, je change sa couche, peut-être est-il mouillé, je mets la veilleuse, peut-être a-t-il peur, j'éteins la veilleuse, peut-être la lumière l'empêche-t-elle de dormir, je craque finalement. Je le frappe, je le hais, il me tue, je lui frappe les mains, plusieurs coups successifs, énervés, il s'arrête, interloqué, et me regarde en souriant. Non, il ne me regarde pas, ça je l'ai imaginé, mais il sourit. Comme si mes coups l'avaient calmé.

Je sors de la chambre, je pleure, et lui recommence à crier.

Il est 4 heures du matin, Samy se rendormira plus tard, un peu.

Famille Doux-Dingues

Août 2005. Il est 18 heures environ, c'est l'été, je suis chez mes parents. Depuis quelques jours, je me suis installée chez eux, à Paris, où je dois accoucher. Je suis proche du terme, j'habite à cinquante kilomètres de la maternité et je ne voudrais pas me retrouver en train de perdre les eaux dans la voiture. Je suis en pleine forme. Autant la grossesse de Marco, mon fils aîné, a été éprouvante, j'aurais pu écrire la bible de toutes les pathologies possibles et imaginables auxquelles peuvent être confrontées les futures mamans, autant cette fois, tout va bien. Je suis sereine, aucun trouble ou presque, et pas plus pressée que ça de perdre mon gros ventre. Contrairement à beaucoup de mes amies, les dernières semaines ne me pèsent pas, oui, je ressemble à une baleine, mais ça m'amuse plutôt.

Et puis ce bébé-là, je l'ai déjà prévenu : il a intérêt à bien dormir la nuit, hors de question que je me lève toutes les demi-heures comme pour Marco ! C'est compris, mon petit bout ?

Ta mère en a assez bavé avec ton grand frère, alors pèse sur toi le devoir d'être un bébé parfait !

Je lui parle à travers mon ventre, je lui explique que dans la famille, on a de l'humour, et que lui aussi a intérêt à en avoir.

Alors je tiens à te prévenir, il faut te préparer…

Parce que…

Tu vas débarquer dans une famille de fous, dans laquelle on reste en pyjama toute la journée du dimanche, tu vas avoir sept oncles et tantes, des grands-parents qui te laisseront veiller à leurs côtés devant la télé jusqu'à pas d'heure dès l'âge de quatre ans, qui te feront dormir sur un « couche-partout » au pied de leur lit dès qu'ils t'auront pour les vacances, et te mettront dans leur lit, pour petit déjeuner lové contre eux, avec chacun un bouquin. Toi, tu auras une BD. Avant tes quatre ans, Mamoun se lèvera dès que tu brailleras, te glissera un biberon de lait, un jouet, des gâteaux, un gros bisou (ça, il va y en avoir, on est très câlins…) et elle ira vite se recoucher, elle ne se lève que rarement avant 10 heures. Il va falloir que tu patientes !

Tu entres dans une famille qui fête Noël comme on fête le jour de l'an, tous déguisés, avec un thème différent chaque année, de la musique toute la nuit, le père Noël qui passe, dehors, dans la neige, juste pour faire croire aux enfants qu'il existe vraiment, et eux jouent le jeu, alors qu'ils savent la vérité. Tu verras, même les oncles et tantes font encore semblant d'y croire. Toi aussi tu hurleras son nom lorsque la cloche du rez-de-chaussée retentira et qu'un adulte aura crié : « Le père Noël !!! Viiiite ! Descendez, il est en train de passer, je l'ai vu ! ». Avec tes cousins et ton frère, tu dévaleras les escaliers en courant, vous vous bousculerez, et si vous arrivez à temps, vous pourrez l'apercevoir, qui vous fera signe au loin, dehors...

Toi aussi, tu seras là pendant ces étés où toute la famille tente de se retrouver, et comme on n'a jamais assez de place, tu devras peut-être dormir dans une baignoire dans laquelle on aura mis un matelas, si tu es assez petit, ou quelque part sur le sol, dans un coin du salon, dans un couloir, là où on peut.

Comme nous tous, le dimanche soir, journée sacrée qui consacre le repos, tu auras le droit de manger absolument tout ce que tu voudras. Ce soir-là, on ne fait pas la cuisine. Tu te serviras à volonté dans le frigo, dans les placards. Quand je choisirai de me refaire un super petit déjeuner, que ton frère optera pour des nouilles chinoises déshydratées, toi, tu décideras peut-être de ne te nourrir ce soir-là que de bonbons ou de chocolat. Liberté !

Et puis, je te le dis tout de suite, il va falloir apprendre à jouer aux ambassadeurs, à chanter au karaoké, autre grande tare familiale, à devenir le roi de la chasse au trésor. Comme nous tous, tu devras participer aux grandes chasses aux œufs de Pâques, organisées chaque année par tes grands-parents. Attention, chez nous, il s'agit d'être rapide ! Nous avons droit à un temps limité : la famille se divise en deux groupes, pour deux morceaux de jardin. Le chrono s'enclenche, et hop ! c'est parti pour dix minutes de recherche intensive. Dix minutes plus tard, on échange les bouts de jardin… Et régulièrement, au mois de juin ou de septembre, quand tu joueras dehors, tu tomberas sur un de ces nombreux œufs que ta grand-mère aura oublié de noter sur sa fiche et que l'on retrouve des mois plus tard.

Ah, il va falloir aussi que tu t'habitues aux fameux « tours de service » : nous sommes nombreux, alors quand nous nous retrouvons, ta tante Souris ou ta grand-mère organisent la répartition des tâches : des équipes de deux ou trois, petits et grands mêlés, qui doivent mette la table tel jour, débarrasser, préparer tel ou tel repas, faire les courses, etc.

Tu devras jouer dans les clips improvisés par Souris, participer aux olympiades familiales, à nos concours culinaires…

Enfin, prépare-toi à supporter ton grand-père, jamais à court d'idées loufoques, toujours contrariées par Mamoun. Papoun est capable de dénicher une table de roulette d'un casino, et de la rapporter chez nous. Pas de place ? Pas grave, elle remplacera la table à manger, on est si nombreux ! Difficile de se passer le sel, tellement elle est grande ? Encore une fois, pas grave, il vous dit ! Il n'y a qu'à installer le circuit de voitures d'un des enfants, et on jouera de la télécommande à table pour se passer les plats ! Voilà le genre d'invention qui fait la joie des petits et rend hystérique ta Mamoun.

Et il faudra que tu sois sportif ! Pas le choix, chez nous, c'est trampoline obligatoire, volley-ball, natation, ski, tyrolienne et j'en passe. Personne n'a peur de l'eau, personne n'a le vertige, on fonce !

Alors bienvenue, mon amour ! Je t'aime déjà, et je te promets la vie la plus folle, la plus douce, la plus compliquée, et la plus palpitante qui soit ! La vie, quoi…

Bonne étoile

Il est donc 18 heures, ce 5 août 2005, et je ressens les premières contractions. Mais je doute, alors j'attends. Et j'attends encore. À 2 heures du matin, je suis devant « Chasse et Pêche » à la télé, ce qui me fait réaliser brusquement que ce n'est pas tout à fait normal, pas mon genre, et qu'il est peut-être temps d'y aller, non ? Nous partons, ton père, ta tante, ta grand-mère et moi, à la clinique. Un peu plus tard dans la nuit, une autre tante et ton futur parrain nous rejoignent. Une naissance, pour moi, c'est une fête qui se vit à plusieurs. Le papa et moi, en tête à tête ou presque, dans la chambre d'hôpital, prêts à vivre intimement chaque moment de cette naissance, et le reste de la famille, dans une pièce, pas loin, se réjouissant avec nous, le moment venu.

Vers 6 heures du matin, tu viens au monde, et tout va bien. Je n'ai pas souffert, la péridurale n'a pas fait son effet, mais j'ai tenu, je n'ai pas trouvé ça si difficile et je suis drôlement fière de moi. Et de toi ! Tu es absolument magnifique, le teint bronzé, les yeux en amande, les traits fins, un vrai bébé de l'été !

Et toi non plus tu n'as pas crié… La sage-femme a dit que tes premiers sons tenaient plus des gémissements que des cris, son ton semblait un peu soucieux, mais tout à mon bonheur, je n'y prends pas garde, je le mets dans un coin de ma tête, et je l'y laisse.

On t'emmène, loin de moi, prendre ton premier bain. Ton papa te suit. Pendant que je vous attends, je me sens un peu seule, vidée… mais tu reviens vite. Dans une couveuse, ce que je trouve triste. Enfermé dans une bulle de verre. Si j'avais su combien cette bulle était emblématique de ce que tu allais être, combien ce mot, « bulle », reviendrait souvent pour parler de toi… Mais, à cet instant, je ne sais rien de ce que nous allons vivre toi et moi, je te regarde, émerveillée par ta beauté, heureuse de cette naissance que j'ai trouvée si gaie, si facile.

Et je chante, penchée vers toi, tout doucement, ta première berceuse. Peut-être la reconnais-tu, je te la chantais déjà quand tu étais encore dans mon ventre. Je fredonne, en souriant, tu as les yeux clos, l'air apaisé. J'aime imaginer que c'est le son de ma voix qui t'apaise ainsi.

Puis je me rallonge, je suis quand même un peu fatiguée, un peu dans les vapes.

C'est à ce moment que revient la sage-femme. Elle nous regarde. En une seconde, l'air dans la pièce se transforme, devient électrique. Elle réagit à toute vitesse, appuie sur une sonnette, tout en appelant à l'aide. Le bébé est tout bleu, il s'est endormi, en « oubliant » de respirer, vite !

Infirmière, pédiatre, sage-femme, aide-soignante… la petite chambre si calme une minute plus tôt est soudain envahie. Je ne me souviens plus combien de personnes accourent. Ton papa est revenu lui aussi, il a entendu tout ce remue-ménage et s'est précipité, il me tient la main pendant qu'on te sort de la couveuse, te pose sur une table et te place un masque sur le visage. Un de ces masques prolongés d'un ballon sur lequel on appuie, puis relâche, pour faire passer l'air. Un de ces ballons que j'ai vus cent fois dans la série « Urgences ». À tel point que je n'y crois pas. Cette situation n'est pas réelle, c'est comme un film que je regarde, ce n'est pas moi, ce n'est pas mon bébé.

Seul le regard de ton papa m'interpelle un peu. Lui a l'air moins rassuré que moi. Moi, je me répète que tout va bien. À peine un léger pincement au cœur, qui me souffle que, quand même, il ne faudrait pas que cette situation s'éternise.

Et effectivement tout va bien. Ou en tout cas mieux. L'équipe qui s'agitait frénétiquement un instant plus tôt semble se détendre, « ça y est, il respire », je vois tous ces gens s'éloigner de mon bébé, le pédiatre me le dépose dans les bras, me confirme que c'est passé, c'était juste un mauvais moment.

Je le savais que ce n'était rien. J'ai confiance en mon bébé. Dans ma famille, il n'arrive jamais rien de grave. C'est comme ça, nous avons une chance insolente. Tout le monde se remet très bien des accidents de voiture, des méningites ou des infarctus. J'ai toujours pensé que nous avions une sorte de bonne étoile au-dessus de nous. Et puis mes parents ont eu huit enfants, qu'ils ont trimballés partout dans le monde, avec parfois un total mépris du danger, des tout-petits sachant à peine nager pour de longs week-ends en bateau, ou encore tous entassés dans une seule voiture, sans la moindre ceinture de sécurité, comme c'était souvent le cas à l'époque.

Alors pourquoi t'arriverait-il quelque chose à toi, dernier-né de cette famille ? Aucune raison.

Le pédiatre décide quand même de nous envoyer toi et moi à l'IPP, l'Institut de puériculture de Paris, dans un service de néonatalité. Nous allons y passer quelques jours, pour être sûrs que tu vas bien avant de te laisser vivre tes débuts dans la vie avec moi.

Malgré les examens, on ne trouve rien. Rassurés, les médecins te laissent sortir, avec une visite de contrôle prévue une fois par mois. Il faut dire que j'ai beaucoup insisté. Tu as l'air très bien, un beau bébé qui dort beaucoup, très calme, qui chouine juste assez pour faire savoir qu'il a faim.

Je te trouve vraiment parfait. Parfois je remue la tétine dans ta bouche, pour jouer, je fais semblant de te la retirer, et, tout d'un coup, un merveilleux sourire se dessine sur ton visage, je suis fière, tu sembles déjà faire preuve d'un bel humour !

Mais la plupart du temps, tu ne fais rien.

Poupée de chiffon

Tu as trois mois, et tu n'es qu'une poupée de chiffon, toute molle. Tu ne tiens toujours pas ta tête. Quand j'essaie de t'asseoir, les fesses sur mes genoux, ma main soutenant ton ventre, tout ton corps s'affale. Aucun tonus. Je l'ai déjà signalé au pédiatre, qui n'a pas l'air de s'en préoccuper. Il faut attendre, il paraît que je suis trop impatiente.

Ou trop inquiète. Trop inquiète, vraiment ? Quelques semaines après notre retour à la maison, tu fais ce qu'on appelle une sténose du pylore. Tu régurgites tout ce que tu avales, parce que le conduit entre ton estomac et ton intestin est bouché. Banal, mais il faut opérer d'urgence.

Retour à l'hôpital, donc… tu y restes une semaine, et on repart, définitivement, vais-je croire.

Cette courte hospitalisation va avoir des conséquences assez dramatiques. Chaque fois que je fais part de mes préoccupations à ton sujet, le pédiatre fait le lien avec celle-ci : « Il a mal démarré, certes, mais laissez-lui du temps maintenant. Arrêtez de vous inquiéter… »

Je ne suis pas une maman particulièrement angoissée ! Ce n'est pas moi le problème, c'est Samy ! Vous ne voyez pas qu'il ne bouge quasiment pas ? qu'il ne regarde rien ? Eh non, arrêtez de me dire qu'il me regarde, je ne le sens pas ce regard. Oui, il a les yeux tournés vers moi, mais son regard est ailleurs, vide.

Tu as quatre mois, et tu continues de ne rien faire. Jamais tu n'attrapes les petits jouets suspendus au-dessus de ton hamac, jamais tu ne cries, et ta tête, si elle n'est pas soutenue, retombe toujours sur ton menton. Tes bras, inertes, ne se lèvent jamais.

Lors de la dernière entrevue à l'IPP, le médecin écrit sur ton carnet de santé que tout va bien, que ton développement est en harmonie avec ton âge. C'est à n'y rien comprendre. D'abord, j'ai envie d'y croire, alors je me rassure. Mais quand je lis en détail ce compte rendu, de retour à la maison, je me mets en colère : elle a écrit que tu tenais ta tête, que tu suivais bien du regard ! Ce n'est pas possible, personne ne sait faire la différence entre un regard absent et un véritable échange visuel ?

Je commence à m'inquiéter sérieusement. D'autant plus que tes grands-parents, qui ne mâchent pas leurs mots, font des remarques qui m'interpellent, et me blessent : « Tu ne crois pas que si je le prenais plus souvent à Paris, il serait plus sollicité qu'à la campagne ? Il manque peut-être de stimulations, c'est trop calme chez toi… », me suggère ma mère. « Il est vraiment mignon, un peu lent, un peu mollasson, mais vraiment mignon », martèle mon père, tout sourire.

Mon cœur se fendille doucement, un petit nœud à l'estomac s'installe progressivement, qui n'a pas l'air de vouloir partir.

Mais que se passe-t-il, Samy ? Pourquoi ne réagis-tu pas comme Marco au même âge ? Et pourquoi tous les médecins répètent-ils que tu vas bien, alors qu'au fond de moi je n'arrive pas à les croire ?

Tu as six mois, et tu traînes un rhume depuis un moment déjà. Un banal rhume de rien du tout. Sauf que tu n'as aucun réflexe de toux, et que tu n'en guéris pas. Mon bébé est tout mou, les yeux humides, un peu rouges, le regard terne. Je cours les médecins. Chaque fois, la même réponse : « Ce n'est qu'un rhume, madame ! Un peu de sérum physiologique, un peu de patience, et tout rentrera dans l'ordre. » Et comme la fièvre que tu as parfois ne dure pas, le médecin refuse de te donner des médicaments. Je finis par aller de mon propre chef chez un kiné pour des séances qui devraient t'aider à évacuer tout ce qui encombre tes bronches. Le kiné, lui, ne te trouve pas bien du tout : « Je n'ai jamais vu un bébé aussi mou, ce n'est pas normal. »

Non, ce n'est pas normal, je suis bien d'accord, monsieur, mais je fais quoi ?

Lasse, un jour où tu sembles encore plus épuisé que d'habitude, je t'emmène à Necker, aux urgences. L'interne de garde me renvoie brusquement : « À quoi jouez-vous, madame ? Vous ne croyez pas que nous avons ici des cas vraiment urgents à régler ?

Votre bébé n'a pas de fièvre, et je vois sur son carnet de santé que vous l'emmenez quasiment toutes les semaines chez le pédiatre, c'est ridicule ! Il n'a pas de fièvre, il va s'en sortir tout seul de son rhume ! »

Je repars, humiliée, avec mon bébé dans les bras, dont je soutiens encore la tête, à plus de six mois et demi... ce bébé si mou, si calme, si fatigué qui ne sourit plus jamais, ne crie pas davantage, mais qui va, paraît-il, si bien.

Et puis tu commences à baver beaucoup. Il paraît que ce sont les dents. OK. Mais tu baves vraiment trop. Au point que j'imagine un système pour que tu ne sois pas trempé la nuit, sinon ce fameux rhume ne partira décidément jamais : je te mets sous la tête la partie absorbante d'une couche que j'ai découpée avant. Le matin, elle est pleine... mais tout va bien, ce sont tes dents !

Emma, ta nounou, qui te garde à la maison, ne dit rien, mais je vois bien qu'elle aussi se fait du souci. Elle ne te lâche pas de la journée. Toujours dans ses bras ou dans les miens, tu es collé à nous. Une réaction viscérale de mamans qui refusent de te laisser seul dans un transat de bébé, tellement tu y sembles abandonné, comme une poupée qu'on aurait oubliée là.

Un après-midi, alors qu'Emma te donne le biberon, soudain, elle m'appelle : « Madame ! Madame, venez vite ! » J'accours, le cœur battant, pour te voir, serré contre elle qui te soutient par les fesses, et la tête très légèrement en arrière, relevée, enfin, sans aide. Pour la première fois de ta vie, tu tentes de redresser ta tête ! Nous sommes heureuses, j'ai les larmes aux yeux. Quelle émotion pour un si petit geste ! La réaction d'Emma est tout aussi bouleversante : elle se met à pleurer, silencieusement. Je m'approche et lui demande ce qui se passe. Elle avoue qu'elle est contente de ce progrès de Samy, mais que mon bébé va mal, elle s'inquiète, depuis des mois elle sent que rien n'est normal, elle est sûre que quelque chose cloche.

J'éclate en sanglots. Et nous voilà, toutes les deux, dans les bras l'une de l'autre, à hoqueter, alors que je tente de la rassurer. De me rassurer.

— Je sais Emma. Je suis d'accord avec toi, mais j'espérais que je me trompais. Je vais continuer à l'emmener chez le médecin, on finira bien par en trouver un qui comprendra ce qui se passe.

Le soir, j'en parle avec le papa de Samy. Lui aussi se pose des questions, mais les bébés, ce n'est pas trop sa spécialité, il s'en remet à moi. Et me fait confiance. Si je m'inquiète, c'est qu'il y a une raison.

Le lendemain matin, je décide que cela suffit : je vais prendre rendez-vous avec un médecin qui ne connaît ni Samy et son début de vie difficile, ni moi et mes interrogations. Un regard vierge sera peut-être plus averti.

Le verdict

Je débarque en fin d'après-midi, ce vendredi de février 2006, dans le cabinet du docteur C. À peine entrée, je lui demande si elle peut garder Samy, le temps que j'aille aux toilettes. Je veux que son premier contact avec lui se fasse seule, sans moi.

Quand je reviens dans son bureau, trois minutes plus tard, en une seconde je comprends. Ça y est. C'est l'heure de vérité. Cette femme sait. Je le vois dans son regard. J'ai tant attendu ce moment, et j'en ai tellement peur… Mon Dieu, faites qu'il n'y ait rien de grave. Les bons médicaments et tout ira mieux, je vous en prie ! Elle me parle doucement, trop doucement. Je tremble un peu quand elle me demande de m'asseoir. De prendre Samy dans mes bras. Et de lui dire pourquoi je viens la voir, elle, alors que mon enfant a déjà forcément un pédiatre. Au bord des larmes, je lui dis que je suis inquiète, que je ne comprends pas mon bébé, qui ne réagit que très peu. J'essaie de refouler mes larmes et mon anxiété. Si c'était vraiment grave, elle aurait déjà appelé les urgences, non ?

— Vous avez raison, madame, votre bébé ne va pas bien. Je ne sais pas ce qu'il a, mais je suis d'accord avec vous, il ne va pas bien.

J'éclate en sanglots. J'ai peur. Comment ça, elle ne sait pas ce que Samy a ? Il va donc encore falloir attendre ?

La pédiatre a les larmes aux yeux elle aussi, devant toute cette détresse que je déverse sur elle, là, d'un coup. Comme si des mois et des mois de stress ne demandaient qu'à s'échapper enfin de mon corps.

De sa voix si douce et si calme, elle s'adresse à moi en prenant son téléphone. Elle veut que j'aille voir le plus tôt possible une collègue neurologue, à Necker.

Pendant qu'elle patiente au bout du fil, je repense à cette autre médecin généraliste et homéopathe que je suis allée voir il y a à peine deux mois, quand je cherchais à faire arrêter ce fameux rhume. Lors de la consultation, elle aussi avait tenté de minimiser. Pourtant elle m'avait rappelée chez moi, quelques jours plus tard. Finalement, elle doutait. Elle m'avait conseillé d'aller voir un neurologue, mais avec si peu de conviction que je ne l'avais pas fait. Comment expliquer qu'au moment où quelqu'un, enfin, voulait bien voir ce que je pressentais depuis des mois, j'ai refusé de l'écouter, révoltée à l'idée qu'en un rendez-vous de quelques minutes, mon bébé passe du statut de simple petit garçon enrhumé à celui d'un enfant souffrant de problèmes neurologiques ?

Je crois simplement qu'à ce moment-là, si je cherchais ce qui n'allait pas, je n'étais pas prête à entendre que Samy pouvait avoir quelque chose de grave. Neurologue, pour moi, c'était grave. Le genre de médecin qu'on ne voit que rarement dans une vie, dont on n'entend quasiment jamais parler… sauf cas très particuliers et donc forcément effrayants.

Mais aujourd'hui, dans le cabinet de cette pédiatre, visiblement, je suis prête. J'accepte d'emblée ce « verdict ». Combien de fois me suis-je reproché par la suite de ne pas avoir écouté cette homéopathe ? Je me le reproche encore souvent, comme si ces quelques semaines d'écart avaient pu tout changer. Je ne le saurai jamais.

Pendant ce temps, la pédiatre me prend un rendez-vous. Nous sommes attendus à Necker dans dix jours.

Dix jours ! Comment tenir aussi longtemps ? Un professionnel vient de m'annoncer que mon bébé va mal, qu'il ne sait pas de quoi il souffre, et je dois attendre dix jours pour en savoir plus ?

Ce seront les dix jours les plus longs de ma vie.

Comme un automate

Je sors du cabinet de la pédiatre, avec toi au bout de mon bras dans ton Maxi-Cosi et mon emploi du temps qui me revient à l'esprit. Je dois aller répéter la pièce de théâtre que les animateurs de France Télévisions jouent sous la direction du metteur en scène Francis Perrin.

Cela fait maintenant quelques années que je suis animatrice à France Télévisions. Après mes débuts sur Canal Plus, comme miss météo, j'ai rapidement rejoint le service public, en compagnie de Jérôme Bonaldi, pour y présenter une émission de vulgarisation scientifique. Les occasions de retrouver tous les animateurs sont rares. Finalement, nous ne nous connaissons pas bien. Alors quand Olivier Minne nous a proposé de travailler tous ensemble sur une pièce de théâtre, nous n'avons pas hésité. Et aucun de nous ne le regrette, malgré le jonglage permanent pour accorder nos emplois du temps. D'ailleurs, le spectacle de cette année est une récidive. Après une pièce de théâtre, nous préparons une opérette. Chaque journée de répétition est un pur plaisir, la troupe prend forme, la pièce aussi.

J'avais prévenu Francis : j'ai rendez-vous avec un pédiatre pour Samy, à Paris, et comme j'habite en Seine-et-Marne, je ne vais pas faire l'aller-retour, je vais emmener mon bébé avec moi. Mais pas de soucis, Francis, tu sais, Samy est très calme comme bébé, il ne dérangera personne pendant les répétitions. Quelle drôle de maman je fais ! Inquiète de tes silences, de ton manque de vie, mais en profitant pour t'emmener à mon travail. Comme si, finalement, je conjurais l'éventualité d'une maladie en faisant de tes manques des qualités.

Secouée de sanglots dans ma voiture, je roule, je roule tout doucement sur le périphérique. Je devrais téléphoner, parler à quelqu'un, à ton papa, annuler cette répétition, mais je n'en ai pas la force. Alors je roule, encore. J'ai la tête vide, je ne te vois plus, je ne te regarde pas, je fixe la route, et machinalement, comme un automate, j'arrive à La Plaine-Saint-Denis, où ont lieu les répétitions.

Toujours comme un automate, je te sors de la voiture, tu es tout calme, comme d'habitude, beau, comme toujours, tu es parfait dans ton rôle de bébé parfait.

Je fais un détour par les toilettes, histoire de vérifier que mes yeux ne sont pas trop rouges, mon visage pas trop gonflé par les larmes. Je m'asperge d'eau fraîche, tente de retrouver mes esprits.

Et je rentre dans la grande salle. Quelques animateurs répètent déjà, sous le regard de Francis, concentré à sa table sur les textes et sa mise en scène.

Je te dépose doucement sur le canapé dans le coin, en silence, et je vois les regards admiratifs sur nous. C'est sûr, tu vas faire sensation. À la première pause, tous viennent délicatement t'admirer, le sourire aux lèvres. On me complimente, tout le monde chuchote, alors que deux minutes plus tôt, ces apprentis comédiens déclamaient leur texte haut et fort.

Pourtant je sens derrière moi un autre regard, plus lourd, différent. C'est Francis. Il t'observe attentivement et quelque chose le gêne. Je connais Francis, c'est un homme extrêmement sensible, capable de grandes embrassades, de fous rires, d'élans de tendresse, comme de colères violentes, durant lesquelles il peut jeter les chaises contre le mur juste parce que nous arrivons trop souvent en retard aux répétitions.

Et là, je vois ses yeux qui brillent. Qui brillent trop, attention, Francis, tu vas pleurer, et ça je ne pourrai pas le supporter, je vais craquer s'il te plaît ne fais pas ça, pas maintenant. Je suis venue, je ne peux rien faire de plus pour Samy maintenant de toute façon, je veux y aller, je veux jouer, chanter cette opérette que tu as eu la bonne idée d'accepter de monter, c'est exactement ce dont j'ai besoin à cet instant. Si on me laisse seule avec mon fils, je vais m'écrouler.

Mais Francis ne dit rien, on dirait qu'il a entendu ma prière silencieuse. Il sourit à nouveau, se lève, et nous demande de nous y remettre. Je peux, si je le désire, installer Samy dans la petite pièce à côté, plus calme, mais je préfère le garder là, près de nous, je ne veux plus le laisser seul, livré à cette maladie que je ne connais pas encore.

Durant tout l'après-midi, nous répétons, tous ensemble, souvent gagnés par le fou rire : nous trébuchons, nous loupons des répliques, cherchons nos marques, faisons des essais, nous apprenons des pas de danse, pour lesquels certains d'entre nous se révèlent peu doués. Dans ce travail, à la fois laborieux et ludique, j'oublie ma peine. Régulièrement, je viens te voir, te câliner.

Et puis la répétition se termine. On s'embrasse, on se dit au revoir, tout le monde vient te saluer, louant ton calme.

C'est le moment que choisit Francis pour lâcher avec douceur, la voix tremblante et les larmes aux yeux :

— On dirait mon fils… tu sais, mon petit garçon autiste.

Sables mouvants

Autisme. Quel drôle de mot. Je n'y trouve aucune racine latine qui m'aide à le comprendre spontanément. Pas de référence, rien. Le mot m'a fait peur, aujourd'hui, un peu plus de deux ans après cette première fois où je l'ai entendu, je l'apprivoise, petit à petit, comme j'apprends à t'apprivoiser. T'apprivoiser avant de t'éduquer. Et t'apprivoiser pour pouvoir t'aimer comme n'importe quel enfant.

Être confrontée à cette maladie, c'est comme pénétrer lentement dans des sables mouvants, en entraînant le reste de ma petite famille avec moi : d'abord il y a une chute violente. On tombe d'un coup, et ça fait très mal. Et puis, on continue à chuter, mais on s'enfonce doucement... Ça n'a pas l'air si profond au début, on n'a pas bien conscience de là où on vient de mettre les pieds. Petit à petit, l'environnement devient de plus en plus hostile, et on est engloutis.

Le malaise autour de ce mot est palpable. Les médecins semblent impuissants, voire gênés. Ils observent mon petit Samy, puis s'intéressent à moi :

« Mais et vous ? Comment allez-vous ? Et avec le papa ? et votre fils aîné ? Comment organisez-vous la journée de Samy ? Vous semblez fatiguée, non ? »

Évidemment je suis fatiguée ! Cela fait si longtemps que je n'ai pas dormi plus de trois heures d'affilée. Je me remémore ce que m'a dit une fois un spécialiste du sommeil, sur un plateau de télévision. Jérôme Bonaldi et moi l'interrogions sur la façon dont résistaient les navigateurs. Il nous avait parlé de petites séances de sommeil, courtes mais réparatrices, et régulières dans la journée. Je crois que je fonctionne aujourd'hui un peu sur le même rythme. Parfois, à table le soir, au bureau dans la journée, mon corps répond, ma tête fait oui, ma gorge émet un bref son approbateur, mais je ne suis pas là. Je dors. Ça ne se voit pas, mais je suis absente. Pendant quelques minutes à peine, je suis déconnectée, le temps de récupérer un peu.

Mais quand même ! Je ne rêve que d'une chose : être hospitalisée, pour faire une cure de sommeil. « Cure de sommeil », cette expression tinte à mes oreilles régulièrement, elle surgit dans mon cerveau épuisé, je la trouve vraiment charmante, elle me réjouit, semble pleine de promesses. Mais je sais que ce n'est qu'un songe intime, une façon de m'échapper de la réalité durant quelques minutes. Le jour où j'oserai le formuler, très vite, un peu en blaguant, la pédopsychiatre en face de moi s'empressera de saisir l'occasion, comme si elle avait trouvé là quelque chose d'utile à faire : « C'est vrai ? C'est ça que vous voudriez ? » me demande-t-elle tout d'un coup très intéressée, avec l'air docte de celle qui peut, d'un mot, répondre à ce besoin, forte de son pouvoir médical.

Ma réponse se fait plus hésitante, je me méfie :

— Euh... oui, mais je ne vois pas comment cela serait possible. Qui va garder Samy pendant que je dormirai ?

— Effectivement, ça paraît compliqué.

Et la consultation va s'arrêter là. Rendez-vous est pris pour le mois suivant. Il faut qu'elle revoie Samy régulièrement. Pour faire quoi ? Je ne sais pas vraiment, mais au moins, j'ai un rendez-vous régulier, avec quelqu'un qui m'écoute, et ne semble pas me juger. Plus de deux ans après ce basculement dans le monde de l'autisme, je sais déjà que face aux troubles importants de mon fils, c'est beaucoup. D'autres parents n'ont pas cette chance.

Il semble donc plus facile pour les médecins de s'intéresser à moi qu'à mon fils. L'un deux ne me dira-t-il pas un jour : « Quand je suspecte un autisme, j'hésite à l'annoncer aux parents, parce que je n'ai rien à leur proposer derrière. »

Mais en cet instant où Francis Perrin prononce ce mot pour la première fois devant mon bébé de six mois, comment pourrais-je imaginer tout cela ?

Peau contre peau

— Il faut que je te présente quelqu'un, Églantine. Une personne formidable, qui va t'aider avec Samy, appelle-la de ma part.

Je tombe des nues. Que me racontes-tu, Francis ? Oui, je sais, Samy ne va pas bien, il est malade, je sors d'un rendez-vous avec cette pédiatre qui me l'a confirmé, mais on va voir des médecins, dans dix jours, chercher de quoi il souffre et le soigner. Et toi tu évoques cette étrange maladie qui ne se soigne pas avec des médicaments, je le sais, j'en ai déjà entendu parler, d'ailleurs j'ai une cousine éloignée qui a un enfant autiste. Que je ne connais pas.

Et pourtant, ce que tu vois de Samy te rappelle tellement ton fils au même âge… Je ne sais pas ce que je dois penser : est-ce finalement une bonne ou une mauvaise nouvelle ? Si tu es autiste, cela veut dire que tu ne vas pas mourir, mon amour ! En cela je me sens soulagée, heureuse même. Pour le reste, Francis a l'air optimiste ; d'après lui, aujourd'hui il y a de vraies chances de faire progresser chaque jour un enfant autiste, son fils en est un exemple,

Samy aura un avenir, une vie normale, un métier. Complètement paumée, j'adhère à tout ce qu'il me dit.

Je me doute que cela sera compliqué mais ça me semble faisable, il y a sûrement un chemin un peu balisé pour arriver à tout ça, si c'est d'autisme dont il s'agit, je ne suis plus seule.

Le soir même, je raconte tout à ton papa. Inquiet, il ne comprend pas que ce soit si long d'obtenir ce rendez-vous avec la neurologue. Pragmatique, il veut attendre ce qu'elle dira avant d'imaginer quoi que ce soit, autisme ou autre.

Quant à moi, une fois les petits couchés, je me précipite sur internet. Je cherche la définition de l'autisme, les premiers symptômes. Ce qui m'intéresse pour l'heure, ce n'est pas de savoir quelles en sont les conséquences, tout ce que je veux, c'est savoir si tu l'es ou pas. Beaucoup de similitudes effectivement : absence de regard, corps mou, pas de babillage… mais compte tenu de ton âge, il est difficile de se faire une idée, la plupart des sites parlant d'autisme décelé aux alentours de trois ans. Régression du langage, rituels, manipulation étrange des objets, etc. Visiblement tu es trop petit pour avoir un tel diagnostic.

Retour à la case départ.

Commence alors cette interminable attente de dix jours. Quand tes grands-parents appellent, je fais comme si de rien n'était, et ce n'est pas facile. Je ne veux pas de leur inquiétude, elle m'abattrait.

Mais je sens bien qu'ils se posent des questions. Le week-end suivant, à huit jours du rendez-vous, ils débarquent à l'improviste à la maison. C'est la catastrophe ! Je ne veux pas qu'ils te voient, ton état s'est aggravé, il est désormais visible que tu vas très mal. Tu as les yeux rouges, une expression de détresse sur le visage, tu baves de plus en plus, et tu n'as plus la moindre force. Te nourrir devient difficile : quand je mets le biberon dans ta bouche, tu ne réagis plus. Tu ne têtes plus. Je profite du moindre réflexe de succion pour te donner un peu de lait. Alors je t'observe en permanence, pour ne pas rater ce réflexe. C'est terrible. Je me sens tellement inutile.

Et Papoun et Mamoun arrivent au milieu de tout ce stress, alors que ma petite famille s'est recluse dans notre maison, loin de l'agitation de la ville... Tel un ouragan, fidèles à eux-mêmes, pleins d'une vitalité qui me rassure normalement, que j'aime depuis toujours, mais qui me dérange, là, maintenant. Mais je ne peux pas ne pas les accueillir, les inviter à déjeuner. Alors je te cache dans ta chambre. Oui, je te cache. J'annonce que tu dors, depuis à peine quelques minutes, qu'il ne faut surtout pas te déranger. Papoun et Mamoun se rabattent sur ton grand frère, ravi de cette occasion. Il sent bien la passion de sa grand-mère pour ce nouveau-né et n'est pas peu fier de pouvoir capter toute leur attention.

Nous déjeunons, nous prenons le café, et je regarde discrètement ma montre, impatiente qu'ils s'en aillent. Mais ils traînent, et je sens que ma mère n'a qu'une envie, que tu te réveilles, pour embrasser tes jolies joues, respirer ton odeur de beau bébé. Ton papa m'aide un peu à les pousser dehors, ils ont encore de la route pour rentrer chez eux, ils n'ont fait qu'une halte chez nous, il ne faudrait pas tarder, non ? Non, ils ne sont pas pressés.

Il n'y a rien à faire, c'est l'heure de ton goûter, et je suis bien obligée de te ramener au salon. J'ai beau dire que c'est moi qui t'ai réveillé pour embrasser tes grands-parents, que tu es tout ensommeillé, et enrhumé, d'où ta mine flapie, je vois bien qu'ils ne sont pas dupes…

On ne trompe pas des gens qui ont eu huit enfants. Mais ils ne disent rien et, après t'avoir câliné, s'en vont, enfin.

Le soir, je me blottis contre ton papa, et pleure, longuement. Je pleure et je pleure encore, le corps agité de soubresauts, je n'en peux plus de pleurer d'angoisse, il faut que je sache… que le temps est long d'ici à la date du rendez-vous ! Je sens ton papa désemparé, il ne sait pas quoi faire, ni quoi dire pour me consoler, alors il se contente de me prendre dans ses bras. Déjà, malgré nous, malgré lui, une distance s'est installée, sans que nous en ayons conscience. Encore une fois, je le sens malheureux, il n'aime pas que sa femme souffre, il en est triste, mais cette tristesse me concerne moi davantage que son enfant, endormi dans le petit berceau à côté de nous, qui va si mal. Même là, dans ses bras, je me sens plus seule que jamais.

La semaine qui va suivre, je n'en ai que peu de souvenirs. Je sais seulement que je te garde le plus possible avec moi, et même contre moi. J'espère que mon odeur, la chaleur de ma peau, les battements de mon cœur vont te « réveiller ». Je te garde toute la nuit près de moi, je me réveille pour te regarder dormir, pour être prête à te nourrir au moindre gémissement. Je te change régulièrement, tu baves toujours autant, et même plus. Je te masse, je te caresse, je te touche pour que tu me sentes. Je n'en peux déjà plus de ton absence. Et de cette angoisse. Mon bébé ne vit pas vraiment, il n'est pas avec moi, il n'est pas là.

J'évite d'aller à Paris, je ne veux pas travailler. Je gère les choses par téléphone. C'est facile pour une animatrice, tant que je n'ai pas de tournages, je peux préparer mes émissions à la maison. Travailler sur mon ordinateur tout en te gardant collé à moi.

Forcing

Le jour J arrive enfin. Nous allons rencontrer cette fameuse neurologue. Se doute-t-elle des sentiments qui m'animent à son égard ? de l'importance qu'elle a prise dans ma vie depuis quelques jours, elle que je n'ai encore jamais vue, dont je connais seulement le nom ?

Nous sommes arrivés tôt à Paris ce matin, toi et moi. Je ne pouvais plus repousser certains rendez-vous. Et comme je ne pouvais me résoudre à te laisser chez tes grands-parents, j'ai fait appel à Joëlle, la mère de mon amie Sido. Je t'ai déposé chez elle, le temps d'aller travailler, et je suis vite revenue. Joëlle m'a d'ailleurs dit quelque chose de curieux quand elle m'a ouvert la porte. N'étais-tu pas en train de faire des crises d'épilepsie ? Bizarre… c'était la première fois qu'on me parlait d'épilepsie à ton sujet, et cela sortait de la bouche d'une maman. Pas d'un médecin, juste une maman, mère au foyer. Qui avait pris la peine de s'occuper de toi toute une matinée, de t'observer.

Et qui avait dû te changer plusieurs fois tellement tu bavais.

J'ai hoché la tête, dubitative, je l'ai remerciée chaleureusement, en me disant que les médecins me diraient bien ce qu'il en était. Et nous avons rejoint ton papa, qui nous attendait devant l'entrée de l'hôpital.

Quelques instants plus tard, nous entrons enfin dans le petit bureau de consultation de celle qui va t'accompagner plusieurs années, Mme B., neurologue à Necker.

Je suis fébrile, impatiente. Mais je ne sais pas pourquoi, je m'entends lui expliquer, alors qu'elle t'ausculte, que tu n'es pas dans ton état normal aujourd'hui. Que si tu as l'air si fatigué, c'est que tu n'as pas fait ta sieste ce matin, oui, tu as les yeux rouges, et tu es un peu mou, mais tu es vraiment très fatigué. Et puis on a fait de la route, je t'ai réveillé… Pourquoi me suis-je mise à « justifier » ta fatigue ? Pourquoi ai-je voulu faire croire, à ce moment-là, que tu n'étais pas comme d'habitude ? Que ce petit bonhomme tout mou qu'elle voyait pour la première fois était normalement un peu plus vif ? Pas vraiment éveillé, mais un peu plus vif, je vous assure, madame.

Face à celle qui me semblait avoir un pouvoir immense sur ma vie, sur ta vie, je minimisais. J'avais sans doute trop peur.

Je me souviens qu'ensuite, alors qu'elle te manipulait encore, ton père et moi sommes restés silencieux. Nous attendions.

Et ce qui ne devait pas arriver, ne pouvait plus arriver après ces dix jours, arriva.

— Écoutez, je préférerais le revoir. Je ne suis pas sûre, vous me dites qu'il est particulièrement fatigué aujourd'hui, il vaut mieux que je le revoie.

— Quand ?

— Prenez rendez-vous, on verra.

— Pardon ? Mais non, je ne peux pas reprendre rendez-vous ! Il faut le revoir ce soir, ou demain matin si vous voulez, mais pas plus tard que ça !

— Demain ce sera impossible. De toute façon je dois partir, j'ai un déplacement en province, il faudra revenir dans une dizaine de jours.

Je suis hébétée. Pendant quelques secondes, je suis perdue, et ton papa ne dit rien. Mais il comprend que ça ne va pas du tout, que toi et moi on ne tiendra pas si longtemps. Il demande :

— Vous ne pouvez pas faire quelque chose ? Vous voyez bien que Samy ne va pas bien. La pédiatre le dit aussi. Il y a peut-être une urgence, enfin !

— Non, je ne pense pas. Dans dix jours, ça ira.

Là, je réagis, j'ai retrouvé mes forces, ça suffit comme ça, je veux qu'on s'occupe de mon fils !

— Écoutez-moi ! Je ne repartirai pas d'ici avec mon fils. Je resterai autant que nécessaire, jusqu'à ce que quelqu'un accepte de le voir, de faire des examens complémentaires s'il le faut, mais Samy et moi, on ne bougera pas d'ici. Je n'arrive déjà presque plus à le nourrir, il est hors de question que j'attende dix jours de plus. Maintenant qu'on est là, on reste.

Devant ma détermination ton papa en rajoute, de sa voix ferme et grave :

— Madame, c'est clair, nous ne bougerons pas d'ici.

Le docteur B. est embêtée. Nous l'avons visiblement ébranlée. Finalement elle propose de la retrouver le lendemain matin directement à l'étage où se pratiquent les EEG (électroencéphalogrammes), à 10 heures. Elle me dit qu'elle n'est pas sûre, qu'elle veut vérifier quelque chose grâce à cet examen.

Je vois bien qu'elle vient de faire un geste, et qu'il n'y a pas d'autre solution immédiate. Nous nous résignons et acceptons de repartir avec Samy, prêts à revenir le lendemain à la première heure. Cela veut dire qu'il faut que nous retournions en Seine-et-Marne, des kilomètres encore, pour refaire le même trajet dans l'autre sens demainà l'aube. Alors que tu es si mal en point.

Mais nous n'avons pas le choix.

Van Gogh et Jeanne d'Arc

Le lendemain matin, ton père ne peut pas nous accompagner, nous venons donc seuls, toi et moi, à ce nouveau rendez-vous. Je n'ai encore rien dit à tes grands-parents, je ne veux pas avoir à supporter leurs éventuelles réactions face à une annonce difficile à entendre. Et d'ailleurs, à cette heure, je n'ai encore rien à leur dire.

Nous sommes accueillis par une infirmière, qui me demande de bien te maintenir éveillé, parce qu'elle aura besoin que tu dormes pendant l'examen. Il s'agit de t'épuiser avant.

T'épuiser ? Mais comment ? Je ne peux pas faire grand-chose, tu ne joues jamais. Alors nous attendons. Et je laisse mon regard errer dans la salle d'attente. Deux autres enfants patientent avec leurs parents. Ils ont l'air d'avoir l'habitude. Les deux enfants jouent, il y a des tas de jeux, de livres, disposés çà et là. L'un d'eux paraît un peu « différent ». Il doit avoir à peu près sept ou huit ans, il ne parle pas, je n'entendrai pas une seule fois le son de sa voix, malgré les longues minutes d'attente. Il y a aussi des affiches punaisées aux murs, qui parlent de l'épilepsie. Est-ce donc pour cette étrange maladie que nous devons faire cet examen ? Le docteur B. ne m'en a rien dit.

N'ayant rien d'autre à faire, je les lis toutes. Elles égrènent les règles à suivre quand on est touché. Ne pas boire d'alcool, ne pas aller nager seul, éviter de trop grandes fatigues… Et elles rappellent les noms des épileptiques célèbres : Vincent Van Gogh, Albert Einstein, Gustave Flaubert, et même Jeanne d'Arc ! C'est plutôt rassurant, il me semble.

Enfin, on nous invite à entrer dans une petite pièce.

Tu as sept mois, et j'espère qu'à l'issue de cet examen, je saurai enfin qui tu es, ce que tu as.

On t'allonge sur un lit d'hôpital. Deux techniciennes sont là pour toi. Ces dames sont posées, souriantes, elles te regardent gentiment. Leur calme achève de me rassurer. Tout cela n'a pas l'air bien inquiétant. Elles m'expliquent les électrodes à placer sur ta tête, cela prend du temps, il faut chaque fois déposer une sorte de petite colle sur ton crâne, entre les cheveux, puis fixer l'électrode, il y en a beaucoup, elles me montrent la large ceinture qui va te maintenir solidement attaché au lit, tu ne dois pas bouger du tout. De toute façon tu ne te débats pas, bien trop épuisé par cette fatigue permanente qui t'a envahi. Quand tout est prêt, elles mettent une musique douce, tirent les rideaux et chuchotent, m'indiquant la chaise sur laquelle m'installer, à quelques pas de toi. Tu t'endors très vite. Une caméra enregistre le moindre de tes mouvements, surtout ceux du visage. Sur un écran face aux deux dames défilent des lignes horizontales, qui sursautent parfois. Je ne sais pas les lire, je n'essaie pas d'interpréter quoi que ce soit, je te livre à ces professionnelles qui enfin ont accepté de s'occuper de toi, alors j'attends, silencieuse. C'est long.

Enfin, une bonne heure plus tard, on te détache, on te réveille.

Et nous retournons dans la salle d'attente.

Après un moment, je vois le docteur B. venir vers moi. Elle n'a pas l'air inquiète. Tant mieux ! Elle m'explique que l'EEG ne montre a priori rien de particulier, qu'elle a voulu éloigner un soupçon d'épilepsie (c'était donc bien ça !), et qu'il va falloir chercher encore.

Je ne sais pas si je dois me réjouir ou non. Ce que je comprends, c'est qu'on ne sait toujours pas ce que tu as, et ça j'en ai assez. Je me lève, prête à repartir, mais le docteur B. me demande de bien vouloir patienter encore un peu. Elle n'a jeté qu'un rapide coup d'œil à l'EEG, elle doit l'étudier plus en détail.

Je me rassieds.

Court-circuit

Alors que je me demande quelle sera la prochaine étape, que je pense à notre retour à la maison, à la façon dont je vais réussir à te nourrir, le docteur B. resurgit brusquement dans la salle d'attente. En quelques secondes, la situation a complètement changé.

Tu dois être hospitalisé de toute urgence, tu es en état de mal épileptique, c'est-à-dire que ton cerveau est en court-circuit permanent, il ne s'offre aucune pause entre deux crises d'épilepsie, c'est pour cela qu'à la première lecture tout paraissait normal. Les courbes étaient régulières, mais régulières de tout un tas d'irrégularités récurrentes.

C'est le branle-bas de combat. Le service de neurologie est complet, mais ton cas ne peut pas attendre, ils vont devoir demander le transfert ailleurs d'un autre enfant, pour te prendre en urgence.

C'était donc ça ! Tu es là, tout fragile dans mes bras, ton regard ne se pose sur rien, tu sembles absent, et je comprends que ton cerveau souffre.

Et toi ? As-tu mal ? On me dit que non. Les crises épuisent, angoissent, mais ne font pas mal.

Je me fissure doucement de l'intérieur. Comme si tout ce que je retenais voulait s'échapper enfin, là, maintenant. Je pleure et je pleure, sans pouvoir parler, ni m'arrêter. Mes larmes glissent le long de mon visage, et poursuivent leur chemin sur ton petit corps, que j'ai à nouveau contre moi. Elles achèvent de te tremper, toi déjà tout mouillé de ta salive que tu n'es plus capable d'avaler depuis trop longtemps.

Pendant que le docteur B. passe des coups de fil pour que tu sois pris en charge immédiatement, un autre médecin vient me voir. Elle me demande de téléphoner à quelqu'un qui pourrait venir me chercher, m'aider. Je réponds que le papa est loin. Il ne pourra pas venir tout de suite.

— Appelez vos parents, une amie, il vous faut quelqu'un.

Elle a raison, mais son insistance m'inquiète. Parce que je pleure, oui, mais de soulagement. Mes larmes déversent des mois et des mois d'inquiétude. Moi, j'ai l'impression de me laver de tout ce stress accumulé, alors pourquoi aurais-je besoin d'aide ?

Enfin on sait ce que mon bébé a ! Enfin on va s'en occuper ! Enfin, il va guérir, j'ai lu toutes vos affiches, là, sur les murs, cela n'a pas l'air si grave l'épilepsie. Des médicaments, des précautions à respecter et c'est tout, non ?

Je continue de pleurer.

— Appelez une amie, ne restez pas dans cet état.

Je téléphone d'abord à ton père. Je lui explique la situation. Au téléphone, c'est tellement difficile !

Je ne perçois pas l'intensité de son inquiétude, il est fidèle à lui-même. Ton papa ne se plaint jamais, affronte la vie et ses difficultés seul, la tête haute, comme si tout allait toujours bien. Mais il me rassure, me rejoindra le plus vite possible ce soir, dès qu'il aura récupéré Marco à la sortie de la maternelle. Nous décidons de laisser ce dernier à la maison avec Emma, notre nounou. Moi, je resterai dormir à Paris, à l'hôpital.

Quand nous avons raccroché, je me résous à appeler mon amie Sido. Je serai là dans une heure, promet-elle. Finalement, parler à une amie, doublement concernée, parce que médecin de métier, ne peut que me faire du bien.

Le temps qu'elle arrive, on a installé Samy dans une chambre. Une grande chambre, avec quatre autres enfants. Le lit de Samy est juste à gauche de l'entrée. Mon bébé est là, tout petit dans ce grand lit à barreaux, sous perfusion d'un médicament appelé Rivotril, qui devrait arrêter les crises. J'en constate tout de suite les effets : c'est incroyable, mais mon fils, qui avait toujours cet air épuisé, somnolent, semble déjà revivre. Je ne sais même pas si je peux utiliser ce mot, tant j'ai l'impression qu'il n'a jamais vraiment vécu jusqu'ici. Depuis quelques minutes, son visage est plus détendu, son expression plus animée, il a l'air plus vivant, moins passif que d'habitude. Je suis rassurée, les médecins le semblent aussi, Sido me tient compagnie encore un peu. Elle me force à la suivre à la cafétéria de l'hôpital, pour prendre un thé, lui raconter.

Sido, quand il s'agit de santé, redevient le médecin qu'elle est, ne laisse rien paraître de ses inquiétudes, impossible de me fier à son expression ou à ses paroles. Avec le recul, je ne me souviens pas, en effet, qu'elle ait tenté de me rassurer vraiment. Sans doute m'a-t-elle dit, comme je le pensais, que c'était bien qu'on ait pu mettre un mot sur les problèmes de Samy. Que je devais faire confiance à l'hôpital. Mais elle n'est pas neurologue, et même si elle s'inquiète, se doute que ce ne sera pas si simple que je l'imaginais alors, elle a choisi de ne rien m'en dire.

Puis, tandis qu'elle retourne dans son hôpital à elle, celui où elle travaille, je reviens auprès de Samy, avant de suivre le dernier conseil qu'elle m'a donné en partant : prévenir, enfin, mes parents.

Je redoute leur réaction, mais je me sens prête à l'affronter.

Je leur téléphone donc.

— Allô ? Maman ?... Oui, c'est moi, Églantine. Écoute, est-ce que je peux vous voir, papa et toi ?... Non, maintenant... Non, ça ne peut pas vraiment attendre, il faut que je vous parle.

Je sais que ces mots vont inquiéter ma mère, mais elle ne semble pas saisir la situation, et m'explique que papa a déjà un déjeuner, qu'on peut se voir demain. Il faut qu'il l'annule, je ne veux rien lui dire par téléphone. Je sais que maman va être affectée par la maladie de Samy. Elle a toujours été très mère poule, et ne l'est pas moins avec ses petits-enfants, surtout quand ils sont encore bébés, un âge qu'elle adore littéralement.

J'insiste donc pour leur donner rendez-vous une heure plus tard, dans un restaurant situé à deux minutes de Necker. Ils ne savent pas encore que ce n'est pas un hasard.

— Voilà, Samy est malade. Très malade.

Je n'ai pas le temps de poursuivre que ma mère s'exclame :

— J'en étais sûre !

C'est tout elle, ça. Pendant une seconde, je ne sais pas si je dois me sentir blessée ou énervée.

Mes parents sont les personnes à la fois les plus insupportables et les plus épatantes qui soient. Comme tous les parents, je suppose. Insupportables, parce qu'ils peuvent être envahissants, parce que leurs réactions me heurtent parfois, comme celle-ci que je juge inappropriée, mais épatants parce que dans les pires moments de la vie, ils ne baissent jamais les bras, et se révèlent chaque fois forts, endurants, positivement fatalistes. OK, ce sont des choses qui arrivent, tant pis, on va faire avec, pourrait être leur devise.

J'enchaîne :

— Samy est là, à Necker, il est hospitalisé. Il fait de l'épilepsie.

Et je leur explique tout. Les dernières semaines, les derniers rendez-vous médicaux, l'EEG.

Ils me posent des questions, veulent le voir, proposent de me relayer à son chevet (l'hôpital me demande de passer la nuit à ses côtés, pour noter la moindre de ses réactions, qu'ils compareront ensuite à ce que la caméra leur montrera, et aux courbes des EEG, qu'ils continuent de suivre). Mes sœurs se joindront à nous dans la soirée. Ma famille me soutient. Mes sœurs, mon père vont me relayer la nuit, pour que je dorme un peu, ma mère viendra me tenir compagnie dans la journée.

Une série de longues nuits commence, et je ne le sais pas encore.

Distance

Je me sens seule. Je sens que ton père est plus sensible à ma peine qu'à tes douleurs. J'espère que tout ça, un jour, tu ne le verras plus. Mes pleurs, mes doutes, la distance qui s'installe entre ton papa et moi. J'espère que tu ne sauras jamais quels combats on a menés pour toi. Tu ne nous remercieras pas, comme un adulte normal qui a grandi auprès de parents qui ont fait leur devoir de parents, et c'est tant mieux.

Comptines

Tu es à l'hôpital depuis quelques jours déjà. Le Rivotril coule dans tes veines, et tu vas mieux. Amorphe, tu dors beaucoup, mais je sens ton regard qui se pose, la vie qui revient.

Pourtant, tout n'est pas résolu. La neurologue, qui m'écoute enfin longuement, suspecte autre chose que de simples crises d'épilepsie. À m'entendre raconter tes premiers mois, elle se dit qu'il y a quelque chose que personne n'a vu, qui a échappé à tous. Elle m'avoue en avoir parlé lors des échanges entre médecins, les « staffs », comme ils disent. Le cas de Samy questionne. Elle va demander des examens complémentaires. Un scanner pour commencer. J'acquiesce, mais je m'en fiche un peu. Tu es soigné, tu vas mieux, le passé n'a plus d'importance. S'ils veulent s'intéresser maintenant à ce que j'expliquais à tous durant les derniers mois, c'est leur affaire.

Je retourne dans ta chambre. Tu es si mignon, endormi, le visage apaisé, tu ne baves plus, enfin. Quand tu ouvres les yeux, tu n'as plus ce regard vide et désespéré à la fois des mois précédents. Je te dis bonjour en chuchotant. « Coucou mon amour... C'est maman... Je suis là. Tu vas bien ? »

Tu ne bouges pas, alors comme chaque fois, je pose mes affaires, j'enlève mon manteau, mon pull, et je te prends dans mes bras, petit trésor si fragile. Je m'assieds sur le confortable fauteuil mis à ma disposition à côté de ton lit. Et tout doucement, je soulève ton body, je déboutonne un peu ma chemise, et je te colle à ma peau, espérant ainsi te transmettre un peu de ma chaleur, de ma vie. Je veux que tu saches que je suis là pour toi, que je suis ta mère, n'étant pas tout à faire sûre de ce que tu sais.

Je chante, je murmure des comptines, des mots doux que je t'invente, tout en te caressant le dos, la tête. Je te raconte, en chantant toujours, ma journée, celle de Marco, celle du reste de la famille. Te parler en chantant, c'est ce que je ferai ensuite souvent. J'ai remarqué que tu aimais ça.

C'est ainsi que nous passons la plus grande partie de tes séjours successifs à l'hôpital. De temps en temps, je te laisse aux bons soins des « femmes en rose », ces bénévoles qui viennent soulager les parents. Une de ces charmantes femmes te prend à son tour, et je vais à la cafétéria me détendre un peu.

Je remonte te voir, te donner un biberon, et je repars travailler.

Et puis un soir, en revenant te bercer avant ta nuit, alors que je pénètre à peine dans le couloir du service, de chaque côté duquel se trouvent les chambres, je vois à l'autre bout un des médecins accourir vers moi, une grosse enveloppe marron à la main, qu'elle tient haut, tel un trophée.

— Madame ! s'exclame-t-elle d'un ton presque joyeux. Elle se contient, mais je la sens tout excitée. Ça y est ! Nous avons les résultats du scanner. C'est incroyable !

Elle me fait entrer dans la petite salle sur notre gauche, réservée aux familles pour faire déjeuner les enfants qui peuvent manger assis, les faire jouer. Elle m'invite à m'asseoir sur les petites chaises de cantine, autour des tables qui m'arrivent à peine aux genoux. Autour de nous, des tapis colorés, des boîtes emplies de jouets. Des néons nous éclairent. Il doit être presque 20 heures, le service est calme. La pièce est vide, nous sommes seules.

— Écoutez, c'est très étonnant, vraiment très rare, mais effectivement, il y avait bien autre chose. Votre bébé a fait un AVC. Un accident vasculaire cérébral. Nous ne savons pas quand. Impossible de le dater. Ça a pu arriver il y a quelques semaines, quelques mois, ou même avant, dans votre ventre, pendant la grossesse, c'est possible, quoi qu'il en soit il en reste une trace, on voit nettement sur les images des restes de cette thrombose.

Elle ne parvient pas à cacher son excitation purement scientifique. Ils avaient raison. Il y avait bien autre chose que les crises d'épilepsie. Mais un AVC si jeune ! Ils se sont renseignés, ils n'en ont encore jamais vu à cet âge. C'est rare. Extrêmement rare.

Dans son excitation, et dans mon ignorance, j'entrevois un espoir. Bêtement, l'espace de quelques secondes à peine, mais ces secondes ont existé, je me dis que si elle semble si heureuse, c'est que peut-être cet AVC est une bonne nouvelle, finalement ? Oui, ça doit être ça. Une bonne nouvelle. Forcément. Sinon, elle n'aurait pas cet air ravi. Mais quand même, un AVC... c'est bizarre. Ce n'est pas censé être une bonne chose. Ou alors, ça leur permet de comprendre tout le reste, et ils vont me dire qu'ils savent comment rendre à Samy l'éclat de vie d'un enfant de son âge, les gestes, les rires, les capacités qu'il devrait avoir. Puisqu'ils ont découvert la cause de ses problèmes, il n'y a plus qu'à appliquer les remèdes correspondants. Après tout, il est très jeune.

Or c'est ce jeune âge, m'expliquera-t-on ensuite, qui a tout compliqué. Comment réapprendre des gestes que l'on n'a encore jamais appris ? Pas de rééducation possible dans ce cas. Tout ce qu'il faudra tenter d'apprendre à Samy lui sera désormais difficile à acquérir.

Pour l'heure, je ne comprends rien. Le médecin parle, parle, m'explique des choses que je ne saisis pas. Je ne l'écoute plus tout à fait. Je viens de me rendre compte que mes espoirs sont idiots. Absurdes. Comment un AVC pourrait-il être une bonne nouvelle ? Ressaisis-toi, Églantine ! Écoute-la bien ! Mais je n'y arrive pas. Je suis perdue.

Elle n'a plus rien avoir à ajouter, se lève, me serre la main, au revoir et à bientôt, nous en reparlerons en staff.

Sa silhouette disparaît de mon champ de vision, s'enfonce dans l'obscurité du couloir, et je reste seule, la tête et le cœur vides, assise sur cette minuscule chaise, la puissance des néons accusant ma stupidité.

Je sens mes larmes couler, lentement, silencieusement. Moi qui croyais Samy sorti d'affaire, le voilà qui replonge.

Une infirmière passe la tête. Elle tient son manteau à la main, elle s'apprête à partir. Sa journée a été longue. Je la connais, elle est là tous les jours, aimante avec Samy, si douce, je l'aime bien. Elle me questionne :

— Ça va, Églantine ?

Silence. Signe de tête.

Elle s'approche de moi, pose son manteau, tire une chaise et s'assied.

— Vous voulez que je reste un peu ?

Je continue de pleurer.

— Je ne comprends rien, dis-je enfin.

— J'ai tout entendu. Je ne suis pas médecin, mais si vous voulez, je peux essayer de vous redire tout ce qu'elle a essayé de vous expliquer. Je sais quand même de quoi il s'agit. Vous voulez bien ?

Je fais oui de la tête. Mais demande :

— Vous alliez partir, non ? Vous avez sûrement un mari, des enfants qui vous attendent, vous êtes là depuis des heures, allez-y si vous voulez.

— Ce n'est pas un problème, ne vous inquiétez pas.

Et durant une bonne demi-heure, cette infirmière a tenté de m'expliquer, séché mes larmes, patiemment. J'ai compris enfin. Ce qui ne m'a pas empêchée, les jours suivants de lui reposer inlassablement les mêmes questions : comment réagissent précisément les adultes qui font un AVC ?

Comment reprennent-ils le dessus ? Quelle proportion de patients, en moyenne, récupèrent leurs moyens ? au prix de quels efforts ?

Comme elles sont précieuses ces femmes si dévouées qui prennent le temps de nous expliquer, de nous répondre, de nous accompagner...

Cette infirmière m'a surtout donné un très bon conseil : puisque j'avais une amie médecin, Sido, pourquoi ne pas lui demander d'être présente à l'avenir quand je verrai un de ses confrères ? Elle pourrait ensuite me répéter, me réexpliquer à volonté ce que mes émotions m'empêchaient de comprendre sur le moment. Ce que je ferai désormais aussi souvent que Sido serait disponible.

Autisme, AVC, épilepsie,
Vous êtes qui ? Vous êtes quoi ?
Pour prendre ainsi mon ange
Non, rien ne vous dérange…

« Différent »

Samy. Mon fils. Mon tout petit. Il n'est pas un enfant comme les autres, c'est sûr. Il est « différent », dira-t-on désormais. Pas de nom de maladie connue, pas de case dans laquelle ranger ses comportements. Un accident vasculaire cérébral décelé à quelques mois à peine, une épilepsie, un cerveau lent, et c'est tout ce que l'on sait.

Pour moi, il est autiste. Pour certains professionnels aussi. Mais pas pour tous. Médecins, psychologues, animateurs de centres spécialisés, tous ont des avis qui divergent. Mais rien de concret à me proposer pour l'aider. Et moi je m'y perds.

Alors, puisqu'il faut bien que j'aie quelque chose contre quoi me battre, j'ai décidé : Samy est autiste, et je vais m'en occuper comme tel.

Je vais, comme l'a fait Francis Perrin, suivre les nouveaux programmes que certains ont réussi à importer en France, et qui, paraît-il, font faire de vrais progrès à ces enfants. ABA, Teach, Pecs, que sais-je encore, tout ce qui pourra aider Samy, je le ferai.

Je vais me battre, ne surtout pas écouter les bienveillants qui me conseillent de le « placer » sans savoir qu'il n'existe justement pas d'endroit où le placer, et que je suis sa maman, incapable de me séparer de cet enfant qui ne me regarde même pas, mais qui, je le sens, a besoin de moi, je suis sa mère, il a besoin de mes baisers, de mes câlins, de mon attention, même s'il a l'air de s'en ficher royalement. Qui d'autre que moi aura la patience de lui donner cette affection sans retour ?

Forrest et les poissons

Samy a quinze mois. Depuis quelques semaines, je vis avec mes parents à Paris. J'ai voulu revenir dans la capitale, et quitté provisoirement ma maison de Seine-et-Marne, lassée de ces incessants allers-retours entre Necker et la campagne. Marco en maternelle là-bas, Samy trop régulièrement à l'hôpital à Paris, et moi dans les studios de tournage, je vis l'œil rivé à ma montre, dans une course permanente pour, dans la même journée, travailler, aller voir Samy, faire le point avec les médecins, avaler les kilomètres qui me séparent de ma maison, et réussir à rentrer assez tôt pour partager les fins de journée de mon petit aîné. Et quand Samy revient d'un séjour à l'hôpital, c'est pour y repartir, quelques jours après, en pleine crise d'épilepsie. Je panique un peu chaque fois, Paris est loin, comment dois-je faire ? Prendre le prochain train et y risquer une nouvelle crise ? Prendre ma voiture, et faire une heure et demie de trajet jusqu'à Necker, ou aller dans l'hôpital le plus proche, mais qui ne connaît pas Samy, et à qui je devrai tout expliquer pendant des heures avant qu'ils ne comprennent ? Parce qu'un bébé épileptique avec AVC, c'est un cas qui n'est pas très familier au personnel des urgences...

J'avoue qu'au bout d'un an à ce rythme, je fatigue. J'en ai assez de ces distances, assez de voir ma famille coupée en deux. Nous en parlons avec le père de mes enfants, et décidons de chercher un appartement à Paris, proche de Necker. L'idée étant que j'y vive la semaine, que lui nous y retrouve le mardi soir, et que nous le rejoignions enfin pour le week-end dans notre maison, où il travaille.

Je cherche donc. Mais rien ne va : les propriétaires ne veulent jamais louer à des personnes qui n'ont pas de salaire fixe, ou bien les appartements ne sont pas adaptés au handicap de mon fils. J'ai besoin d'un lieu dans lequel sa poussette peut circuler, de l'entrée à sa chambre, de la cuisine à la salle de bains, puisque Samy ne marche toujours pas. Et le périmètre de ma recherche est restreint. Je ne veux pas être trop loin de Necker.

À force de ne pas trouver, nous décidons, mes parents et moi, que je m'installerai chez eux dès la prochaine rentrée scolaire, ce qui permettra à Marco de rester près de moi, le temps de trouver mieux.

Le compromis est parfait : mes parents sont à dix minutes à peine de l'hôpital et je parviens à inscrire Marco dans une maternelle pile au milieu du trajet qui va de Necker à leur appartement.

De cet épisode avec mes parents et mes enfants ne restent que de bons souvenirs. Marco est heureux de retrouver une maman plus présente et moins fatiguée, nous partons tous les matins à l'école en vélo. Marco crie de joie et de plaisir sur le siège arrière chaque fois que je me laisse glisser dans une descente, et il me raconte sa vie, ses camarades de classe, sa maîtresse. C'est un petit moment rien qu'à nous. Quand nous arrivons dans l'école, nous nous postons face au grand aquarium du préau, où nagent plusieurs drôles de petits poissons. Et pour amuser Marco, chaque matin, je « joue » un des poissons. Je choisis le premier qui vient se coller à la vitre devant nous, et c'est le début d'un dialogue entre le poisson et mon fils de quatre ans et demi.

— Ah, te voilà, toi ! dis-je d'une voix différente chaque matin, selon le petit poisson qui se présente.

— Non, mais dis donc, tu as vu ?

Marco :

— Non, quoi ?

— L'autre, là ! À ma droite ! Le bouffi qui ouvre bêtement la bouche ! Il m'a embêté toute la nuit, si tu avais vu ça ! La prochaine fois, promis, je lui donne un gros coup de nageoire sur le museau, ça lui apprendra !

Et Marco rit comme un fou.

— Dis donc, approche un peu…

— Quoi ? répond Marco, vaguement inquiet.

— J'en étais sûr ! Tu t'es coiffé avec un pétard ce matin ou quoi ? Tu as vu ta tête ? dit le poisson-moi.

— Euh… ben non c'est vrai ze me suis pas coiffé, répond Marco qui zozotera jusqu'à l'âge de six ans.

Tout à coup, un autre des poissons s'approche de la vitre et se met à la frotter de sa bouche. Je change alors de voix, et enchaîne aussitôt :

— Ah là là, tous les matins, c'est la même chose ! j'en ai maaaaaareuh ! La femme de ménage a nettoyé toute l'école, et elle a encore oublié notre aquarium ! Et c'est pas ces gros dégoûtants qui nagent avec moi qui vont m'aider !... Ah tiens, le petit Marco... Dis, tu veux pas m'aider un peu ?

Et ainsi de suite. En général, nous sommes rapidement rejoints par un ou deux enfants qui assistent médusés à cet étrange dialogue entre Marco et les poissons. Nous avons un sacré succès ! Marco est très fier de moi dans ces moments-là, et je me dis qu'avec ce que lui impose la maladie de son frère, il ne l'a pas volé.

Son petit frère, justement : j'essaie de faire en sorte que Samy signifie plus « jeux supplémentaires » que « difficultés ». Je sais que je me leurre mais je le fais quand même. Alors j'invente de nouveaux jeux, de nouvelles occasions où Samy peut vouloir dire « plaisir ».

Ainsi, nos visites à Necker sont devenues pour Marco synonymes de tas de nouveaux copains, et de nouveaux jouets : après avoir dit bonjour à son frère, je le dépose à la garderie de l'hôpital. Marco adore, il y a plein de jouets qu'il n'a pas à la maison, souvent d'autres enfants. Ou alors, il monte avec moi à l'étage, et s'installe dans la salle à manger réservée aux patients et à leur famille, elle-même remplie de trésors dans des paniers : des livres, des jeux, Marco oublie le temps, et peut y rester des heures. Pour lui, aller à l'hôpital veut dire aller jouer, et c'est tant mieux. À son âge, les problèmes de son petit frère se résument à un gros bobo au pouce, comme il l'a expliqué à sa maîtresse. Et en effet Samy, souvent sous perfusion de Rivotril pour calmer ses crises d'épilepsie, a en permanence un énorme pansement autour de la main ne laissant dégagé que son pouce, qu'il suce toute la journée.

Le soir, quand Samy n'est pas à Necker, nous improvisons des jeux. Chez mes parents, il y a un grand couloir dans lequel Marco adore courir. Nous avons longtemps surnommé mon fils aîné « Forrest », car tel le héros du film *Forrest Gump*, Marco ne marche pas, il court. Tout le temps. Partout.

Alors pour que toute la famille participe, je prends Samy dans mes bras, et nous faisons la course, Marco, Samy et moi.

— Un, deux, trois... Parteeeez !

Marco s'élance, je suis sur ses talons, je cours, le corps de Samy rebondit dans mes bras. Marco gagne souvent la course, mais il arrive que ce soit moi (je suis trop orgueilleuse pour le laisser gagner à tous les coups), et parfois... c'est Samy ! Je file à toute allure dans le couloir, je dépose précipitamment Samy sur la ligne d'arrivée, et hop, il a gagné ! Marco, beau joueur, fait mine d'y croire.

Quant à Samy, il gît par terre, le dos appuyé contre la porte du vestiaire au fond du couloir, sans expression ou presque, et il faut que je le redresse pour qu'il ne s'écroule pas.

— Regarde, Marco, Samy a été tellement rapide qu'il est crevé ! Il n'a plus de force, vite il faut que je le reprenne !

— On joue à cache-cache maintenant ? demande Marco.

— OK ! vas-y, c'est toi qui comptes et nous on se cache.

Je dois avouer que Samy est bien meilleur à ce jeu que Marco. Il est même le champion toutes catégories du cache-cache ! Alors que Marco, à son jeune âge, continue à se cacher exactement là où je me suis cachée précédemment, ou alors laisse dépasser ses pieds de derrière les rideaux, ou fait tellement de bruit qu'on devine tout de suite où il est, avec Samy, rien que du pro. Pas un bruit, pas un mouvement, rien !

Dès que Marco commence à compter, je dépose Samy dans une cachette de mon cru, et je file dans la mienne. Vous pouvez être sûrs que Samy ne se trahira jamais. En général, il est le dernier à être retrouvé. Il faut dire que je ne manque pas d'imagination en ce qui concerne les cachettes.

Une fois, je le cache dans le panier à linge, bien calé sur les vêtements déjà entassés, sa tête ne dépasse même pas, une autre fois ce sera le placard de l'entrée, trop noir pour que Marco ose y jeter plus qu'un rapide coup d'œil, une autre fois encore, je dépose délicatement Samy dans la grosse poubelle de la cuisine, celle qui n'a pas de couvercle et glisse sous le plan de travail, préalablement vidée, et dotée d'un oreiller. Imbattable, je vous dis ! Et Samy se laisse faire, ne bouge pas, n'émet aucun son. Mais il m'entend, je parle sans cesse, pour qu'il soit rassuré par ma présence, je lui raconte que Marco le cherche.

Et quand, après de longues minutes de recherches infructueuses, je guide Marco (avec des « Tu brûles ! » « Tu gèles ! ») pour qu'il retrouve son petit frère, ce sont toujours de magnifiques retrouvailles, de franches rigolades. Évidemment, les fois suivantes, Marco file illico se cacher dans le panier ou la poubelle pendant que Samy et moi faisons mine de le chercher le plus longtemps possible.

C'est bon pour la santé, la ciboulette

Je n'ai pas été une « maman spontanée », j'ai aimé mon premier enfant, Marco, progressivement, au fil des premières semaines, faites de contacts, d'échanges, de câlins. Il m'a séduite et, au fil des jours, je suis devenue sa maman, viscéralement.

Avec lui, très vite, les choses sont devenues faciles. Je rentrais le soir à la maison, il se jetait sur moi avec une joie renversante, je le soulevais du sol, et nous passions de magnifiques moments à jouer, rire, rouler dans le lit ou par terre.

Nous nous sommes rapidement entendus à merveille. Ma nature très joueuse, héritée sans doute d'une enfance parmi sept frères et sœurs, et d'une mère elle-même toujours prête à participer à nos jeux ou à les initier, a ravi mon petit garçon. Je le baignais, je faisais gonfler les plus grosses bulles dont j'étais capable, je le coursais dans toute la maison pour l'envelopper de la serviette, et le faisais voler jusqu'au lit en imitant Superman, nous nous cachions sous la couette avec une lampe torche pour que je lui lise des contes de fées, des contes qui lui faisaient peur, et je prenais toutes les voix de personnages qu'il inventait et me demandait de mimer.

Bref, comme toutes les mamans, j'étais folle de mon petit bonhomme, qui me le rendait bien et nous nous amusions beaucoup.

Chacun de ses progrès m'enchantait, j'aimais lui apprendre à cuisiner, à deux ans, il mélangeait les ingrédients avec un sérieux qui me faisait sourire, je lui apprenais à mettre ses disques lui-même sur la petite chaîne de sa chambre, à courir sur les pavés, à dire bonjour et merci, « bonzour », comme il a longtemps dit.

Quand Samy est arrivé, j'étais déjà mère depuis plus de trois ans, c'était inscrit en moi, définitivement. Alors Samy, je l'ai aimé instantanément. Et puis le temps passant, un sentiment bizarre s'est installé, je me suis sentie « vide » de lui. Plus dans mon ventre, mais pas vraiment là non plus, une présence qui ne s'installait pas vraiment, un prénom comme « désincarné ».

Ce fut le début d'une histoire « spéciale » qui dure toujours.

Une histoire dans laquelle toi et moi, nous nous cherchons. Moi, je cherche ce qui pourrait te faire du bien, t'apaiser suffisamment pour que tu puisses enfin prendre le temps de t'apercevoir que je suis là, que je suis ta maman, celle contre qui tu es censé venir te réfugier quand tu tombes, celle que tu devrais regarder avec cet amour passionné qui caractérise les tout-petits, celle qui guide tes premiers pas.

Et toi, je sens que tu cherches à exister, à sortir de tes douleurs, de tes frustrations, à me faire comprendre un millier de choses qui font ce que tu es.

Une histoire qui est avant tout la tienne, celle d'un petit garçon différent, qu'il va falloir accompagner, faire grandir, soutenir bien plus longtemps que je ne l'imagine.

Une histoire pleine de hauts et de bas, de surprises, de douleurs, de ravissements et de combats.

Et, dans cette histoire, il ne faut pas t'oublier, toi Marco, le grand frère. Comment trouves-tu ta place dans tout ça ?

Toi aussi, tu en prends plein la tête.

Tu avais trois ans quand Samy a débarqué dans ta vie, tu l'attendais, comme n'importe quel grand frère, jaloux, mais qui veut bien croire ce que sa maman lui dit, un frère c'est un compagnon de jeux avec qui on se dispute parfois, mais ça reste un copain à vie. C'est en tout cas ce que moi je connais des relations fraternelles.

Et rien de tout ça n'est arrivé. Tu n'as même pas pu être jaloux au début : Samy ne demandait rien, j'avais tout le temps de m'occuper de toi.

Et puis le temps a passé, et rien ne se produisait.

Sauf que moi, j'étais trop souvent à l'hôpital. Tu as fini par associer petit frère et hôpital, ce lieu que tu aimais, grâce à la salle de jeux.

Après, j'ai tenté de t'expliquer, mais tu n'en demandais pas tant, ce petit frère, au fond, ne te gênait pas beaucoup.

Pour t'impliquer un peu, faire passer la pilule, je te faisais écraser celles de Samy – et elles étaient nombreuses chaque jour – dont il fallait ajuster le dosage pour lutter contre son épilepsie. Tu avais l'impression de faire la cuisine, tu étais fier, un vrai grand.

Et puis tu as commencé à trouver le temps long : pourquoi, le jour de ses deux ans, ne s'est-il pas mis à parler et à marcher, comme tu te l'étais imaginé ? Les larmes aux yeux, tu étais tellement déçu ! Et ça a recommencé pour ses trois ans. À quatre, tu n'y pensais plus, déjà résigné. Tu as pourtant essayé, comme tous les grands frères, de faire l'andouille devant lui, de le faire rire. Mais ça ne marchait pas trop.

Samy restait dans son transat, les bras ballants, immobile, le regard un peu vide. J'en rajoutais : « Si, regarde, il a souri légèrement, tu l'amuses Marco ! Encore ! » Mais je crois que tu n'étais pas vraiment dupe. J'en suis même sûre, à présent que j'accepte le fait que Samy et toi, vous n'aurez jamais la relation dont j'avais rêvé, que vous devrez inventer, tous les deux, une autre forme de fraternité.

Tu me regardais, pas convaincu, donc, et tu recommençais tes blagues et tes mimiques, plus pour me faire plaisir que pour faire rire ton frère.

Et puis tu as admis que Samy avait « une maladie dans la tête », plus compliquée que prévu.

Tu prenais son mal en patience, tu espérais. Et en même temps, tu supportais de moins en moins sa présence à tes côtés. Jusqu'à tes sept ans environ, impossible de vous asseoir sur le même canapé, de vous mettre ensemble dans la baignoire.

Tu as cru, et j'ai mis du temps à le comprendre, que sa maladie était contagieuse. Un jour, alors que

Samy avait déjà quatre ans, tu es entré dans la cuisine et tu m'as demandé, inquiet :

— Maman, est-ce que je pourrais moi aussi, un jour, devenir autiste ?

Je tombais des nues. J'avais cru que tu savais, je croyais t'avoir bien expliqué. Mais comment toi, tu pourrais comprendre, alors que moi-même, les médecins, tous les soi-disant spécialistes, n'y comprenons rien ?

J'ai tenté de te rassurer de mon mieux, j'ai caché ma surprise :

— Non, Marco, c'est impossible. On ne devient pas autiste, ce n'est pas comme une maladie qu'on attrape. C'est plutôt quelque chose qui s'est produit dans son cerveau il y a longtemps, peut-être même avant sa naissance. Si à trois ans tu n'as rien qui fasse penser que tu es autiste, c'est que tout va bien de ton côté. Toi, tu as sept ans, tu parles, tu t'exprimes, tu te fais des amis, tout va bien, ça ne pourra pas changer. Et regarde-moi. Je suis tout le temps avec Samy, je le lave, je le change et je vais bien, tu vois ? Ça non plus ça ne changera pas, OK ?

Je ne glisse pas cette dernière phrase de façon inconsciente. Je sais très bien que Marco s'inquiète de savoir si je serai toujours là pour lui. Nous ne vivons plus avec son papa depuis plus d'un an, nous sommes tous les trois, Samy, lui et moi, et il craint qu'il m'arrive quelque chose.

Le petit bonhomme que tu es encore semble rassuré par ma réponse.

Et puis tu as peur de prendre un mauvais coup, involontaire, de Samy, comme j'en prends parfois.

Comme moi, tu as d'abord refusé le terme autiste, sans le comprendre, mais parce que tu sentais que je ne l'aimais pas. Tu criais après ta grand-mère qui insistait pour associer Samy à cette maladie. « Mais non Mamoun, il est pas autiste Samy ! »

Finalement, puisque je l'ai accepté, toi aussi.

Ça me facilite la vie. Dehors tu décomplexes bien des situations, qui pourraient devenir gênantes : « Ne vous inquiétez pas, c'est normal, il est autiste, il a une maladie dans la tête », annonces-tu tout de go, avec l'air de trouver ça parfaitement évident, aux gens qui nous regardent, mal à l'aise, pendant que Samy se balance curieusement en poussant des petits cris. Dans ces moments-là, elle ne semble pas te déranger, sa maladie.

Mais tu peux aussi me dire, avec une pointe d'humour, parce que tu n'en manques pas : « Et si on l'abandonnait là maman ?... je blaaaagueuh ! »

Il y a quelques mois, tu m'as demandé : « Maman, est-ce que tu pourrais me faire une petite sœur... mais pas handicapée, s'il te plaît ? »

Pour te raviser : « Non, excuse-moi, tu es trop fatiguée. » Quelle conscience, quelle dure réalité pour un petit garçon de sept ans !

Tu es un drôle de petit bonhomme : si ton naturel te prédestinait à être plutôt du genre solitaire, avec une grande vie intérieure, l'histoire de Samy a sans doute exacerbé ce trait de caractère. Et tu te débrouilles si bien dans ton quotidien, capable d'aller faire une course seul, de rester seul encore à la maison plus de deux heures, de me faire un smoothie ou une tisane quand je suis malade. Une tisane à la ciboulette parce que, dis-tu, « C'est bon pour la santé, la ciboulette ! ».

Tu vis toi aussi dans ton monde : les Pokémon et les Bionicle n'ont plus de secrets pour toi, tu rêves de te transformer, tu parles à la petite souris, tu crois en Dieu. Tu t'isoles, me fait-on remarquer parfois. Que puis-je y faire ? Et comme je te comprends de t'échapper ainsi de la difficile réalité ! C'est une qualité, au contraire ! Si ce monde imaginaire te rend heureux, moi je joue le jeu, j'y crois à tes histoires. Et je serre dans mes bras mon petit Bionicle, en faisant bien attention à ce que ses mains en forme de lames ne me blessent pas. Il faut que je m'habitue, tu m'as annoncé que le jour où tu trouveras une pierre lunaire, tu pourras enfin devenir un vrai Bionicle, mais que, même là, tu feras toujours attention à pouvoir me câliner sans me faire mal.

Ton rêve, encore, dis-tu, c'est de passer à la télé. Parce que comme ça « tout le monde t'écoutera, on ne pourra pas t'interrompre ». Tu penses qu'à la télé, on écoute religieusement, comme toi tu le fais face à l'écran.

Gouttes de yaourt

Après pas mal de séjours à l'hôpital, Samy a pour tout suivi des séances avec un kiné, une éducatrice et une psychomotricienne. En tout, quatre heures par semaine de rééducation, de stimulations. Le reste du temps, qui me semble très long, il ne fait rien. Si je ne le sollicite pas, il reste, avachi sur son transat, sans réactions.

Je ne vois quasiment plus les médecins, qui ignorent mes interrogations au sujet de ses comportements inquiétants. Désormais, ma seule interlocutrice est la neurologue. Pour elle, Samy a eu un AVC, est épileptique et c'est tout, même si c'est déjà beaucoup. Mais alors ? Il ne tient toujours pas sa tête, ne soulève pas les bras, et on ne fait rien de plus ? Et pourquoi ne dort-il plus ? Pourquoi ne me regarde-t-il jamais ? Cela a-t-il un rapport avec son AVC ? Je ne sais pas, on ne m'explique rien. Je dois attendre. Encore.

Ce n'est pas possible.

J'ai donc suivi le conseil de Francis Perrin, et appelé la personne qu'il m'avait recommandée.

Claude est psychologue, elle s'occupe d'enfants autistes depuis longtemps, et surtout, elle enseigne une méthode de stimulation révolutionnaire en France, non officiellement validée par les médecins. Il s'agit de faire « travailler » l'enfant aussi longtemps que possible, compte tenu de son âge. Un enfant normal passe sa journée à jouer quand il ne dort pas. Or, à cet âge, jouer, c'est « travailler ». Chaque jeu est une nouvelle stimulation. Nous devons faire pareil pour Samy. Avec un outil. Ce qu'on appelle un « renforçateur ». Quelque chose qu'il aime particulièrement, et que nous lui donnerons en récompense chaque fois que nous obtiendrons ce que nous voulons. Si, au contraire, il a des réactions inappropriées, nous ignorerons ce comportement. C'est cela, tout simplement, l'ABA, *Applied Behavior Analysis* ou analyse appliquée du comportement.

Claude a été honnête avec moi dès le début. « Je ne sais pas si votre enfant est autiste, ce n'est pas à moi de poser un tel diagnostic. Mais quel que soit son problème, il est hors de question d'attendre que les choses arrivent par elles-mêmes. On peut utiliser l'ABA pour de nombreux cas. Il faut stimuler votre bébé. »

Avec un petit de l'âge de Samy, dont nous respectons les heures de sommeil, le « travail » consiste surtout à obtenir un regard, même bref, yeux dans les yeux. Une demi-seconde de ce regard, et hop, il est « renforcé », à l'aide d'une goutte de yaourt par exemple. Samy n'a encore aucun centre d'intérêt, rien ne le fait réagir, alors nous utilisons la nourriture.

Et pour avoir ce regard, nous approchons la cuillère de nos yeux à nous. Comme il veut la nourriture, il suit la cuillère des yeux. Dès que la cuillère passe devant mes yeux à moi, inévitablement, ses yeux tombent sur les miens, et hop ! dans la seconde, je lui mets la cuillère dans la bouche. Cela fonctionne, petit à petit, le regard est moins fuyant, mais je me rendrai compte avec les années que le regard se perd à nouveau dès que nous baissons la garde.

Nous commençons en douceur, avec une étudiante en psychologie que Claude m'envoie et qui vient à la maison une fois par semaine, pour me former à la méthode.

Les étudiantes que nous enverra Claude plus tard, quand il sera temps à ses yeux d'accélérer les choses, vont apprendre à Samy à se tenir assis, toujours grâce à la nourriture. Vers douze mois, enfin, après un été à lui tendre de la crème glacée juste au-dessus de sa tête, et à force de devoir se redresser pour l'avoir dans la bouche, Samy est capable de se tenir assis quelques secondes. Ensuite, il faudra lui apprendre à lever les bras pour obtenir ce qu'il veut. Un bras, puis l'autre. Chaque repas est devenu un entraînement physique. Il semble l'accepter, et progresse, lentement.

80 % ?

Ce matin, en partant au travail, je trouve dans la boîte aux lettres une enveloppe provenant de la MDPH[1]. Je ne connais pas cet organisme. Tiens donc, qu'est-ce que cela peut bien être ?

Je m'installe au volant et, curieuse, j'ouvre le courrier avant de démarrer.

« Madame, Monsieur,

Une demande de carte d'invalidité ou de priorité a été adressée à la Commission pour Samy. Lors de la réunion du X/X/X, la Commission a pris la décision suivante : **Attribution de la carte d'invalidité** [écrit en gras] Mentions : besoin d'accompagnement, durée de validité 3 ans. Taux d'incapacité : 80 % de 2007 à 2010. »

Des émotions contradictoires se bousculent dans mon cerveau. Comment ça, une carte de handicap ? Personne ne m'en a jamais parlé ! Je découvre la carte en question : orange, de la taille

---

1. Maison départementale des personnes handicapées.

d'un certificat d'immatriculation, avec un emplacement pour une photo de Samy. Je suis stupéfaite. Je retourne la carte. Il y est mentionné que son porteur a « besoin d'accompagnement ». Ça, ça me va. Samy ne peut rien faire tout seul, c'est évident. Cela dit, à cet âge, je ne vois pas un seul enfant au monde ne pas avoir besoin d'être accompagné…

Un chiffre attire particulièrement mon attention. Il est écrit que Samy est handicapé à 80 %. Comment ça, handicapé à 80 % ? Qu'est-ce que ça veut dire ? C'est quoi cette histoire ? Je suis sous le choc.

Et d'abord, comment peut-on affirmer une chose pareille d'un si jeune enfant ? Évidemment il ne marche pas, mais à cet âge ce n'est pas si rare ! Il ne parle pas non plus, il n'est pas propre, d'accord, mais c'est normal, non ?

Pourquoi personne ne m'a rien dit ? Je suppose que c'est l'assistante sociale de l'hôpital qui a fait ces démarches. Je l'ai en effet rencontrée lors des premières hospitalisations de Samy. Elle était intervenue au moment de régler les factures. Une si longue hospitalisation coûtait cher, et j'étais mal assurée. Elle a eu vite fait de monter un dossier pour que sa situation soit reconnue comme « Affection de longue durée », ce qui signifiait que la Sécurité sociale prendrait tout en charge. Je l'ai laissée gérer seule la paperasse. Elle a dû croire bien faire en allant plus loin.

Je suis également surprise que l'on m'accorde une carte de stationnement. Je vais pouvoir me garer sur les places « handicapé » et, le cas échéant, ne plus payer au parcmètre. De quel droit en bénéficierais-je ? Mon bébé est encore bien petit pour nécessiter ce type d'avantage. Oui, il a besoin d'être porté, mais je n'en ai que pour deux minutes à sortir sa poussette et à le poser dedans. Non, vraiment, je ne vois pas pourquoi j'aurais droit à un tel privilège. Je n'en ai pas envie, mon fils ne peut pas être handicapé à ce point. D'ailleurs, il n'est pas « handicapé » du tout, à ce que je sache.

80 %, c'est à la fois flou et très précis. Comme si une entité mystérieuse possédait une échelle de valeur du handicap, à laquelle elle seule avait accès, et qui décidait de tout. Pourquoi 80 % et pas 90, 32 ou 77 ? Comment a-t-on décidé de ce degré de handicap ? Sur quelles bases ? Comme je n'ai pas été prévenue, je ne comprends pas. Et j'en suis toute troublée.

J'essaie de me souvenir.

Lorsque je suis arrivée dans le service de neurologie où Samy a vécu sa première longue hospitalisation, après ce désastreux premier EEG, une jeune femme en blouse blanche était venue à ma rencontre. Les infirmières s'occupaient de lui, elle s'était présentée : « Bonjour. Je suis neuropsychologue. Je suis à votre disposition, si vous avez besoin de quoi que ce soit. De parler, par exemple. Mon bureau est là-bas, à quelques pas de la chambre de votre fils, à l'entrée du service. N'hésitez pas. ».

Je n'avais pas bien compris ce qu'elle faisait, ni à quoi elle servait, et je l'avais aussitôt oubliée. Et puis, quelques jours plus tard, elle était revenue vers moi. « Je vous attends, je pense qu'il faut qu'on se voie. Voulez-vous bien passer aujourd'hui ? »

Elle savait que j'étais assez disponible, je partageais mon temps entre la cafétéria de l'hôpital et la chambre de Samy, cette grande pièce commune. J'en profitais pour faire connaissance avec les autres enfants, leurs parents, je découvrais des maladies dont je ne soupçonnais même pas l'existence.

Quand j'avais besoin de sortir, je me faisais relayer par mes parents, mes sœurs, même mon beau-frère Fifi était venu. Je ne voulais pas que Samy reste seul. Pas une minute. Je n'aimais pas l'idée qu'il se réveille sans personne qu'il connaisse autour de lui. Et puis les infirmières étaient tout le temps occupées, elles ne pouvaient pas lire une histoire, câliner un enfant quand tous les autres demandaient une attention constante.

Samy étant incapable de s'occuper seul, je voulais que nous soyons là pour l'occuper, nous. Le voir abandonné dans son petit lit sans rien faire m'était insupportable.

Alors oui, forte d'une famille nombreuse qui me soutenait et me relayait, je pouvais bien prendre quelques minutes pour aller parler à cette dame.

À 14 heures, donc, comme convenu, j'étais allée frapper à son bureau.

— Asseyez-vous... Comment allez-vous ?

— Ça va.

— Je voulais savoir comment vous vous en sortiez. Vous savez que vous êtes partie pour une longue histoire ?...

Je ne saisissais pas bien ce qu'elle entendait par là. Que voulait-elle dire ? Pourquoi me parlait-elle avec ce ton si doux ?

Pour moi, les choses étaient enfin devenues simples : Samy avait passé de longs mois sans que personne ne voie à quel point il allait mal ; mais ça y était ; les médecins avaient vu, il était pris en charge. Au moment où nous avions cette conversation, un antiépileptique coulait dans ses veines par le biais d'une perfusion, et il allait tellement mieux ! Ses yeux s'animaient, il me regardait parfois, j'en avais de plus en plus l'impression. C'était comme si, après des mois où il n'était ni vivant ni mort, il était sorti de cette espèce de no man's land dans lequel il errait, pour renaître, enfin. J'avais, vraiment, eu l'impression d'assister à sa naissance pour la seconde fois.

C'est vrai qu'ensuite, le médicament l'engourdissait, et qu'il passait beaucoup de temps soit endormi, soit un peu vaseux. Mais pour moi, à ce moment, les mésaventures étaient derrière nous, nous allions enfin commencer notre vie à quatre, Marco, Samy, leur papa et moi. L'épilepsie était une maladie connue, un traitement, des visites régulières chez le médecin pour s'assurer que tout allait bien, et hop ! voilà tout !

L'AVC n'avait pas encore été évoqué.

Alors, non, je ne voyais vraiment pas ce qu'elle voulait dire.

Pourtant cette phrase, « Vous savez que vous êtes partie pour une longue histoire ? », a souvent tourné dans ma tête. Et elle-même me l'a répétée à plusieurs reprises. Sans plus de précisions.

Car cette jeune femme et moi nous sommes vues régulièrement dans le service durant cette année particulière où Samy a fait de fréquents séjours à Necker, son épilepsie ne se maîtrisant pas. En moyenne, il restait une semaine à l'hôpital, ressortait, et nous revenions en courant, deux semaines plus tard, Samy en état de mal épileptique.

Elle m'était finalement très sympathique. Elle avait un enfant, à peu près du même âge que Samy, et je lui posais des questions sur ses progrès, ses jeux, ne pensant pas une seconde à les comparer à ceux de mon fils. Elle me parlait des soins que les infirmières lui prodiguaient, de leurs effets, me demandait comment Marco vivait ça, quand venait son père, etc.

Mais, dans toutes nos conversations, je ne me rappelle pas qu'elle ait une seule fois prononcé le mot « handicap ». Ni les médecins. Ni l'assistante sociale vers qui on m'avait envoyée pour monter le dossier de Samy.

Ce mot m'est encore parfaitement étranger.

Alors le voir, là, inscrit en gros sur une carte dédiée à Samy, me perturbe. Je refuse de comprendre. Il n'y a rien à comprendre, d'ailleurs, puisque personne ne m'en a parlé. Je n'ai qu'à la garder dans un coin, parmi tous les papiers que je trie, et on verra plus tard. En plus, elle n'est valable que trois ans. Si Samy n'est handicapé que trois ans, me dis-je, de toute la mauvaise foi dont je suis capable quand je refuse de comprendre, je pourrai le gérer, ce n'est pas si dramatique.

Quant à ces fameux 80 %, ils n'ont pas davantage de sens. Si quelqu'un est réellement handicapé à un taux aussi élevé, il a forcément droit à des tas d'aides pour vivre, des prises en charge, des financements, je ne sais quoi. Il n'a pas que cette carte, sans rien qui lui soit associé. Samy, lui, n'a rien. On ne veut même pas me rembourser la moindre de ses séances d'ABA. Alors ça ne doit pas le concerner. Point.

Je remets la carte dans l'enveloppe, la glisse dans mon sac et démarre enfin, bien décidée à l'oublier.

Un pas vers la vie

Les mois passent, et Samy dort de moins en moins, comme tous les enfants. Sauf que lorsqu'il ne dort pas, il ne fait rien. Alors nous l'y obligeons, en le faisant travailler. On m'explique que tout moment où nous ne sommes pas en train de le stimuler est un moment perdu. Ce qui me rend extrêmement angoissée. À cette époque, je le crois. D'autant que d'après toutes ces psychologues qui m'entourent à présent, toutes plus ou moins formées à l'ABA, le temps perdu ne se rattrape pas comme ça. Il faut aller vite. Avant quatre ans, tout est possible, me répète-t-on. Ensuite, c'est plus compliqué. Quel stress !

Pour me relayer, j'embauche et je forme. Emma, qui vit toujours avec moi, ma mère ensuite, la marraine de Samy, enfin. Toutes, nous nous soumettons aux formations, aux supervisions de ces psychologues.

Et je règle les dépenses. 50 euros de l'heure pour la supervision, qui dure une matinée chaque mois environ. 12 euros en moyenne de l'heure pour la psychologue qui vient s'occuper une journée par semaine de Samy et nous montrer ce que nous devons faire en son absence.

Très vite, le montant des factures s'alourdit. Dès les débuts, je dépense près de 650 euros par mois.

Les mois passent. Emma a eu un bébé et ne peut plus s'occuper de Samy, maman accepte encore d'être formée pour m'aider quand je viens la voir en week-end. Quant à sa marraine, elle est repartie vivre chez elle, à la Réunion. Quand Samy est assez grand pour être stimulé quasiment toute la journée, et qu'il ne me reste que les professionnelles pour le faire, je passe rapidement à près de 3 000 euros mensuels de salaires de psychologues, chargés. Je paie les jeunes étudiantes en psychologie, je paie leur train (elles viennent du Nord, où Claude enseigne), leurs tickets de métro, leurs repas.

J'ai pourtant enfin droit, depuis peu, à une allocation dite « d'éducation pour enfant handicapé ». Mais ces allocations sont rangées par catégorie. Samy, qui n'a pas encore eu de diagnostic d'autiste, et dont le cas est atypique (qui a jamais vu un AVC chez un bébé ?), appartient officiellement à la catégorie 2. Cela veut dire que j'ai droit à l'allocation correspondante : 478 euros par moi.

Alors je travaille, mes émissions ne suffisent plus, ma carrière est un peu au point mort, je me lance dans ce que nous appelons dans notre jargon professionnel les « ménages ». J'interviens lors de conventions, j'anime des tables rondes de grandes entreprises, j'interviewe sur scène leurs dirigeants, j'anime des fêtes de fin d'année. Et j'avoue que j'y prends goût, heureusement. Je découvre de nouveaux univers, je me change les idées, et je remplis mon carnet d'adresses, ce qui va bientôt me servir.

À cause des multiples obstacles que nous devons franchir les uns après les autres, des nuits sans sommeil, des recherches sur internet pour trouver ce que je pourrais faire de plus pour Samy, je suis épuisée.

Un ami, Bertrand, me propose généreusement de créer une sorte d'association de copains, où chacun mettrait la même somme pour m'aider. Mais je n'ose pas. Je me vois mal mendier auprès de mes amis.

Au même moment, papa suggère la même idée, pour nous soutenir, les autres parents que je rencontre et moi-même. Et surtout pour créer à Paris le même relais de psychologues.

Puisque ça n'est pas que pour moi, j'accepte. Et c'est ainsi que nous créons l'association « Un pas vers la vie ».

Au début, il s'agit de réunir des fonds pour permettre aux parents qui le désirent de financer une prise en charge en ABA. En 2007, l'analyse appliquée du comportement est une méthode dont tous les parents d'enfants autistes veulent désespérément.

Alors que, jusque-là, la plupart des autistes étaient condamnés par la médecine à l'hôpital psychiatrique, l'ABA affiche de belles promesses : elle peut aider nos enfants à s'insérer dans notre monde, le comprendre et l'aborder, comme nous le faisons tous. Langage, motricité, apprentissage de la lecture et de l'écriture, éducation, l'ABA est supposée pouvoir participer à tout cela. Mais pour que ça marche, il faut au minimum trente-cinq heures de stimulation hebdomadaire, avec des psychologues spécialement formées. Or celles-ci sont rares, donc chères. Et comme cette méthode est pratiquée non pas par une personne relevant du corps médical, mais par des psys, et qu'elle n'est pas reconnue en France, la Sécurité sociale refuse de nous aider. Tout comme la MDPH, à qui la plupart des parents cachent faire appel à l'ABA, quand il s'agit de justifier les dépenses engagées pour bénéficier d'une allocation plus importante. On triche, on ment, tous et tous les jours, pour ne pas être privés du droit de choisir ce que l'on estime être le meilleur pour notre enfant. Comment faire autrement quand de toute façon rien n'est fait pour eux ? On produit des factures avec un faux libellé, on ne prononce jamais le mot ABA devant les institutions.

En moyenne, une prise en charge ABA coûte 3 000 euros par mois pour un enfant. Qui peut payer une telle facture ?

User de mon nom et de mes relations, combinés au savoir-faire en matière institutionnelle de mon père, ancien préfet, pour trouver des mécènes, recueillir des fonds et les redistribuer, sensibiliser les pouvoirs publics. Et créer une structure parisienne, sur le modèle de celle que Claude a créée. Voilà l'idée de départ d'Un pas vers la vie.

Dès nos débuts, la chance est avec nous : je viens de décrocher une émission, sur TF1, aux côtés de Julien Courbet. Je ne le connais pas, c'est la première fois que je le rencontre. Mais quand, au détour d'une conversation, je lui raconte que nous créons une association pour aider les enfants autistes, il s'emballe : « Attends, nous avons un direct, on va donner le site internet de l'association, faire un appel aux dons. »

Il le fait le soir même. Le résultat de cette première mise en avant de l'association à peine née nous surprend : aucun versement, mais des centaines d'appels à l'aide. Cela nous conforte dans notre décision.

Pendant que mon père monte un dossier, en collaboration avec Claude, pour créer une structure ABA à Paris, je cherche les premiers fonds.

C'est encore Julien Courbet qui nous aide. Il appelle ses amis, et nous obtient un rendez-vous dans une première fondation. Qui débloque une première somme. Michel Drucker de son côté ne se ménage pas non plus. Je l'appelle un jour, au culot, alors que nous n'avons fait que nous croiser dans les dîners de France Télévisions, ou lors des répétitions des pièces de théâtre qu'Olivier Minne monte avec ses animateurs. Je ne le connais pas vraiment, je n'avais pas de scène avec lui. Mais j'appelle son bureau, demande à lui parler, et il me prend sans hésiter. Je n'y vais pas par quatre chemins, je lui dis avoir besoin de son aide pour un projet associatif. Il ne sait rien de ma vie, de ce que je fais, mais me propose aussitôt un déjeuner, pour prendre le temps de m'écouter.

Lors de ce premier déjeuner qui sera suivi de bien d'autres, durant lesquels il prend des nouvelles, s'intéresse, il me demande ce que j'attends de lui.

— Je ne connais pas assez de monde, contrairement à vous. Pour être franche, j'aimerais que vous m'ouvriez votre carnet d'adresses pour trouver des mécènes.

— D'accord, me répond-il instantanément.

Et aussitôt, il sort son téléphone portable et contacte, devant moi, un premier ami.

D'autres ont suivi. Julien et Michel ont toujours été présents dès que je les appelais, et leur fidélité ne se dément pas.

Évidemment, je propose à Julien de devenir parrain de l'association. À ses côtés, Raymond Domenech s'engage aussi. Son choix a été évident. Estelle Denis, sa compagne, est une amie de longue date. Tous deux ont été présents pendant ma grossesse, ont suivi mes premières inquiétudes. Ils prennent des nouvelles, connaissent bien Samy. Et curieusement, alors que Samy est si difficile, il s'apaise avec Raymond. Mon petit boxeur semble apprécier particulièrement les bras rassurants de cet ancien footballeur. Deux parrains pour une association qui débute ne me semblent pas de trop.

Petit à petit, nous avons de quoi démarrer, aider financièrement quelques parents, grâce à des promesses de subventions, garanties sur deux à trois ans.

Mais nous sommes vite confrontés à un dilemme : à quoi sert l'argent quand il n'y a personne à payer ? Claude, qui nous avait promis de nous envoyer ses psychologues, ses étudiantes, ne semble plus prête. Elle aussi a besoin de son personnel, chaque année, une vingtaine d'étudiantes sont formées, c'est très très peu face aux besoins.

Il faut donc chercher ailleurs, trouver une, puis deux psychologues ayant déjà les connaissances requises et capables d'en former d'autres, désireuses d'apprendre la méthode ABA.

Et communiquer, un maximum, pour sensibiliser les pouvoirs publics à cette cause, et que se créent, à Paris et en province, des formations universitaires, des centres d'accueil ABA.

Un projet qui prendra des années.

Pendant ce temps, nos enfants sont livrés à leurs parents, à leurs mères, qui retournent souvent sur les bancs de l'université, pour se former elles-mêmes. J'ai rencontré, découvert d'autres associations qui livrent le même combat. Certaines font venir de l'étranger des professionnels, qui organisent des séances de formation en France, puis assurent un relais par vidéo sur internet. Je m'en inspirerai par la suite.

Et vogue le navire

C'est l'été. Nous partons en vacances. Mon frère Nicolas a loué un catamaran, suffisamment stable pour que je puisse emmener les enfants, et suffisamment grand pour y accueillir du monde.

Nous sommes en effet nombreux à bord : Marco, Samy, leur papa et moi, mais aussi ses deux aînés, Julia, seize ans, et Thomas, qui en a quatorze. Il y a aussi mes parents, et Kao, la compagne de mon frère.

Cette idée, de partir en bateau, vient de mon père. Malgré mes appréhensions, j'ai accepté. Avec mes parents, rien n'est jamais impossible. Partir en croisière en pleine mer avec de très jeunes enfants ne les effraie pas. Quant à Samy, qui a deux ans à peine et ne bouge que très peu, il n'y a là encore aucune raison de s'inquiéter. La solution de papa est déjà toute trouvée : un auvent à l'arrière du bateau, un bateau gonflable en dessous, et Samy dedans ! Ce sera son « parc », son espace à lui. Il y sera protégé, du soleil, des embruns, des coups que l'on peut prendre quand la mer s'agite. Et, en effet, Samy y sera très à l'aise. Le reste du temps, je le garde dans mes bras, comme d'habitude. Et quand nous sortons à quai, sur cette magnifique côte corse que nous avons choisi de longer, nous avons une petite poussette, et un sac à dos pour porter les enfants. Je n'ai pas les épaules assez solides, c'est papa qui propose de s'en charger pour Samy.

Cet été-là, Samy est encore assez facile. Il ne se frappe pas. À peine lève-t-il une main qu'il rabat un peu mollement sur son visage, mais je n'ai pas encore compris de quoi il s'agit. Je pense alors qu'il a voulu se frotter un œil, mettre son pouce dans sa bouche ou que sais-je encore, et qu'à cause de sa mauvaise motricité, il a raté son coup. Il ne hurle pas non plus. Pas encore. Cela viendra bientôt. Heureusement qu'il nous a laissés profiter de cet été ! Sur un bateau, où nous sommes tous les uns sur les autres, cela aurait été invivable. Mais pour le moment, il n'est qu'un bébé épileptique, qui vient de passer de longs mois à l'hôpital.

Parce que son épilepsie ne se stabilise pas. À peine tient-il deux ou trois semaines au mieux, avant de refaire des crises ininterrompues.

L'hôpital, à bout de médicaments efficaces, de ceux qui peuvent arrêter les crises sans le « shooter » complètement, me propose, juste avant l'été, de tenter autre chose. Un régime cétogène. Comme on me l'explique, cela consiste à priver le cerveau du carburant qu'il utilise au maximum pour faire des crises d'épilepsie : le sucre. Mon bébé n'aura droit, pendant toute la durée du régime, qu'à 2 grammes de glucides par repas. Il faut bien comprendre ce que cela implique.

1 gramme de glucide, c'est à peine 28 grammes de haricots verts, ou 50 grammes de courgette crue, ou encore 27 grammes de poireaux. C'est aussi 6 grammes de cerises, ou 8 millilitres à peine de jus de pomme, ou 12 grammes de melon. Samy n'aura donc plus vraiment droit aux fruits, ni aux yaourts qu'il aime tant. Pour compenser et « huiler » le cerveau en contrepartie, il faudra lui proposer en guise de dessert de la crème fraîche additionnée d'huile. Mais là encore, 5 millilitres d'huile maximum par repas. Très appétissant !

Pour le petit déjeuner et le goûter, je peux donner à Samy 30 grammes de crème à 30 % de matière grasse, 5 millilitres d'huile, et 20 grammes de fromage blanc à 40 %.

C'est en effet très contraignant, mais nous n'avons plus vraiment le choix. Comme le dit le docteur B., priver ainsi de sucre un cerveau aussi jeune, bien sûr, ce n'est pas l'idéal pour son développement. Mais à ce stade de sa maladie, il est question de choisir le moindre mal : un cerveau en état d'épilepsie, ou privé de sucre. En réunion, les médecins ont pensé que la deuxième solution était, sinon la meilleure, du moins la moins nocive pour Samy. Tant qu'il voudra bien le faire, Samy se nourrira « cétogène ». Quelques semaines, plusieurs mois ou des années, cela dépendra du temps qu'il tiendra.

Je n'ai pas le choix, j'accepte la proposition. Il faut donc à nouveau hospitaliser Samy, qui va forcément tomber en hypoglycémie les premiers jours. Ensuite il pourra sortir, et je poursuivrai le régime seule, autant de temps que Samy l'acceptera.

Me voilà donc contrainte de concocter des menus pour le moins bizarres à mon fils. Et de tout peser. Je me dépêche d'acheter une balance et je deviens rapidement experte dans l'art d'évaluer au premier coup d'œil la bonne quantité. Un déjeuner, composé de 15 grammes de viande, 55 grammes de chou-fleur cuit (j'apprends que cru et cuit n'ont pas la même quantité de glucides, grâce à la fiche détaillée des aliments et glucides correspondants fournis par la diététicienne de l'hôpital), 40 grammes de crème et 15 millilitres d'huile, c'est facile !

Au début, Samy supporte plutôt bien cette nouvelle alimentation.

Marco et moi, on s'organise. Marco pèse, et je cuis les aliments. À cinq ans, il maîtrise très bien la balance, et ça l'amuse beaucoup !

Bien sûr, je ne les fais plus manger en même temps. Hors de question que Samy voie les yaourts aux fruits que dévore son frère. À cet âge pourtant, je suis encore chanceuse, Samy est incapable d'attraper quoi que ce soit si on ne le met pas directement à sa portée. Mais je ne veux pas qu'il se sente frustré. Si on dit souvent que la maladie isole, les régimes liés à la maladie isolent encore plus.

Si mon fils avait dû aller à l'école, comment l'aurait-il supporté ? Comment résister lors des goûters, des repas ? Il y a toujours des friandises là où sont accueillis des enfants : chez les grands-parents, à l'école, chez vos amis. Quand on isole un enfant pour qu'il ne soit pas tenté par tout ce qui passe devant ses yeux, c'est le début de l'exclusion, liée à une maladie. Et nombreux sont les enfants que j'ai croisés dans le service neurologie-métabolisme, où Samy était hospitalisé, soumis à différents types de régimes.

Pour l'heure, Samy est épargné, il n'est pas sociabilisé, comme on dit, mais déjà, il mange à part. De toute façon, comme il n'est pas capable de tenir sa cuillère seul, je dois être à côté de lui.

Nous sommes donc sur un bateau, cet été 2007, et bien entendu, j'ai emporté ma balance, désormais partie intégrante des bagages qui accompagnent Samy partout. Ce que je n'avais pas prévu, c'est qu'une balance nécessite plus de stabilité que ne lui en offre un bateau pour afficher un chiffre juste. À chaque clapotis, le bateau tangue, et les chiffres qui s'affichent dansent. Impossible d'obtenir un dosage fiable.

Il faut donc que je quitte le bateau pour peser les aliments de Samy.

C'est là que les vacances deviennent cocasses. Julia, toujours prête à m'aider, m'accompagne dans chaque port. Pendant que le reste de la famille va faire un peu de shopping, après avoir rempli les réserves du bateau, gazole, eau et vivres, elle et moi filons dans le café le plus proche, un énorme sac à mon épaule, Samy dans sa poussette.

Nous commandons un Coca chacune, et le plus discrètement possible, si tant est que ce le soit, nous sortons nos légumes, nos conserves, nos boîtes en plastique et notre balance. Et en prévision d'une éventuelle navigation de deux ou trois jours sans toucher terre, nous pesons, répartissons, durant une bonne heure chaque fois. Ce travail de fourmi nous fait rire, mais nous nous sentons un peu ridicules. Chaque fois, le ou la serveuse nous lance des regards étonnés, les clients nous regardent bizarrement, nous n'avons vraiment pas l'air de vacancières, alors pour ne pas faire trop étrange, nous achetons parfois des cartes postales. Pendant que l'une écrit, l'autre continue de peser, et nous avons la naïve impression que cela justifie mieux le temps que nous passons à ces terrasses.

Deux ou trois Coca plus tard, nous repartons, après avoir tout remis dans mon gros sac, mais cette fois, les boîtes hermétiques sont pleines de repas minutieusement dosés, les conserves vides et jetées à la poubelle.

Et nous recommençons notre drôle de manège dans chaque port.

Bougie

Cet été, c'est aussi celui des deux ans de Samy.

Le matin de son anniversaire, Marco s'enthousiasme. Vite, vite maman, il faut préparer quelque chose pour Samy ! Aujourd'hui il a deux ans ! On va faire une fête, hein maman ?

Oui, oui, attends un peu… On verra ça tout à l'heure. Il faudra faire un gâteau, mais que pour nous, Samy n'aura pas le droit d'y goûter, alors on ne le mangera que quand il sera couché, d'accord ? Mais on lui fera souffler ses bougies, et on lui chantera une chanson.

Marco est impatient. Il ne pense qu'à cet anniversaire.

Samy, Marco et moi sommes toujours les premiers levés sur le bateau. Les deux ados sont plus enclins à faire de longues grasses matinées, ma mère est une vraie marmotte, et les autres profitent des vacances pour rallonger leur temps de sommeil. Les papas nous suivent de peu, mais là, ils dorment encore.

Pendant que je fais manger les petits, Marco m'interroge :

— Dis maman, à quelle heure on fait l'anniversaire de Samy ?

— Ce soir au dîner sans doute. Pourquoi ?

— Ah c'est pour ça… il faut attendre ce soir, alors.

Mon petit bonhomme fronce les sourcils, l'air convaincu. Que se passe-t-il donc dans sa tête ?

— Attendre quoi ? je demande.

— Ben qu'il change ! Qu'il aille mieux ! Ce soir, puisqu'il aura deux ans, ce ne sera plus un bébé, tu vois, ce sera un enfant, donc il va marcher, sourire, et ze pourrai enfin jouer avec lui ! me répond Marco dans une magnifique innocence.

Je lui souris tendrement, et m'approche de lui. Je n'ose pas briser son rêve trop nettement.

— Tu sais, mon amour, c'est vrai que ce serait génial. Mais ne sois pas trop déçu, parce que ça ne se passe pas tout à fait comme ça. Regarde, toi, tu as eu cinq ans le 2 mai dernier. Tu crois que tu as changé tout net ? Moi, j'aurais bien voulu que ce soir-là, d'un coup, tu sois capable de faire tes lacets tout seul ! lui dis-je en lui lançant un clin d'œil.

Marco sait qu'il n'est pas encore très doué dans ce domaine, et ne semble pas pressé d'y parvenir.

— Oui, mais ça c'est pas pareil, dit-il en rigolant.

— Eh bien un peu quand même. Samy a besoin de temps pour faire des progrès. Mais ça viendra, un jour il pourra jouer avec toi.

À ce moment-là, je ne sais pas que je suis en train de mentir à mon fils. J'y crois moi aussi. Je suis certaine que Samy va progresser, évoluer, à son rythme, certes, mais que tout ira mieux pour lui.

Marco, t'ai-je fait du mal en te donnant trop d'espoirs qui ont été déçus ? Comme je le regrette ! Mais que doit-on dire à un enfant de cinq ans, alors que même les médecins ne vous disent rien ? Qu'ils vous disent juste qu'ils « ne savent pas ». Ce que vous interprétez par « tout est possible ». Et que vous traduisez directement par « au prix d'un peu de patience, tout rentrera dans l'ordre ».

Marco ne m'écoute déjà plus, tout occupé qu'il est à observer les poissons venus manger les miettes de notre petit déjeuner, jetées par-dessus bord.

En fin d'après-midi, nous fêtons cet anniversaire, que Marco nous aura rappelé cent fois dans la journée. Ensemble, nous avons acheté une bougie, en forme de « 2 », et quelques petits cadeaux. J'hésite déjà dans le choix des cadeaux de Samy. Normalement, offrir un jouet à un enfant est ce qu'il y a de plus facile. Au moins jusqu'à huit ou neuf ans. Ils aiment tout, les magasins regorgent d'objets qui les séduisent.

Mais, à deux ans, Samy a déjà épuisé tous les jouets qu'on offre d'habitude aux tout-petits : les peluches, il s'en fiche. Les jouets à manipuler ne l'intéressent pas. Seuls ceux qui font un peu de musique semblent l'attirer. Mais il n'est pas capable de les utiliser seul. Jamais il n'ira en prendre un, ne le retournera dans tous les sens, jusqu'à comprendre qu'en appuyant sur le gros bouton jaune, un joli son se déclenchera.

Il reste là, les bras le long du corps, la tête penchée, retombant sur son menton, encore trop lourde pour qu'il parvienne à la redresser vraiment plus de quelques secondes.

Alors je lui offre des jouets sonores, que j'allume à côté de lui. Et, normalement, je le gave de chocolat, il en raffole. Mais cette année, pas question. Il n'en a plus le droit.

Je ne ferai aucune dérogation tant qu'il supportera ce régime miracle. Deux semaines à peine après l'avoir commencé, les crises d'épilepsie ont cessé. Plus une depuis déjà deux mois. Une telle réussite ne se met pas en péril.

Au bout du quatrième mois, il deviendra de plus en plus compliqué de te faire manger. Tu as faim, et très vite, je serai obligée pour te rassasier de te faire toujours le même repas. Seuls les champignons et les épinards contiennent assez peu de glucides pour être avalés en quantité suffisante et satisfaire ton appétit. Est-ce par lassitude de ces menus répétitifs que tu vas commencer à te débattre à chaque repas ? Dès que je te mets à table, tu t'agites. Aussitôt tu cries, tu tournes la tête, tu te frappes, tu recraches tout. Un mois plus tard, je cède. J'arrête ce régime, avec l'accord des médecins. Miraculeusement, ses effets bénéfiques vont perdurer quelques années. La guerre que tu as commencée à livrer à table, elle, durera beaucoup plus.

En fin d'après-midi, ce 5 août 2007, nous sommes tous autour de toi.

Tu es là, dans les bras de ton père. Je te vois, la tête lourde, penchée en avant, comme une poupée de chiffon. Comme d'habitude, tu ne dis rien, ne bouges pas beaucoup. Peut-être sens-tu tout de même qu'il se passe quelque chose d'inhabituel ?

Que comprends-tu de ce moment où ton oncle, ta tante, tes frères et sœur, tes grands-parents, ton père, et moi-même sommes là à chanter la traditionnelle chanson d'anniversaire, tous gais, tous joyeux de te voir fêter tes deux ans ?

Marco, qui ne pense qu'à ce moment depuis le matin, t'apporte ta bougie. Elle est allumée, et il te la présente, respectueusement. Mais tu ne sais pas souffler. Alors nous nous y mettons tous : un, deux, trois, pfffff !

Bon anniversaire Samy !

Ton petit frère vient de souffler sa deuxième bougie, avec notre aide, mon Marco, et ce soir encore, le miracle que tu espérais n'a pas eu lieu. Il n'a pas changé. Il est toujours le même, adorable petit ange blessé, qui ne peut s'exprimer.

Je te sens déçu, Marco, mais tu n'en dis rien. Tu ouvres les cadeaux de Samy, tu les lui présentes, tu lui montres comment s'en servir. Tu es finalement content parce que tu aimes les anniversaires. Mais ce soir, quand je viendrai te dire bonne nuit, tu me diras ta déception. Il ne s'est rien passé de neuf pour Samy.

Braves petits soldats
Marco, Samy
Si différents et pourtant unis
Sans l'avoir voulu, ni choisi
Mais c'est ainsi
Deux enfants, c'est quand même une fratrie
L'un grandit et s'élance
L'autre grandit, un peu brisé
Et c'est comme une différence.

La culotte de Chantal Thomass

Aujourd'hui, je m'occupe un peu de moi. Cela fait des siècles que je ne me suis pas acheté de lingerie, et mes culottes et soutiens-gorge commencent à faiblir... Je peux être maman d'enfant handicapé et rester une femme, et je vais me le prouver. En fait, je suis déjà épuisée par mes nombreuses nuits blanches et mes angoisses, mais ce matin il fait beau, je suis de très bonne humeur malgré tout, et j'ai envie de faire semblant de croire que tout est normal et possible.

Direction les Galeries Lafayette, à Paris. L'étage consacré à la lingerie est parfait, spacieux, et le choix est large. Je suis avec Samy, Marco est à l'école, et je n'ai pas d'éducatrice à cette heure-ci, mais après tout, Samy est calme. Je sens que c'est un bon jour. Il adore la voiture, il adore la poussette, bref j'ai là tous les ingrédients pour passer un bon moment en sa compagnie. À cette époque, il n'a pas encore de problèmes à l'idée d'« entrer » quelque part, il accepte sans sourciller d'aller dans un nouveau lieu.

Me voici donc en route, avec ma voiture, parée de tout le nécessaire : biberon, change au cas où, deux brosses à dents pour le faire patienter, un casque pour lui mettre de la musique si le lieu devenait bruyant, ce qu'il supporte mal, de quoi le faire manger. Supermaman est superprête, elle a pensé à tout !

À tout… ou presque.

J'arrive à l'étage concerné. Samy bien ancré dans sa poussette, je me promène dans les allées. Nous sommes en milieu de matinée, l'endroit est très calme, les clientes sont rares. Juste un petit souci : la poussette de Samy ne passe pas entre les rayons lingerie, c'est trop étroit, alors je le laisse sur un côté, près de l'allée principale. Et je fouine dans les rayons, en gardant Samy dans mon champ de vision, à trois ou quatre mètres de moi au maximum. Tout va bien, je choisis quelques modèles à essayer. Bon, là encore, il va falloir m'organiser pour emmener Samy près des cabines d'essayage, mais ce ne sera pas plus compliqué que pour n'importe quelle maman avec n'importe quel bébé.

Ma réflexion est interrompue par des appels.

— À qui est cet enfant ? Que fait-il là ?

La dame qui s'interroge n'a pas l'air contente. Avant qu'elle n'aille s'imaginer que ce petit est abandonné, je me manifeste

— Ne vous inquiétez pas, je suis là, je le surveille.

Mais Madame ne l'entend pas de cette oreille.

— Il n'a rien à faire là, vous ne pouvez pas le laisser tout seul ici !

Elle prend à partie une collègue qui s'approche. Les deux ont des mines outrées, comme si j'étais une mère indigne qui laisse son enfant dans un coin pour faire son shopping tranquillement... ce qui n'est pas tout à fait faux, je dois bien l'avouer, mais aujourd'hui j'assume d'être indigne. Ou presque, il ne faut quand même pas exagérer.

Bon, calmons-nous et expliquons-nous.

— Mesdames, il n'y a aucun souci, je le surveille, je veux juste acheter quelques modèles, mais vos allées sont un peu étroites pour les poussettes. Et là, il ne gêne personne, en tout cas je ne crois pas.

Mais les deux femmes ont décidé que mon cas relevait d'une urgence gravissime.

— Non, non, non, vous ne pouvez pas le laisser là, enfin madame, on ne laisse pas un enfant comme ça tout seul !

Ah bon ? Et pourquoi pas ? C'est un crime qu'un enfant attende ses parents à quelques mètres d'eux ?

Elles doivent s'ennuyer en cette matinée de semaine où il n'y a encore personne dans les magasins.

Samy, qui jusque-là n'avait pas émis le moindre son, proteste lui aussi. Il se balance, d'avant en arrière, en agitant les mains frénétiquement, comme s'il voulait s'envoler, avec un mouvement de la langue très particulier que lui seul maîtrise, et qui produit un drôle de bruit de succion. Je crois que tout ce remue-ménage le dérange un peu. Malheureusement, son petit manège ne fait qu'aggraver mon cas.

Les deux adversaires de ma matinée glamour semblent de plus en plus outrées. Et un peu surprises. Mais elles ne se posent pas plus de questions que ça, elles ont un principe, et celui-ci les protège de tout. Visiblement, elles font de mon petit cas anodin une grande affaire. Ça suffit, OK, je laisse tomber, Samy est déjà trop agité pour envisager le moindre essayage. Puisque c'est comme ça, je n'achète rien, tant pis pour la jolie dentelle que je tiens entre les mains, je ne vais pas payer quoi que ce soit à ces deux mégères !

Je prends mon air le plus digne, et je m'approche de Samy, en clamant, assez fort pour qu'elles m'entendent :

— Viens, mon bébé, on s'en va. De toute façon, il n'y a rien d'assez bien pour nous ici. Je dépenserai tout l'argent de ton allocation pour enfant handicapé ailleurs !

C'est minable, mais en cet instant un peu de provocation me ravit. Elle va les occuper un moment, ma petite phrase !

Je récupère donc Samy et sa poussette et je m'avance vers l'escalator, sous leurs regards effarés, quand j'aperçois quelque chose entre ses mains. Tiens, tiens, qu'est-ce que c'est ? Ça ne ressemble pas à une brosse à dents, et je ne lui ai rien donné d'autre.

Je me penche et saisis ce qui ressemble à du tissu, de couleur noire. Il s'agit en fait d'une magnifique culotte en dentelle Chantal Thomass, qui, à en juger par son aspect mouillé peu ragoûtant, a été patiemment mâchouillée par mon fils pendant que je me disputais avec les deux vendeuses.

Bravo mon amour, joli pied de nez !

Je m'en vais, fière de mon petit bonhomme, non sans avoir délicatement déposé la jolie culotte Chantal Thomass au milieu des rayons. J'adore vos sous-vêtements !

Malo

Sido, mon amie et marraine de Marco, a donné naissance à son premier bébé, un adorable petit garçon prénommé Malo, il y a quelques semaines. Je suis allée la voir à la maternité, elle était en pleine forme, le bébé aussi, et j'étais heureuse pour elle. Je la revois encore, dans son lit, il fait beau en ce mois de janvier, elle est seule dans une chambre immense, aussi froide que peuvent l'être les chambres d'hôpital, mais Sido est radieuse. Elle qui s'est angoissée pendant des mois à l'idée d'accoucher, semble déjà parfaitement à son aise avec son bébé. Elle ne pense qu'à quitter l'hôpital, le plus tôt possible, et même si je la préviens qu'une fois à la maison, la fatigue va rapidement la submerger, il faut la comprendre, elle est médecin, les hôpitaux elle y passe ses journées, elle ne supporte pas d'être à la place des malades, ce n'est pas son rôle !

Aujourd'hui, c'est chez elle que je lui rends visite, en fin d'après-midi, à notre heure préférée, celle du thé. Il me reste près de deux heures avant de devoir rentrer chez moi, où m'attendent Marco et Samy, en compagnie d'une éducatrice et d'une psychologue.

J'entends donc bien profiter de ce moment de liberté.

À peine arrivée chez Sido, je n'ai qu'une envie, voir le bébé, le prendre dans mes bras, le câliner. Mais je connais les jeunes mamans, elles sont parfois possessives comme des louves avec leur portée. Je me retiens, donc, et me contente d'admirer le fils de mon amie, tendrement lové contre elle. Sentant mon impatience, Sido n'hésite pas, elle se lève et vient le poser dans mes bras.

J'accueille Malo avec mon plus beau sourire…

— Hello, toi, tu te souviens de moi ? Je suis venue te voir à la maternité.

Ensuite, je ne comprends plus rien, je ne sais pas ce qui se passe, soudain, c'est une avalanche de sentiments contraires, un torrent d'émotions qui surgit, et emporte tout.

Sido est en train de nous servir une tasse et Malo, qui n'a que deux ou trois semaines, ouvre grands ses yeux, et plante son regard dans le mien. Comme ça. Sans prévenir. Sans m'avoir laissé le temps de m'y préparer. C'est brut, violent et magnifique à la fois. Et ça me déstabilise complètement. Ça me ravit et ça me heurte. Ça me séduit et ça me choque. Ça me bouleverse. Les sanglots jaillissent d'un coup. Je ne sais pas ce qui me prend, j'ai une boule dans la gorge, un nœud énorme dans le ventre, qui grossit et grossit encore. Comment est-ce possible ?

Pourquoi ? Non, arrête, ce n'est pas juste pour Sido, tais-toi, bon sang ! Mais rien à faire, je n'arrête plus de pleurer, je hurle en silence ma douleur, pendant que mes larmes et mes hoquets viennent secouer cet adorable bébé que j'ai dans les bras.

Malo semble aussi déconcerté que moi. Inquiet, il se met à pleurer lui aussi. Quant à Sido, qui vient de se retourner pour me tendre ma tasse, si la situation lui échappe, elle réagit immédiatement, déjà toute maternelle. Je vois dans ses yeux qu'elle a compris ce qui se passait en moi, alors que moi-même je n'y comprends rien.

Je venais me réjouir de ce beau bébé, je suis heureuse pour elle, je ne fais pas de comparaison, je sais que Samy est différent, j'y suis habituée, cela fait plus de deux ans que j'ai basculé dans son univers fait de crises, de maladies et de handicaps. Je ne suis pas jalouse, ça j'en suis sûre.

Sido me tend les bras, d'abord pour reprendre Malo, qui pleure de plus belle, puis pour me serrer contre elle, ne sachant que faire d'autre. Et elle fait bien. Elle nous berce, Malo et moi, jusqu'à ce que nous nous calmions. Au même moment, Fabrice, son compagnon, rentre dans la pièce, de retour du bureau. Quel drôle de spectacle nous offrons !

Quand, enfin, mes larmes se tarissent, Malo s'est rendormi, je bafouille des excuses, même si je sais qu'elles sont inutiles, que ni Sido ni Fabrice n'en ont besoin ; moi si, elles me permettent de mettre des mots sur ce qui vient de m'arriver. Et je ne veux tellement pas que mes soucis et ceux de Samy entravent leur bonheur tout neuf.

Je découvre surtout que je n'en ai pas fini de la situation que je vis avec Samy, je croyais l'avoir acceptée, Malo vient de nous démontrer brillamment qu'il n'en est rien : tes sourires, ta joie de vivre, ta gaieté, c'est du flan, Églantine ! Arrête de faire semblant !

Réveille-matin

Le réveil sonne. Assommée de fatigue, je me lève. Les petits, eux, dorment toujours.

Je m'habille, je prépare le petit déjeuner et je vais réveiller Marco.

— Maman, pourquoi on doit se réveiller ? Il fait encore nuit !

— C'est normal, mon amour. C'est comme ça en hiver, il fait nuit quand on se lève. Il fera bientôt jour. Allez, courage ! Debout !

Mais Marco peine à se réveiller tout à fait. Hagard, il enfile les vêtements que je lui tends avant de me rejoindre à table.

— Quand même, il fait vraiment noir dehors.

— C'est vrai, mais c'est comme ça. Allez, prends ton chocolat chaud, et ne nous mets pas en retard. Je vais voir si Samy est bien endormi.

Je vis désormais seule avec les deux enfants et ils n'ont pas les mêmes horaires. Marco est en grande section de maternelle, il finit son année dans cette école située tout près de Necker. J'ai trouvé un nouvel appartement, plus loin, dans le XVe arrondissement. Alors, le matin, je ferme tout à clé, sa chambre, la cuisine, et je laisse Samy, je sais qu'à 8 heures il s'est rendormi il y a peu, j'ai le temps avant qu'il ne se réveille à nouveau. Tout est sécurisé. Et puis Samy ne sait pas marcher, à peine quelques pas hésitants, alors il ne risque rien. De toute façon, allez trouver une baby-sitter pour une demi-heure à ces horaires-là ! J'ai le temps de faire l'aller-retour en voiture jusque dans le VIIe arrondissement, déposer Marco à l'école, et revenir avant que Samy n'ait commencé à bouger.

Mais ce matin, nous avons vraiment du mal, Marco et moi. Il bâille, il est au ralenti. Moi aussi, mais je mets ça sur le compte de la difficile nuit que je viens de passer auprès de Samy. Je suis dans cet état tous les matins, donc c'est normal.

Nous partons, les rues défilent, vides. Personne. Pas âme qui vive.

— C'est bizarre maman. Y a personne dehors.

— C'est vrai, c'est bizarre. On est peut-être un tout petit peu en avance.

Je m'interroge quand même.

Nous arrivons devant l'école maternelle. Toujours personne. La porte est fermée. Je n'ose regarder l'heure. Nous, en avance ? Ce n'est vraiment pas notre genre.

Depuis que mon réveil a sonné, je n'ai vérifié l'heure nulle part. Ni sur la porte du four dans la cuisine, ni sur mon téléphone portable, ni sur la petite horloge de la voiture. Ni même sur mon réveil en y repensant. Mais là, je crois qu'il est temps. Je me décide. Cinq heures et demie ! Je me frotte les yeux, et regarde encore.

Oui, c'est bien ça, il est cinq heures et demie du matin !

— Marco, je crois que je me suis un tout petit peu trompée ce matin... Tu vas rire, mais il n'est que cinq heures du matin...

— Quoi ? crie mon petit garçon. Cinq heures ! Ça alors !

— Ben oui, je ne comprends pas.

— Quand même, maman, tu exazères, de t'être trompée *un tout petit peu* ! rétorque Marco avec un sourire moqueur.

Il a l'air de trouver la situation à son goût. Je le sens même plutôt fier d'être debout à cette heure-là.

— Euh, là, oui, j'avoue ! C'est n'importe quoi ! Tu sais quoi ? On va rentrer à la maison et tu peux te recoucher.

— Ben z'ai plus sommeil moi !

— Alors mieux ! Tu vas te mettre dans mon lit, et on va attendre que la boulangerie ouvre. Ensuite j'irai t'acheter tout ce que tu veux pour qu'on se fasse un méga petit déjeuner au lit avant de revenir à l'école !

— Ouais super ! Et tu pourras te tromper autant de fois que tu voudras, maman !

À peine rentrée, j'ai regardé mon réveil. Il avait bien sonné à 4 heures et demie du matin, soit trois heures plus tôt que d'habitude. J'avais dû modifier les réglages, sans le vouloir, pendant une de mes luttes nocturnes avec Samy. Et je l'avais éteint mécaniquement quand il avait sonné, sans même lui jeter un œil.

Un week-end sur deux

J'ai quitté le père de mes enfants parce que j'étais fatiguée. Fatiguée de vivre avec quelqu'un qui tenait à faire comme si tout était normal. Attendait que les enfants soient couchés pour que notre soirée, notre dîner commencent.

Il partait à son bureau le matin, rentrait le soir. En ce qui le concernait, effectivement, rien n'avait changé. Si, moi, un peu. J'étais préoccupée, moins disponible pour nous deux. Je me levais, je m'inquiétais pour Samy, je courais les médecins, cherchant à comprendre ce qui n'allait pas chez cet enfant si calme. Et je travaillais, m'occupais aussi de Marco, ne voulant pas qu'il pâtisse des troubles de son petit frère. Ensuite, quand Samy a dû être régulièrement hospitalisé, j'ai commencé à partager ma vie entre Paris, l'hôpital Necker et notre maison de Seine-et-Marne. Lui rendait visite à son fils le soir, me faisait confiance, disait-il. Je gérais tout ça de mon mieux, il le savait, et estimait qu'il ne ferait pas mieux que moi. Alors pour quoi faire ?

Impossible de vivre comme si tout était normal. Rien ne l'est plus désormais, et je n'ai pas la force de mener cette double vie. Une vie de couple et une vie avec les enfants, comme si les deux pouvaient ne pas être liées. C'est l'impression que j'avais alors. Nous n'avons pas su me défaire de cette impression. Alors je suis partie.

La vraie question, finalement, est peut-être de savoir quelle place je lui ai laissée…

Je pense, encore aujourd'hui, que c'était à lui de la prendre tout seul, du moins au début. Mais avec un enfant si jeune, avec qui il n'avait pas encore eu le temps de nouer une relation, comme je l'avais fait d'instinct dès la naissance de Samy, les choses ont sans doute été encore plus difficiles pour lui.

Par la suite, après notre séparation, je me suis jetée à corps perdu dans la bataille. Je me suis mise à courir. Et lui est resté en arrière, au ralenti. Plein de rancœur.

Je passe mon temps dans les hôpitaux, les rendez-vous médicaux avec Samy, pendant que son père est encore sur la ligne de départ. Quand enfin il décide de s'élancer, il a plusieurs tours de retard. Et je n'ai pas le temps de refaire tout le parcours, parce qu'il faut bouger, avancer, lutter sans cesse. Je m'agace, irritée de voir qu'il ne comprend rien.

Et voilà, les pères sur le carreau, qui souvent, par lâcheté aussi, laissent faire… et petit à petit abandonnent… Ce sera la faute de leur femme, qui n'a pas voulu les laisser participer…

Mais pour vous, Samy et Marco, j'ai laissé à votre papa la porte ouverte. Il pouvait venir voir ses fils quand il voulait.

Plus tard, il a voulu s'impliquer dans l'éducation de Marco. S'en occuper enfin. Régulièrement. Il s'est mis à le prendre un week-end sur deux, comme le font la plupart des parents séparés. Je lui en suis reconnaissante. Marco a pu, deux fois par mois, passer des week-ends normaux.

Samy, lui, restait avec moi 365 jours sur 365. Son père était incapable de s'en occuper. Heureusement, il y avait mes parents, les seuls à accepter de le prendre en week-end, quand j'étais vraiment à bout de fatigue.

Non-dits

Samy va bientôt fêter ses trois ans, et je passe les vacances d'été chez mon frère aîné. Lui et sa femme, Kao, habitent à Biot, dans le sud de la France, une jolie petite maison, toute calme. Je débarque, comme d'habitude, avec ma troupe au grand complet : Marco et Samy, Martin, un copain de Marco, Gloria, une jeune femme que j'ai embauchée pour l'été, afin de pouvoir souffler de temps en temps, sa fille de huit ans (je n'ai pas eu le cœur de priver une mère et sa fille d'un été ensemble à cause du travail, j'ai donc emmené la petite avec moi) et une kyrielle de bagages. Nicolas et Kao sont cool, ils n'ont pas peur de nous recevoir, sachant que tout ce petit monde, ça fait du bruit ! Mes parents sont là aussi, et je suis contente de savoir que je vais pouvoir compter sur eux pour m'aider. Parce que Kao travaille, elle ne sera là que le soir, et il serait bien que la maison soit calme à son retour. Et puis elle et mon frère n'ont pas d'enfants, pas l'habitude de s'en occuper, alors un Samy !

Nicolas m'aide à sortir les bagages tandis que mes parents s'occupent des enfants. Les sacs, le lit pliant de Samy, la poussette de Samy, le drôle d'engin de kiné de Samy qui l'aide à se tenir debout, un peu comme un youpala et qui pèse des tonnes, les médicaments de Samy, et il y en a beaucoup, puisque j'ai pris ce qu'il faut pour un mois de vacances, la baignoire gonflable de Samy qui me sert de parc, de piscine, etc. Comme dit Marco, c'est fou la place que prend le plus petit ! C'est vrai que j'ai l'habitude de faire un seul sac pour Marco et moi, dans lequel j'en mets le moins possible, afin de ne pas alourdir encore davantage nos déplacements.

Une fois les bagages sortis, nous nous occupons de la maison. Nous avons décidé d'aménager la cave, qui ouvre directement sur le jardin, en chambre pour Samy et moi. La pièce est assez grande pour y mettre nos deux lits, et après un grand ménage, l'installation d'un joli rideau et de quelques étagères, l'endroit est tout à fait agréable. En plus, c'est la seule pièce où il fait frais !

Mes parents dorment dans une des chambres d'amis, Gloria et sa fille dans l'autre, et les enfants iront sur la mezzanine. Nos années de camping en famille nombreuse nous servent toujours !

Les vacances se déroulent plutôt bien : le matin, dès que mon père est réveillé, il prend Samy et l'emmène, de façon que je puisse me rendormir un peu. C'est le moment que je préfère : celui où la maisonnée est encore calme, où, bien enfoncée dans mes oreillers, je peux enfin déposer les armes, celles dont j'ai usé toute la nuit pour lutter contre les crises de Samy. J'entends papa, bientôt rejoint par maman, prendre son petit déjeuner sur la terrasse, faire manger Samy. Le son me parvient un peu étouffé, et je végète ainsi un long moment, mi-cotonneuse, mi-endormie. Je suis rassurée, je sais que Samy est bien avec mes parents, ou du moins n'est pas plus mal avec eux qu'avec moi. Oui, c'est ça. Samy s'agite toujours, se frappe parfois, j'entends maman qui lui demande de se calmer, un petit silence, et je sais qu'il a accepté de manger, ou alors qu'il s'est rallongé contre ma mère, et qu'il se détend un peu lui aussi. Ça ne durera pas, d'ici quelques minutes il va vouloir se relever, crier, mais, dans l'immédiat, ce n'est plus mon problème. Jusqu'à un certain niveau sonore qui va me vriller les tripes et me faire me relever d'un mouvement brusque, je sais déléguer. Donc je me rendors un peu, mes muscles se relâchent, mon souffle se ralentit, je me laisse bercer par ma respiration, par les petits bruits rassurants de la maison qui se réveille doucement au-dessus de ma tête. Cette cave est mon îlot de paix, après avoir été mon enfer nocturne.

Je finis par me lever, une ou deux heures plus tard, décidée à profiter du soleil, de Marco et de son copain Martin, un enfant facile et plein d'humour. À eux deux, ils ne sont jamais à court d'idées, de jeux. Ça rit, ça chahute, ça pleure parfois, ça court avec les chiens, ça vit. Une nuit, je leur monte ma tente d'étudiante dans le jardin, ils y campent, lampe de poche, chocolats et BD dans leur sac. Le soir, nous les emmenons au cirque, manger une glace sur le bord de mer, ou voir le feu d'artifice du 14 Juillet sur les hauteurs de Nice. Chaque fois, Samy est là, pas loin de leurs jeux, avec ses cris, mais ses plaisirs aussi. De temps en temps je le mets dans le jacuzzi gonflable que mon frère s'est installé sur sa terrasse, et dont les deux garçons ont fait leur piscine. L'eau est chaude, il y a des bulles, j'y ai rajouté une cinquantaine de boules en plastique de toutes les couleurs, et Samy y patauge avec plaisir. Il ne les dérange pas, ou à peine, et je vois que Marco passe des vacances normales, son petit frère ne brisant que rarement l'univers amical et enfantin qu'il s'est fabriqué avec Martin.

Un jour, nous décidons d'aller rendre visite à mon grand-père, qui habite Cannes. Une jolie résidence, avec parc et piscine. Parfait pour passer la journée avec les enfants. C'est une vraie piscine, et non pas leur jaccuzi quotidien de deux mètres de diamètre. Et c'est plus facile pour moi par rapport à la plage, que je préfère éviter autant que possible : il y fait souvent trop chaud pour Samy, qui s'est pris de passion pour le sable. Le hic, c'est qu'il le mange. Sans parler du problème de ses couches. À presque trois ans, mon fils en paraît bien quatre ou cinq tellement il est grand, et lui laver les fesses discrètement devient délicat. Je sens le regard de mes voisins de serviette, choqués par ses couches et gênés par sa nudité. Plus question désormais de le laisser les fesses à l'air, ce qui est pourtant essentiel et tellement agréable pour un enfant qui porte des couches toute l'année. J'ai dû me résoudre cette année à lui faire porter un maillot de bain par-dessus sa couche.

Les années suivantes, j'éviterai de plus en plus la plage. Lorsque Samy a su se déplacer seul, faire quelques pas sans aide, les choses se sont encore compliquées : mon petit bonhomme n'a pas tout à fait les mêmes notions de politesse que les autres et ne manque pas de se jeter sur les pique-niques, de fouler les serviettes de plage de ses pieds ensablés, quand il ne s'installe pas carrément sur les poussettes des bébés, occupées ou non ! Allez lui expliquer que cette serviette ou ce sandwich n'est pas à nous, que notre coin est un peu plus loin, et qu'on ne retire pas de la main du monsieur là, juste à côté de lui, le gâteau qu'il portait à la bouche, pour le mettre dans la sienne !

Je fuis donc les plages autant que possible, sauf quand Marco me les réclame.

Ce jour-là, nous décidons donc d'aller à la piscine de la résidence de mon grand-père. J'en profite pour inviter mon amie Delphine. Nous avons fait nos études ensemble à Paris, mais elle vit aujourd'hui à Nice. Elle est enceinte de son premier enfant, et je ne l'ai pas vue depuis des mois.

Nous voici confortablement installés sur des transats, Samy est calme, allongé contre moi à l'ombre d'un parasol. Marco et Martin sont déjà dans l'eau, au milieu d'enfants des autres résidents, mes parents lisent, Delphine me fait le récit de ses dernières aventures niçoises, nous nous racontons ce que chacune a vécu ces derniers mois. Et puis il commence à faire chaud, nous décidons de rejoindre tout le monde dans l'eau.

Avec Samy, calé confortablement dans mes bras, visage tourné vers l'extérieur, j'avance doucement dans la piscine. Deux femmes, un peu plus âgées que moi, se baignent, sans s'éloigner du bord. Elles ont les cheveux relevés, sans doute ne veulent-elles pas les mouiller, et jettent régulièrement un œil sur leurs enfants, qui s'ébattent un peu plus loin.

Je m'avance encore dans l'eau, je suis presque à leur niveau. Samy affiche l'air indolent de celui qui se laisse bercer. Il ne bouge pas, les bras ballants, le regard un peu vide, enfin, c'est ce que ce regard qui refuse de rencontrer vos yeux laisse parfois penser. Et puis à cette époque il est encore assez « hypotonique » : il ne tient pas sur ses jambes, n'a aucun tonus dans le dos, je dois souvent lui soutenir la tête, comme un nouveau-né.

C'est vrai qu'il fait très chaud, ce bain va lui faire du bien. Je continue mon avancée dans l'eau, Delphine à mes côtés, poursuivant notre conversation. C'est alors que les deux femmes m'interpellent, l'air inquiet : « Vous êtes sûre qu'il va bien votre petit ? Il n'a pas pris un coup de chaud ou autre chose ? »

Et moi, tranquille et spontanée : « Non, rassurez-vous, c'est un enfant malade, c'est normal ! » Je leur souris et retourne à ma baignade, Samy toujours contre moi.

Et là je réalise, devant les regards stupéfaits de mon amie et de ces deux femmes, que ma réponse ne veut rien dire ! Je confirme à la fois que mon fils va mal mais que tout va bien. Faut-il expliquer, rentrer dans les détails ? Je n'en ai pas envie et, au fond, je ne suis pas sûre qu'elles en aient envie non plus. Elles me regardent comme si j'étais inconsciente, elles sont choquées et se demandent certainement si elles ne sont pas en train de se rendre coupables de non-assistance à enfant en danger. En fait, la situation m'amuse. Delphine le sent et commence à s'en amuser elle aussi. « Quand même, tu exagères. »

Mais si je leur disais la vérité, si je leur parlais du handicap de Samy, elles seraient désolées, sans doute gênées, et ça, je ne le veux pas. Pas aujourd'hui. Je suis bien. J'ai Samy contre moi, les deux grands rient en faisant des plongeons dans l'eau, mon amie que quatre années d'études à Paris ont soudée à moi à jamais est là pour la première fois depuis longtemps, je profite paisiblement de mes vacances, je ne vais pas gâcher ce rare moment pour faire de l'explication de texte. Finalement, ma phrase irréfléchie me fait rire, et Delphine aussi !

Soyons réalistes

Samy a trois ans. Se pose la question de sa scolarité. Je sais que l'année de sa naissance, une loi a été votée, donnant à chaque enfant le droit à l'éducation, à la scolarité, quelle que soit sa situation, handicap compris.

Je prends tout de même soin de contacter la mairie pour expliquer la situation. Peut-être peuvent-ils accorder à Samy une de ces auxiliaires de vie scolaire (AVS), censées l'aider dans les gestes quotidiens de l'école ?

La dame de la mairie est charmante, et m'explique que je dois me mettre en contact avec son référent de la MDPH, puis voir le médecin de la PMI, et ensuite le directeur de l'école.

Déjà rompue aux incessantes formalités auxquelles nous devons nous soumettre, Samy et moi, je m'exécute.

Je ne connais aucun référent de Samy à la MDPH, mais je demande. On m'en désigne un, qui ne voit pas d'inconvénient à l'inscription de Samy, mais qui doit encore se mettre en lien avec le médecin de la PMI. Un rendez-vous est organisé, après plusieurs semaines durant lesquelles je ne cesse de rappeler, et rappeler encore.

En attendant, comme me l'a suggéré la mairie, je demande à rencontrer le directeur de l'école. Je viens à ce rendez-vous encore innocente de toutes les peurs, mauvaises volontés et obstacles à franchir liés au handicap.

Le directeur me reçoit dans son bureau. Je suis venue sans Samy, je ne vois pas l'intérêt de le déplacer pour un rendez-vous de pure formalité.

D'emblée, le directeur affiche ses objections :

— Madame, ce n'est pas simple d'accueillir un enfant handicapé. Je crois qu'il faut attendre l'avis de la prochaine réunion avec le médecin scolaire. Je veux bien inscrire son nom, vos coordonnées, mais j'en ai parlé avec les institutrices, elles ne sont pas sûres de pouvoir accueillir votre enfant.

Je suis stupéfaite. Je croyais qu'il s'agissait juste de remplir un dossier ?

— Oui, en effet, mais c'est plus compliqué... regardez, venez avec moi...

Et le directeur de m'ouvrir la porte et de me précéder pour me faire visiter les lieux. À ce moment de notre entrevue, il ne m'a toujours pas demandé de quel handicap souffrait mon fils. Il ne sait rien d'autre que son âge et ce mot, handicap, dont il a peur.

Cette loi de 2005 a suscité beaucoup d'espoir, et c'est une bonne chose de l'avoir promulguée. Mais peut-être aurait-il fallu d'abord informer, si ce n'est former, les premiers concernés par ces nouveaux venus à l'école. Combien d'instituteurs, de directeurs, de médecins scolaires savent réellement ce qu'est le handicap ? Qui leur a expliqué comment s'y prendre pour enseigner à la fois à une classe ordinaire, déjà complexe de tant de capacités et caractères différents, et à quelques enfants handicapés ?

Quand, par chance, on leur attribue une AVS, ce qui est rare et difficile à obtenir, celle-ci n'a pas reçu plus de formation, et est jetée dans le grand bain de l'école et du handicap du jour au lendemain. À charge pour les parents de sensibiliser, expliquer, former… lorsqu'on leur en laisse le temps et le droit.

Le directeur m'emmène dans la cour et me désigne du doigt les étages supérieurs de l'école.

— Regardez, me dit-il. La plupart des classes sont là-haut, ça va être compliqué d'accès.

Je saisis soudain que du handicap il ne comprend que le problème de mobilité. Ce qui n'excuse rien. Au nom de quoi un enfant qui ne pourrait pas marcher ne pourrait-il pas apprendre aussi bien que les autres ? Et si la plupart des classes sont à l'étage, cela ne veut pas dire que toutes le sont, non ?

Devant tant de mauvaise volonté, je ne dis rien. Et fais mine de me concentrer sur la suite de la visite. Nous tombons sur des institutrices, à qui le directeur a visiblement demandé de se joindre à nous.

— Je vous présente la maman du petit Samy, un enfant handicapé. Elle souhaite que son fils entre en maternelle l'an prochain dans notre école.

Mines gênées des institutrices, qui imaginent sans doute déjà la surcharge de travail que cela va leur occasionner.

— Il faut voir si on n'aura pas trop d'enfants... Ça ne va pas être simple pour lui, la cour est petite, il ne va pas pouvoir circuler facilement, ça peut être dangereux, vous savez, à cet âge, les petits sont agités, et déjà tous ne peuvent venir en récré au même moment, on fait tourner les classes...

Stop ! je hurle intérieurement. Quelqu'un va-t-il enfin me demander de quel handicap souffre mon fils ?

J'arbore mon sourire le plus niais et leur rétorque :

— Pas de problème, il attendra son tour pour courir, comme les autres.

Je mens effrontément, mais je me dis qu'après tout, si Samy ne court pas, il marche quand même. Mal et peu, mais il marche.

Ça leur coupe le sifflet. Nous n'avons plus rien à nous dire pour le moment, je les remercie et m'en vais.

Le rendez-vous avec le médecin de la PMI a lieu quelques jours plus tard. Elle nous reçoit en compagnie d'une autre jeune femme qu'elle ne nous présente pas. Samy et moi sommes venus avec son éducatrice ABA. J'espère qu'elle pourra calmer les craintes de l'école, et éventuellement faire office d'AVS. Mais je sais que le pari est mal engagé : le médecin a déjà fait savoir par courrier qu'elle était contre l'intégration scolaire de mon fils. Sans nous avoir encore jamais rencontrés.

Je ne demande pas un plein temps à l'école pour Samy. Il n'a que trois ans, et je pense que pour commencer, compte tenu de son retard, il pourrait faire une à deux matinées par semaine. Et nous verrions ensuite.

Je tends au médecin les dernières ordonnances de mon fils. Lui explique la situation. Ou ce que j'en connais et en comprends à cette époque.

Elle me répond sans ménagement.

Je finis par me demander si le problème vient du manque de tact dans le corps médical, du manque d'informations précises que possèdent les parents ou encore de notre incapacité à comprendre, nous, parents, ce qu'apparemment tous les autres voient. Ou croient voir.

— Écoutez, madame, soyons réalistes, votre fils n'a pas sa place à l'école, il serait beaucoup mieux dans un établissement spécialisé. Je peux vous aider si vous voulez, je vous donnerai des adresses à contacter.

Pardon ? Mais pourquoi ? Je croyais que tous les enfants handicapés avaient le droit d'aller à l'école ? Je veux que Samy sorte de la maison, je veux qu'il côtoie des enfants de son âge, qu'à leur contact il s'éveille, que lui aussi profite des balades, sorties scolaires, à la piscine, au jardin, que sais-je encore. Je veux qu'il aille à la cantine aussi, j'en ai marre de lui préparer son déjeuner tous les matins avant d'aller travailler ! J'en suis là. C'est nul. Dans ma tête, je relie l'école à la cantine, et j'entrevois une diminution de ma charge quotidienne…

Et puis j'en ai marre de cette histoire de handicap ! Depuis qu'on lui a collé cette étiquette, tout ce qui a trait à Samy est devenu compliqué, difficile. Il est en retard, d'accord, il ne fera sans doute jamais Polytechnique, OK, mais il a quand même droit à sa chance, non ?

Il faut savoir ! Ou bien on me dit qu'on ne peut rien prédire quant à son avenir, qu'on ne sait jamais, que c'est l'enfant lui-même qui dira, ou bien on m'assène qu'il est handicapé et qu'il ne peut rien faire comme les autres. Et on s'étonne que les parents soient complètement perdus, et partent dans tous les sens !

J'insiste, mais je me heurte à un mur.

Je finis par demander fermement si, oui ou non, elle veut bien appuyer ma demande. Réponse nette et tout aussi ferme : « Non. » L'autre jeune femme n'aura pas pipé mot.

Très bien. De toute façon, je ne veux pas que Samy aille dans leur école. Jamais ces gens qui sont de si mauvaise volonté ne s'occuperont de mon fils, il en est hors de question !

Piscine gonflable

Ce week-end, Thomas est à la maison. Il a six ans, comme Marco. Ils se sont rencontrés l'an dernier en maternelle. Depuis, ils se réclament régulièrement. Mon fils est plutôt fier de mon imagination délirante, quoique largement devancée par la sienne. Son copain, lui, s'étonne devant le curieux mobilier de notre salon. Au beau milieu de la pièce, là où la plupart des gens installent une table basse, j'ai posé… une piscine gonflable ! Évidemment, pas la moindre goutte d'eau dedans. J'y laisse des jouets, et un bon paquet de boules en plastique multicolores. Les jouets sont à Samy, les boules c'est Marco qui me les a réclamées. Mais cette piscine est avant tout pour moi un dispositif « anti-salissures de Samy ».

Désormais, à l'heure de ses repas, je le déshabille, ne lui laissant que sa couche, et je l'assois au milieu de la piscine, préalablement vidée de tout objet. Puis je l'y rejoins, armée de ses médicaments, de papier absorbant, et de son plateau repas. Et je le fais manger. Il en met partout ? Pas de souci, le parquet est protégé. Il crache, rejette la cuillère ?

Aucun problème, dans notre espace, tout est lavable. Et à la fin du repas, je peux prendre une bassine, et tout éponger : la piscine comme Samy Ainsi « lavé », Samy a le droit de sortir. Souvent, j'emporte la piscine jusqu'à la baignoire, et je la lave à grand jet de douche. Elle retrouvera sa place dans le salon une fois parfaitement sèche.

Le système m'amuse et me facilite la vie. Non seulement mon appartement a gagné en propreté, moi, en efficacité, je me fiche que Samy salisse tout au moment des repas, mais Marco, lui, est totalement séduit par la loufoquerie de la situation.

— Aucun de mes copains n'a une piscine gonflable à la maison maman ! C'est super ! Dis, on peut dormir dedans ce soir Thomas et moi ?

— Si Thomas en a envie aussi, bien sûr !

— C'est vrai, madame ? fait Thomas, les yeux encore ronds d'étonnement devant ce drôle de meuble. On peut vraiment dormir ici ce soir ?

— Oui, évidemment ! Mais je vous préviens, il n'y a pas de matelas. Alors je ne garantis pas le confort.

— Supeeeeeer ! crient les deux garçons. On va chercher tous les coussins qu'on trouve et les couettes, ça nous fera le matelas !

— OK, je vous laisse faire. Pendant ce temps je m'occupe de Samy.

— Maman, tu peux faire attention qu'il ne vienne pas dans le salon demain matin s'il te plaît ? me demande Marco.

— Euh... là je ne suis pas sûre. Je vais faire ce que je peux, mais tu sais, Samy va vouloir bouger, et à moins de l'emmener dehors à l'aube, ce que je n'ai absolument pas envie de faire, je ne vois pas comment l'empêcher d'entrer ici.

Marco prend sa mine déçue. Ultradéçue. Les épaules qui s'affaissent, la tête qui devient visiblement trop lourde. Genre Gaston Lagaffe dans ses mauvais jours. Mais je tiens bon. Thomas n'ose pas intervenir. Je sais qu'au sujet de Samy, il a déjà posé à Marco les questions qui lui brûlaient les lèvres. À son âge, les réponses de son copain ont dû lui suffire. Moi, je n'en rajoute pas, pour que Marco puisse accueillir son copain le plus naturellement possible.

Les garçons s'installent pour la nuit. Ils ont voulu garder les boules en plastique, qui les recouvrent presque entièrement.

La nuit passe, avec son activité habituelle.

Le lendemain matin, je suis réveillée par les cris de Marco.

— Mamaaaaaaan ! Samy est dans le salon ! Viens vite !

Je me lève et cours les rejoindre. Samy est allongé sur les garçons, et suce son pouce, à son aise. Marco est furieux, Thomas n'ose pas bouger.

C'est tout Samy, ça ! Impossible de savoir s'il le fait exprès ou pas, mais là où il veut aller, il va, qu'il y ait quelqu'un ou non.

Petit voleur

— Mamaaaaaaann ! Elle est où ma brosse à dents ? Je peux pas me laver les dents, elle a encore disparu !

Je me lève et me dirige vers la salle de bains. Ce n'est pas la première fois que les brosses à dents disparaissent ainsi… À peine arrivée sur les lieux du crime, je remarque des indices dénonçant le coupable. Là, sur le rebord du lavabo, le savon porte des traces suspectes : les marques d'une petite mâchoire. D'ailleurs, un bout du savon a été emporté dans le feu de l'action. Ne reste que le moulage de six petites dents, toutes mignonnes. Un peu plus loin, sur le sol, gît le dentifrice. Visiblement, le goût du tube de plastique n'a pas plu au ravisseur.

Je poursuis mon enquête… Je sors de la salle de bains, et prends le couloir sur ma gauche, celui qui mène à la chambre de Samy. Sur le chemin, une première brosse à dents, abandonnée sur le parquet. Elle a dû tenter de s'enfuir, s'échapper des mains de son petit ravisseur, qui a sans doute été obligé de l'abandonner là, faute de la souplesse nécessaire pour la ramasser. Un peu plus loin, un minuscule morceau de savon. Tiens, tiens... Celui-là non plus n'a pas eu les faveurs du coupable. Il ne me reste plus qu'à remonter la piste... jusqu'au lit, dans lequel Samy est tranquillement assis, mâchonnant consciencieusement la brosse à dents de son grand frère.

— Te voilà toi ! Petite crapule, tu as encore piqué une brosse à dents ?

Samy me répond en s'allongeant en travers de son matelas, les pieds posés sur le montant du lit, tout en continuant de mordiller la fameuse brosse à dents.

Au même moment, un cri retentit :

— Églantiiiiiine ! Mais où est passée ma brosse à dents ? Je l'avais mise exprès sur l'étagère pour que Samy ne la pique pas, elle n'y est plus !

C'est au tour de Richard, mon compagnon.

— Encore ? Mais combien de brosses as-tu volées aujourd'hui ?

Tout à son occupation favorite, Samy ne me regarde pas, concentré sur la sensation que lui procure le frottement de la brosse contre ses gencives et ses dents. Comme il est tranquille, j'en profite pour ratisser la pièce. Et une brosse à dents sous le matelas, une ! Et une autre, ah non, deux, sous le lit ! Et encore une dans le panier de jouets. Et une de plus, coincée derrière la porte de la chambre... Six brosses à dents en tout ! Les voilà donc, toutes ces brosses qu'on cherchait depuis des semaines !

Je les rassemble, et les inspecte : elles sont complètement inutilisables, les poils partent dans tous les sens. OK, elles vont rejoindre le « tiroir à brosses à dents » de Samy, celui de la table basse du salon, qui commence à renfermer une sacrée collection.

Chaque fois que j'ai besoin que Samy patiente quelques minutes, et qu'il est déjà sage, je lui donne une brosse à dents. Elles sont toujours à ma portée dans la pièce centrale de l'appartement, hop, j'ouvre le tiroir, je la lui tends, et me voilà tranquille pendant quelques minutes supplémentaires.

Nous avons donc à la maison un stock ahurissant de brosses à dents. À nous seuls, nous faisons remonter les statistiques de l'hygiène dentaire en France, qui prétend que les Français sont sales, et ne changent pas leur brosse à dents tous les trois mois comme recommandé. Nous, on en achète en moyenne dix par mois. Merci Samy ! Et en plus, on ne gâche rien. Chaque spécimen un peu vieilli part agrandir le stock personnel de Samy, après un nettoyage minutieux.

Des brosses à dents, donc, j'en ai partout : dans la boîte à gants de la voiture, dans mon sac à main, dans le panier de la poussette… prêtes à remplir leur office au moment où j'ai besoin que Samy soit calme.

Autour de moi, on doit croire que je suis une maniaque de l'hygiène dentaire !

Le contorsionniste

Samy a les joues de plus en plus rouges. À vif, même. Chacune est marquée d'une grosse auréole, aux contours irrités. L'intérieur saigne, je commence à voir apparaître les chairs, ce n'est plus possible. Les pansements ne le protègent pas assez. J'invente de nouveaux stratagèmes : casque de boxe, gants d'aïkido pour tout-petits que ma belle-sœur japonaise m'a rapportés de son dernier séjour à Tokyo, et plusieurs couches de pansements, pour créer un effet molleton, qui puisse amortir les chocs de ses poings. Mais ça ne suffit plus. Samy a de grosses crises la nuit, il est trop violent envers lui-même. Ses joues sanguinolentes n'ont plus le temps de cicatriser. Et moi, je n'ai plus la force de lutter contre lui toute la nuit, pour l'empêcher de se faire mal.

Il se débat, des poings, de la tête et des jambes, s'agitant dans tous les sens, hurlant de plus belle, j'en ai le cœur brisé et le corps épuisé.

Que faire ? Je ne vois plus qu'une solution. Pour le moment, je me refuse encore à céder à ce que j'appelle la camisole chimique. La neurologue me l'a proposé. Du Trileptal, un médicament censé pouvoir le calmer. Je n'en veux pas. D'abord et surtout parce que l'équipe de Claude m'a clairement affirmé que ce médicament allait le shooter tellement qu'il ne serait plus bon à rien, et qu'elle ne pourrait plus s'en occuper. « S'il prend ce médicament, on arrête tout, ça ne servira à rien de chercher à le stimuler, il sera léthargique en permanence. » Les psychologues m'expliquent que cela leur est arrivé avec plusieurs enfants, et qu'elles ont dû abandonner. Dorénavant, elles mettent en garde les familles dès le début de leur prise en charge. Aucun autre interlocuteur ne s'occupe aussi patiemment de mon fils. Et elles semblent savoir de quoi elles parlent. La neurologue, elle, me laisse désemparée chaque fois que j'évoque les troubles de Samy. Elle finit par me prescrire ce médicament, sans s'interroger sur la raison de la violence de Samy. Alors je crois les jeunes psychologues, qui semblent plus expérimentées quant aux troubles du comportement.

Pourtant, un jour où je suis plus épuisée qu'un autre, je cède. J'ai acheté ce médicament, qui traîne au fond de l'armoire à pharmacie. Je décide de suivre l'ordonnance de la neurologue durant au moins une semaine. Pour voir. Sans le dire aux psychologues ABA qui suivent Samy. Mais je me sens tellement mal en le lui donnant, tellement coupable, que je me soupçonne d'avoir invoqué son moindre soupir de fatigue, son plus petit mouvement plus lent qu'à l'accoutumée, pour décider qu'elles avaient raison. Alors j'arrête au bout de cette première et unique semaine de Trileptal.

Et puis, c'est vrai que Samy a déjà beaucoup d'antiépileptiques, et que ceux-ci le rendent bien assez amorphe. Oui, malgré ses colères et ses nuits de violence, il est amorphe. On sent bien qu'il fatigue très vite, que son énergie se concentre sur ces quelques moments où il semble aller si mal, puis qu'elle retombe, d'un coup. Que pourra-t-il faire si on en rajoute encore ? Il finira par n'avoir qu'une envie, ne rien faire, justement... ce contre quoi nous luttons déjà quotidiennement.

Puisque je refuse l'idée d'un médicament supplémentaire, je décide de concevoir une camisole, une vraie, un peu comme celles qui existaient dans les hôpitaux psychiatriques avant l'invention des neuroleptiques. Avec ma sœur Sandrine, passée me voir une fin d'après-midi, nous dessinons un modèle sur une feuille. Un genre de sac de couchage dans lequel Samy aura les jambes coincées par le tissu. Au niveau des bras, nous prévoyons deux larges bandes à superposer et à fixer à l'aide de grosses bandes Velcro de sorte qu'il les garde le long du corps. Ainsi « ficelé », Samy ne pourra bouger que la tête.

Ni Sandrine ni moi ne savons coudre, alors nous nous rendons chez un professionnel du quartier. Moi, un peu embarrassée, ma sœur, plutôt amusée.

— Euh... on va lui dire quoi, quand on va lui montrer notre patron ? Vu ce qu'on lui demande de fabriquer, il va se poser des questions !

— Alors là, pas la moindre idée ! C'est sûr, il n'a pas dû avoir ce genre de commandes souvent... Ça promet. On verra bien !

C'est une boutique assez sombre, dans une rue déserte à cette heure de la journée. De derrière un minuscule comptoir, qui pourtant prend toute la place, apparaît un petit monsieur d'une soixantaine d'années. Un âge qui me rassure, il en a certainement vu d'autres ! Il rajuste ses lunettes, et se penche sur notre croquis.

— Hmm... hmm. De quoi s'agit-il exactement ? Je ne comprends pas bien...

— Oh, c'est juste un sac de couchage pour mon fils, mais comme il est un peu agité la nuit, je veux un tissu bien serré, sinon, il va prendre froid.

Ma sœur, qui a tendance à mettre les pieds dans le plat, croit bon d'ajouter :

— Oui, son fils est handicapé, et il se frappe beaucoup, il faut vraiment lui bloquer les jambes et les bras.

Le petit monsieur marque un temps d'arrêt. Infime. Une demi-seconde à peine. Et il enchaîne, pas perturbé pour deux sous :

— Ah... mais quel genre de tissu prévoyez-vous ?

— Je ne sais pas vraiment, je pense qu'il nous faut quelque chose à la fois de costaud et de souple, un peu élastique peut-être, pour que mon fils ne se sente pas trop serré, réponds-je, un peu surprise quand même du manque de curiosité et de réaction du couturier.

À croire qu'il ne poserait pas plus de questions si je lui demandais de confectionner un vêtement pour attacher mon fils à son lit !

Nous discutons à présent de la taille. Je souhaite quelque chose de suffisamment grand pour que Samy puisse grandir dedans, mais assez ajusté pour qu'il ne parvienne pas à s'en échapper la nuit. Quant aux bandes Velcro, je les veux très larges. Ainsi, Samy sera bien maintenu, et moi, je serai sûre de parvenir à fermer cette drôle de combinaison quand il se débattra.

Enfin, petit plaisir de maman, je choisis un tissu de couleur orange, parmi tous ceux que le couturier me propose. J'ai envie d'une couleur vive, une couleur d'enfant, même pour ce vêtement un peu monstrueux. Surtout rien de noir, de sombre, et pas de blanc que je juge trop médical. Au contraire, quelque chose de joyeux, cet orange vif me convient très bien !

Trois jours plus tard, je retourne à la boutique avec Samy. Le lui amener, c'est ma façon à moi de montrer à ce monsieur que je ne suis pas un monstre, que je ne martyrise pas mon enfant, que mon fils a vraiment besoin de ce vêtement bizarre.

Cette combinaison remplira parfaitement son office trois ans durant. C'est une des meilleurs idées que j'aie jamais eues.

La première fois que je la lui ai mise, une fois fixées les bandes Velcro, j'ai cru les avoir trop serrées. J'étais à cheval sur lui, en train de lui maintenir les bras le long du corps pour relâcher un peu les bandes, et mes yeux se sont posés sur lui. Il avait l'air parfaitement bien, le regard apaisé, content. Pas surpris du tout, au contraire. Il semblait à la fois concentré et ravi. Oui, ravi. Il ne souriait pas, non, cela lui arrive très rarement, et c'était à peine perceptible, mais il était bien. J'ai senti sous mon corps ses muscles se détendre. Alors que j'avais l'habitude de lutter contre lui, il se laissait faire.

La nuit qui a suivi n'a pas été excellente, mais elle a été meilleure que les précédentes. Samy a moins crié, et il n'a pas pu s'automutiler.

Par la suite, il m'est arrivé de faire des pauses, de ne plus utiliser le sac quelque temps, pour voir. Et puis parce que, malgré tout, je culpabilisais à l'idée d'attacher mon fils. Parfois cela se passait à peu près bien, parfois non. Mais, au moins, ses joues avaient le temps de cicatriser. Et lui n'a jamais paru gêné par le sac. Le seul problème, c'est que j'avais finalement dû laisser s'en échapper au moins une main, sinon je privais Samy de sucer son pouce. Et souvent, de la main au bras tout entier, il n'y avait besoin que de quelques contorsions, que certaines nuits un peu nerveuses Samy effectuait très bien.

Alors je balançais entre les moments où je le privais de son pouce, mais je m'en voulais beaucoup, et les moments où je le lui laissais, sachant qu'il allait se frapper.

Cela étant, les nuits sont devenues nettement meilleures pour tous les deux. Je ne me levais plus toutes les deux heures pour l'empêcher de se faire mal, seulement une ou deux fois, pour tenter de le rassurer, même si je n'étais pas sûre que cela serve à quelque chose.

Quelquefois, il a réussi à ramper de son lit jusqu'à la porte de sa chambre, toujours dans son sac. Je ne savais pas si je devais en rire ou en pleurer… Quel tour de force quand même pour un enfant handicapé !

Un peu honteuse, j'appelais Marco et nous riions ensemble des prouesses de son petit frère, avant de le dégager de son sac…

Danse, Samy, danse

Samy doit repasser un EEG. Je le soupçonne de faire des crises d'épilepsie qu'on ne voit pas. Il faut qu'on sache afin de réajuster son traitement.

J'avais, un an auparavant, décidé de trouver un neurologue en libéral, l'hôpital mettant toujours trop de temps à me répondre. Quand il répondait…

Mais ce fut un échec. La neurologue qu'on m'avait recommandée était située au troisième étage d'un immeuble sans ascenseur. Pas facile avec la grosse poussette d'un enfant de quatre ans incapable de monter un escalier. J'étais arrivée rouge et essoufflée. Il avait fallu ensuite attendre de longues minutes dans une salle d'attente minuscule, ce qui avait eu pour effet de faire hurler de rage Samy. Enfin, la neurologue nous avait reçus puis adressés à son assistant, dans une autre petite pièce, pour faire l'EEG. Une pièce si petite que seuls le long fauteuil médical où je devais allonger Samy et le tabouret à roulettes de l'assistant pouvaient tenir.

Une heure durant, lui et moi avions lutté pour que Samy n'arrache pas systématiquement les petites électrodes qu'on venait de lui fixer sur le crâne. Le problème, c'est que la pose de la moindre électrode prenait de longues minutes, et que Samy étouffait d'angoisse dans cet espace réduit. Bref, ça avait tourné au désastre.

Alors je suis revenue vers Necker, un peu piteuse. Là-bas, au moins, les salles sont grandes, les techniciens qui pratiquent l'EEG ont l'habitude de Samy et savent s'y prendre. Après plusieurs mails insistants, et de nombreux coups de téléphone, j'ai fini par obtenir un rendez-vous. La neurologue veut lui faire passer un EEG sur vingt-quatre heures afin de réévaluer son traitement.

J'attends ce rendez-vous avec impatience. Il est fixé au mois suivant.

Alors que je trie mon courrier, je vois une lettre avec le tampon de l'hôpital. Sans doute la confirmation de mon rendez-vous. J'ouvre le courrier. Et tombe des nues. Il s'agit bien d'une confirmation de rendez-vous. Mais pas pour un EEG. Pour un « holter ». La nuance est de taille. Dans le cas d'un holter, on va poser les électrodes sur la tête de Samy, puis, au lieu de le garder à l'hôpital le temps nécessaire, et de le surveiller, on va me permettre de le ramener chez moi, équipé d'un petit sac à dos, contenant la machine qui enregistre les variations électriques de son cerveau. A priori, c'est super. Chouette on ne reste pas à l'hôpital ! doivent se dire de nombreuses familles concernées. Oui mais pas moi. Ils savent bien qu'avec Samy c'est impossible. Ils le connaissent mieux que n'importe quel médecin. Samy, avec un sac sur le dos pendant vingt-quatre heures ? et des électrodes sur la tête ? Qu'il va chercher à arracher ? Et moi seule pour tenter de lui maintenir l'ensemble ? C'est une blague ou quoi ? La neurologue a-t-elle vraiment réfléchi une seconde, une seule petite seconde au piège qu'elle me tend ? Ça sent la lâcheté à plein nez. À Necker, ils savent d'avance que ce sera difficile pour eux. Alors ils n'ont pas envie de s'y coller et me délèguent le boulot. Merci.

Je reconnais que la dernière fois qu'ils ont voulu faire un examen de ce genre, ce fut cocasse. Il s'agissait d'une IRM. Un examen pour lequel on endort préalablement l'enfant à l'aide de somnifères. Puis on le dépose sur une sorte de pelle en bois géante et on le « fixe » en l'enroulant de bandelettes avant de le faire glisser dans une espèce de tube, une énorme machine très bruyante, l'IRM. Endormir l'enfant, c'est le seul moyen de garantir qu'il ne bougera pas. Et puis ça évite l'éventuelle panique de se retrouver seul dans un tube, avec le bruit d'un marteau-piqueur en fond sonore.

Nous étions arrivés la veille au soir avec Samy. On m'avait demandé de dormir avec mon fils à l'hôpital, il passerait tôt le lendemain matin. Dès le lever on lui donnerait un sédatif. J'avais espéré pouvoir le laisser aux mains des infirmières toute la nuit, j'en aurais profité pour passer une vraie nuit de sommeil, mais on avait exigé ma présence. On savait qu'il ne dormait pas, les infirmières ont mieux à faire que surveiller un enfant toute la nuit. J'étais donc venue. Connaissant les réactions inverses de Samy à tout médicament censé l'endormir un peu, j'avais alerté les médecins. Mais ils avaient haussé les sourcils, l'air parfaitement sûrs d'eux. Je n'avais pas osé insister. Le lendemain matin, j'avais tout de même prévenu les infirmières :

— Vous savez, Samy ne dort jamais. En tout cas, si vous lui donnez un sédatif, normalement, ça va être pire. Il va s'exciter comme un fou…

— Ne vous inquiétez pas, on a l'habitude.

— Vous êtes certaines ?

— Mais oui, allez, retournez dans sa chambre, laissez-nous faire…

Ma petite sœur Amandine était venue me tenir compagnie. On se doutait que la matinée serait longue, on avait prévu d'aller prendre un café toutes les deux, le temps de l'examen.

Le sédatif lui fut administré. Il devait agir dans les dix minutes et Samy partir faire l'IRM pour 9 h 30.

Le résultat ne s'est pas fait attendre. Samy ne voulait pas rester dans son lit. Il s'agitait. A d'abord voulu marcher. Puis sortir de la chambre. Après quelques allées et venues dans les couloirs, il s'est mis à bouger les bras et les mains dans tous les sens, comme s'il voulait s'envoler, signe habituel d'excitation chez lui. Il poussait de petits cris. Devenait bruyant. On l'a ramené dans sa chambre. Il ne dormait toujours pas, et il était plus de 10 heures…

À 11 heures, Samy était allongé dans son lit, et riait comme un fou.

À midi, pareil, et il agitait frénétiquement les mains, les bras, les jambes. Une vraie danse hystérique. Amandine et moi étions mortes de rire. Voir Samy aussi joyeux n'était pas si fréquent. Quant à la tête des infirmières... L'heure de l'IRM était sans cesse repoussée.

Finalement, Samy a passé l'IRM à... 21 heures !! Il avait fini par s'endormir, épuisé de tant d'agitation et avec l'aide de l'anesthésiste.

Alors aujourd'hui, face à ce holter qu'on me propose, je renonce et annule le rendez-vous. Lors de cette fameuse IRM, Amandine m'avait aidée, puis maman avait passé la soirée dans les couloirs avec moi, faisant tout notre possible pour calmer Samy. Si on avait d'abord ri aux éclats, on avait terminé la journée exténuées.

Là, j'étais seule.

Au pays de Kafka (1)

Je suis en train de faire faire des papiers d'identité aux enfants. Marco doit en effet partir avec son père en Italie pour les prochaines vacances scolaires. Et comme moi-même je me déplace beaucoup avec les deux petits, parfois en avion, il y a urgence.

La dernière fois, j'allais voir mon amie Delphine, qui habite à Biarritz, histoire de m'échapper un peu de Paris, et je m'en étais sortie de justesse avec le livret de famille. On avait failli rebrousser chemin.

Autant choisir des passeports. Comme ça, même pas besoin de cartes d'identité. Samy a quatre ans, Marco sept. Je me doute bien que je ne risque pas d'entreprendre de longs voyages hors de France avec Samy, je n'ai jamais essayé, et je ne crois pas que je tenterai de voyage de plus de trois heures avec lui, mais puisque je dois faire un passeport pour Marco, autant faire les deux.

Je remplis donc les papiers nécessaires. Et je bute sur une exigence inattendue : les photos d'identité.

La nouvelle réglementation exige des photos extrêmement précises : visage de face, regard droit, sans sourire, sans expression même, sans lunettes, bref sans aucun « artifice ». Cela ne pose aucun problème pour Marco. Mais avec un enfant qui ne tient pas encore vraiment sa tête, et qui ne réagit pas forcément à mes indications, cela se révèle impossible. Je retire ses lunettes à Samy. Je tente de le photographier assis. Ça ne marche pas, il penche sur le côté, ou en avant, et surtout, il ne cesse de se mettre la main dans la bouche, ou de se donner les familiers petits coups de poing sur le visage. Chaque fois que j'appuie sur le déclencheur, hop, j'immortalise un bras qui cache la moitié d'un visage, quelques boucles blondes qui s'en échappent. Le tout penchant comme la tour de Pise.

Je n'y arrive pas. Je demande donc l'aide de la baby-sitter.

— Peux-tu lui tenir la tête droite s'il te plaît, pendant que je prends la photo ?

Nous mettons la chose au point : elle se place à côté de Samy, suffisamment à distance pour ne pas apparaître sur la photo, et suffisamment près pour que son bras puisse tenir le menton de Samy et le relever au moment où je prends le cliché.

Plutôt satisfaite du résultat obtenu, je retourne à la mairie avec mes documents. Mais quand mon tour arrive, l'officier bloque :

— Ah ça ne va pas du tout, madame. Votre fils, il ne regarde pas l'objectif, et puis on voit une main sous sa tête !

J'explique. Samy est handicapé, et ne peut donc pas faire cette photo sans aide.

Mon interlocuteur se radoucit.

— Oui, je comprends, répond-il, embêté. Mais ça n'ira quand même pas. On ne peut absolument pas vous faire un passeport comme ça, ça ne passera jamais. Écoutez, essayez le magasin de photo, dans la rue voisine. Ils doivent avoir l'habitude, la plupart des gens font leurs photos d'identité là. Vous pouvez peut-être allonger votre fils sur le sol, au moins il se tiendra plus droit, et sa tête aussi, non ?

Pas totalement idiot, me dis-je, malgré ma déception de devoir recommencer. Pourquoi rien n'est-il jamais simple ? Bon, comme je sais que de toute façon, pour tout le monde, ces histoires de papiers sont toujours plus difficiles à faire qu'il n'y paraît, je me résigne à recommencer la séance photo chez un professionnel.

Je repars à la maison chercher mon fils. Et retourne près de la mairie dans le fameux magasin.

Premier obstacle : faire accepter à Samy l'idée d'entrer dans un endroit étranger, il déteste. Il ne connaît pas le lieu, ne supporte pas les espaces fermés. Je me suis armée de tout le nécessaire : écouteurs de musique, brosse à dents, poule-doudou. Tout ce qu'il va falloir enlever au moment voulu, je suis sûre que la poule ou la brosse à dents n'ont pas le droit d'apparaître sur la photo.

Second obstacle : obtenir la position parfaite.

Je propose donc d'allonger Samy, et l'idée semble bonne. Après plusieurs essais, nous avons une photo qui me semble acceptable. Samy regarde à peu près en face de lui, ne sourit pas, de toute façon à cette époque il ne sourit jamais, c'était donc la partie la plus « facile » à réaliser, et son visage n'est que légèrement incliné sur sa gauche. Sans lui tenir la tête, il n'a pas pu la maintenir bien droite.

Retour à la mairie. Mon tour arrive et je m'installe, face à un nouvel interlocuteur évidemment, à qui je réexplique tout.

Je tends mes photos.

Regard ahuri. Incompréhension. Perplexité. Visiblement, ce que je prends pour un léger penchement sur le côté est plus grave qu'il n'y paraît.

— Aïe. Alors là, je ne sais pas du tout comment faire. Franchement, votre photo n'est pas acceptable. Sa tête n'est pas droite. Attendez, je demande à mes collègues.

Concertation des collègues. Qui n'en savent pas plus quant à la décision à prendre.

— Écoutez, dis-je, ce n'est quand même pas la première personne handicapée à demander un passeport ?

— Ben non, sûrement, je sais pas... Le problème, c'est que sa photo ne respecte pas toutes les obligations. Regardez bien ce qui est écrit : la tête doit être droite, et le visage dirigé vers l'objectif. Les yeux doivent être ouverts. La bouche fermée. Votre fils penche un peu, sa bouche est entrouverte...

Devant mon embarras, l'officier décide de consulter ses supérieurs. Il me demande de patienter et revient au bout de quelques minutes.

— Voilà, personne ne peut dire si votre passeport sera valable ou non. On va donc vous le faire. On pense que pour nous, en France, ça ne posera aucun problème, vous pourrez voyager avec votre fils, mais si vous allez à l'étranger, rien ne peut nous garantir que les services de sécurité sur place accepteront ce passeport.

Eh bien on va faire comme ça, alors ! Mais comment font les autres ? Être handicapé condamne-t-il à ne pas voyager ?

Quelques années plus tard, à l'heure où j'écris ces lignes, je me heurte à un autre dilemme, tout aussi kafkaïen : pour refaire ce passeport, périmé aujourd'hui, ou même une simple pièce d'identité, dont j'ai absolument besoin pour le ramener de Hyères à Paris en avion, je dois présenter Samy à la mairie de son domicile au moment du dépôt du dossier et de nouveau en venant le retirer.

Mais Samy ne vit plus avec moi. Il vit à l'hôpital San Salvadour à Hyères. Alors, quel domicile donner ? L'hôpital de Hyères ? Mais je n'ai pas de quittance de domicile liée à l'hôpital de mon fils. Le mien ? Dans ce cas, je dois faire venir Samy à Paris, uniquement pour le présenter deux minutes à la mairie, et recommencer trois semaines après quand nous reviendrons chercher les papiers. Or je ne peux plus prendre l'avion puisqu'il n'a pas ses papiers. Et je n'envisage pas de le rapatrier en train. Quatre heures et demie de voyage dont une correspondance, c'est trop long pour lui.

Petite souris

Marco. Sacré petit bonhomme. Comment aurais-je fait sans toi ? On me demande souvent comment je tiens ; c'est sans doute toi qui me maintiens debout. Bien obligée, tu es là, tu grandis, normalement toi, et tu as des besoins aussi. Tu as droit à ta maman, comme tout le monde, et surtout comme Samy. Et moi, je n'ai pas le droit de ne pas être aussi ta mère. Cela fait longtemps que je ne suis plus la mère joueuse que j'étais, que je rêvais de continuer à être. J'avais plein d'idées quand je n'étais pas encore maman, sur ce que je ferais pour ton éducation, sur les loisirs que nous aurions. Je n'ai pas pu faire tout cela, mais comme j'ai la chance d'avoir un petit bonhomme plein d'imagination, ça compense pas mal.

Alors pendant que Samy lutte comme il peut contre ses troubles, toi et moi luttons avec humour et imagination.

Tu as sept ans, et enfin tu perds ta première dent. Comme il est de tradition, avant de te coucher, tu as placé ta petite dent de lait sous ton oreiller. Et tu m'as reposé la question pour la centième fois :

— Alors elle va venir la petite souris ?

— Oui, bien sûr !

— Mais par où ?

— Ah, ça je ne sais pas bien, tu sais, elle est très discrète, elle ne veut surtout pas se faire prendre !

— Attention, maman, non, ne pose pas ces jouets ici, regarde, il y a un petit espace là, dans le coin, je suis sûr qu'elle va venir par là.

Et pendant des mois et des mois, je n'ai plus eu le droit de déplacer le moindre meuble à cet endroit précis.

Le premier soir, je me glisse dans ta chambre en silence. Tu dors profondément. J'ai bien préparé mon enveloppe : dedans, une pièce de 1 euro, et un petit mot. J'ai utilisé ma main gauche pour écrire ce petit mot, tracé en pattes de mouche maladroites. Et j'ai signé : « la petite souris », ajoutant un dessin de la souris en question.

J'ai hâte de voir ta réaction demain matin.

À sept heures à peine, tu déboules dans ma chambre, l'enveloppe à la main et le sourire édenté. Mmhh ? quoi ? kesskiss pass ?

— Mamaaaaan ! La petite souris est venue ! regarde ! elle m'a écrit un petit mot !

Tes yeux pétillent, tu y crois dur comme fer. Tellement heureux d'avoir eu l'exclusivité d'une lettre de la fameuse petite souris. Aucun de tes copains ni de tes cousins ne t'a jamais raconté une chose pareille.

— Je vais lui répondre. Tout de suite. Je veux la remercier pour son cadeau. Et je vais lui faire un cadeau aussi.

— Bonne idée, mon amour, je suis sûre qu'elle sera très contente.

Aïe, me dis-je. Il va falloir que j'y retourne ce soir.

Le soir venu, je repars jouer mon rôle de petite souris. Sous l'oreiller de Marco, une lettre… et un petit bout de fromage !

Je ne peux résister à l'envie de réécrire : « *Cher Marco, merci beaucoup pour ton cadeau ! Je me suis régalée ! Ma moustache te fait plein de chatouilles. Bisous. La petite souris.* »

Je m'amuse. Je suis sûre que tu vas être ravi.

Le lendemain matin, même scène. Tu es de plus en plus excité. Tu parles de ta nouvelle amie, la petite souris, toute la journée. Tu cherches à savoir par où elle passe.

— Maman, je vais essayer de rester réveillé le plus longtemps possible. J'arriverai peut-être à la voir !

— Tu sais, elle n'a pas de raison de revenir. Elle doit s'occuper d'un tas de petites dents. Il y a d'autres enfants qui les perdent, il faut qu'elle aille les voir eux aussi.

— Oui, tu as raison… Marco réfléchit. Mais moi je lui ai écrit !

— Oui, et elle t'a remercié. Maintenant ça suffit, il faut dormir. Elle reviendra à la prochaine dent, c'est promis !

Les jours suivants, tu passes ton temps à inspecter ta bouche avec ta petite langue. On ne sait jamais, une autre dent va peut-être bientôt tomber ?

Un soir, je te vois glisser une nouvelle enveloppe sous ton oreiller.

— Que fais-tu ?

— Je mets un mot à la petite souris. Elle va être contente !

Je souris intérieurement.

— C'est gentil.

Et j'en profite pour assurer mes arrières.

— Tu ne devrais pas mettre ton mot juste sous ta tête. Ça doit être difficile pour une petite souris de se glisser là. Tu as une grosse tête, tu sais ! Pose-le plutôt là, juste à côté de ton oreiller.

Je ne veux surtout pas prendre le risque de te réveiller en cherchant l'enveloppe. Si tu découvrais le pot aux roses, tu serais tellement déçu !

— Bonne idée, maman ! Là, ça va ? dis-tu en retirant l'enveloppe, que tu poses délicatement à côté de ta joue.

— Parfait !

Quelques heures plus tard, je renouvelle mon manège nocturne. Je prends l'enveloppe, et retourne dans ma chambre lire son contenu.

« *Chere petite souris. J'ais pas de dans mais je grandi et j'en ai plein qui bouje en atendan je te donne un bou de fromage.* »

Mignon ! Je prends une feuille et réponds, toujours en traçant de la main gauche des lettres fines et maladroites : « *Iiiik ! je suis super fière de toi ! bravo mon petit Marco, et encore merci pour le fromage, il était délicieux. Je t'adore. Ta petite souris.* »

Le lendemain, la petite souris a droit à un nouveau mot :

« *Petite souris je suis désoler que aucune de mes dans soit tomber, alore sa me rend un peud triste mais je t'aime toujours autans et aussi je sai toujours que tu viens me voir dormir, je t'embrasse très fore : smac.* » Suivent un cœur et un joli dessin de tête de souris.

Bon, je suis un peu déçue de ton orthographe, y a du boulot !

Je réponds : « *Mon petit Marco. Je suis passée à toute vitesse, parce que tu m'avais écrit. Mais je savais que tu n'avais pas de nouvelle dent à me donner, parce que je sais ce genre de choses. Je reviendrai dès qu'une nouvelle dent tombera, sois-en sûr ! Bisous. La petite souris.* »

Et nous continuons ainsi, de jour en jour…

Enfin, tu perds une nouvelle dent. Dans ta chambre, tu préviens tout de même :

— Hé ho ! petite souris ! J'espère que tu es pas loin, parce que j'ai encore perdu une dent !

Et tu écris : « *Petite souris. Je sé que tu sera là ce soir pour ma dent* (j'ai corrigé depuis ce petit défaut d'orthographe), *alor merci. Et je te fai encore un cadeau. Je t'adore. Marco* »

La petite souris prend ta dent, son bout de fromage, et te répond :

« *Mon cher Marco, mille mercis pour ta si gentille lettre ! Et ce fromage… miam ! J'adore venir te voir. Alors pour te remercier, je vais revenir demain, avec une petite surprise. Bisous ! Et voici 2 euros pour ta dent. La petite souris… Merci de m'avoir appelée !* »

Le lendemain, je dépose sur ton lit une montre « Ben 10 », dérivée d'un de tes jouets préférés. Je comptais de toute façon te l'offrir, alors autant que ce soit la petite souris qui le fasse !

Tu lui réponds dès le lendemain : « *J'adore "Ben 10", j'en suis super fane et surtouts pour les aliens, comme selui qu'il y a sur la balle. Je m'atendais à un cadeau moin intérésent. Merci beaucoup petite souris je t'adore vraiment, gros bisou.* »

Le dessin que tu fais de la petite souris comporte de plus en plus de cœurs. Et sur le dos de l'enveloppe, tu as écrit : « *Petite souris mon ami* ».

Je me demande si tout ça ne va pas trop loin. Si tu n'y crois pas un peu trop fort. Je ne vais quand même pas passer ma vie à t'écrire au nom de la petite souris ! Il va falloir l'oublier un peu. Cet échange épistolaire commence à faire rire tout notre entourage, à qui je ne peux m'empêcher de montrer nos lettres, que je garde précieusement, comme autant de souvenirs de tes rêves d'enfant, préservés malgré Samy.

Mais tu poursuis : « *Chere petite souris minione. Je tenaient à te remersiet parce que j'ai réussie a m'acheter mon bionicle préféré. Je t'adore et voici un bou de fromage en plus. Petite souris ami si gentil, Marco.* »

Ou encore : « *Petite souris, j'ai une dent qui bouge un peu et une de mes deux derniere dents tomber comence à pousser, gros bisou, Marco* »

Je suis moi-même trop prise au jeu pour arrêter. Alors nous continuons, toi et moi.

Mais un vendredi soir, alors que nous partons rejoindre tes grands-parents à la campagne, Samy est déjà installé dans son siège-auto et je m'apprête à claquer la porte quand tu te glisses à toute vitesse, me demandant de patienter encore une minute.

— Mais que fais-tu Marco ? On y va, là !

— Attends, j'ai oublié de mettre mon mot à la petite souris, j'en avais préparé un au cas où elle passe me voir pendant le week-end.

Je suis perplexe. Zut ! Il va falloir que je trouve un moyen d'arriver dans sa chambre avant lui dimanche soir. Marco file et revient. Avant de fermer la porte, mine de rien, je vais récupérer le mot. Bon, j'y réfléchirai plus tard, on verra bien.

Malheureusement, j'ai vu. Quand nous sommes rentrés le dimanche, j'avais complètement oublié ce mot. Toi, en revanche, tu as couru dans ta chambre, je n'avais même pas encore enlevé nos manteaux à Samy et moi.

Et tu es revenu dans le salon furieux. Mais vraiment furieux.

— La petite souris est passée, mais ne m'a pas répondu. C'est vraiment pas gentil de sa part ! Je vais lui dire !

Ta colère n'est pas feinte, ta déception non plus.

Tu lui écris : « *Je suis véxé. je t'ai laissé une joli lètre et tu ne ma même pas répondue !!!* »

La petite souris s'est excusée, un peu après : « *Vraiment désolée Marco. Mais je te l'ai dit, je dois aussi m'occuper d'autres enfants, d'autres dents. Je t'aime beaucoup, et j'ai une relation spéciale avec toi, mais je ne peux pas rester tout le temps près de toi.* »

Tu as encore répondu : « *Franchement je ne m'atendais pas à une si belle lètre mais maime si tu mas un peu véxé je t'adore. Gros bisou. Marco.* »

Lorsque nous faisons notre pause câlin ce soir-là, lovés l'un contre l'autre dans le salon, juste après que je suis parvenue à coucher Samy, tu finis par me demander, interrogateur :

— Dis, maman, tu peux me le dire à moi. Je suis

grand maintenant, tu sais. Ce serait pas toi, la petite souris ?

Ben ça alors ! Je tombe des nues.

— Mais pourquoi dis-tu une chose pareille ?

— Ben je crois que j'ai reconnu ton écriture…

Marco bombe le torse, fait mine d'en savoir déjà trop.

Je réfléchis à toute vitesse. Que dire ? J'opte pour la vérité.

— Oui, mon amour, c'est moi. J'espère que tu n'es pas trop triste.

— Mais alors ?… Est-ce que c'est pareil pour le Père Nöel ? Ce sont les parents aussi ?

Là, je sais que nous touchons un point très sensible. Mais je me dis que c'est le bon moment. Et puis si j'aime le faire rêver, je ne peux quand même pas lui mentir.

— Oui, c'est exactement ça.

— Oh nooon ! s'écrie Marco, désespéré, les larmes aux yeux.

Il pleure vraiment.

— Mais ce n'est pas grave, mon amour. Ce qui compte c'est d'y avoir cru. C'était sympa non ? Moi aussi j'y croyais quand j'étais petite. Et puis, un jour, on grandit, et on réalise que ce sont de jolies histoires réservées aux petits. Ça fait plein de souvenirs…

— C'est pas juste. C'est trop triste que ce ne soit pas vrai. Pourquoi est-ce qu'on peut pas rêver quand on est grand ?

— Ce n'est pas triste. Il y a encore plein de belles choses dont rêver quand on est grand. Et moi, j'aime bien rêver avec toi.

Marco sèche ses larmes.

— Bon alors, je ferais mieux de mettre du chocolat à la place du fromage, tu préfères ça ! rigole-t-il.

— Super !

Nous avons joué encore longtemps. Aux monstres, aux méchants, à cache-cache, aux cartes… et nous continuons.

Un ponte trop loin

Aujourd'hui, nous avons rendez-vous avec le docteur M. Il a la réputation d'être particulièrement à l'écoute des parents. Tous les parents d'enfants diagnostiqués à « troubles du développement » que j'ai croisés et qui le connaissent me l'ont chaudement recommandé. « Comment, tu n'as pas encore fait faire d'analyses génétiques à Samy ? C'est important de savoir. Si ce n'est pas ça, c'est quelque chose que tu peux éliminer, et tu continueras à explorer d'autres pistes. Si ça vient d'un problème génétique, tu sauras mieux cibler sa prise en charge. Et c'est indispensable pour ta famille. »

Le docteur M. est donc pédiatre-généticien, à Necker.

Et, d'après tous ces parents, il n'abandonne jamais les familles, il cherche les solutions, les soutient.

Alors je suis heureuse d'avoir obtenu ce rendez-vous, après des mois d'attente.

C'est l'après-midi, il est près de 15 heures, nous patientons, Samy, son papa et moi, dans la salle d'attente.

Samy est, comme à l'accoutumée, très agité dans sa poussette. Il ne veut pas rester. Je fais passer le temps comme je peux, à l'aide de biberons d'eau et de sirop, de petits gâteaux, d'écouteurs collés à ses oreilles qui diffusent ses comptines préférées.

Enfin, l'assistante du médecin vient nous chercher, et nous entrons dans le petit bureau.

La discussion s'entame. Le docteur M. s'étonne d'abord qu'il nous ait fallu attendre plus de trois ans avant d'avoir été orientés vers lui. Alors que depuis tout ce temps, nous sommes constamment suivis à Necker. Il observe Samy tout en se concentrant sur notre discussion. Je le trouve attentif. Il remarque que Samy a les doigts en forme de « triangle ». Cela pourrait être le signe d'une maladie génétique qu'il connaît. Mais il ne veut rien ajouter pour le moment, il n'est sûr de rien, ce n'est qu'une possibilité.

Nous parlons un bon moment. Il se demande si Samy est exceptionnellement agité, avec ses joues rouges… Je lui explique brièvement les difficultés que nous vivons. Les nuits sans sommeil, les joues enflées, à vif, les repas cauchemardesques, les cris, sans cesse. L'organisation que j'ai mise laborieusement en place.

Pendant que nous discutons, Samy s'agite de plus en plus, pousse des cris. Il en a assez, il veut sortir. J'essaie de lui tenir les mains, de lui tendre sa poule-doudou, pendant que je parle un peu plus fort pour me faire entendre, malgré l'agitation qui règne maintenant dans la pièce. Comme chaque fois que j'essaie de raconter à un professionnel notre vie à Samy et moi, mes yeux commencent à se remplir de larmes.

Comme pris d'une inspiration, le docteur M. demande subitement au papa de Samy :

— Monsieur, voulez-vous bien sortir un instant avec Samy, s'il vous plaît ? Cela ne vous dérange pas d'attendre un peu à côté ? Je voudrais parler à la maman seule…

Je peux lire sur son visage que le père de mon fils n'apprécie pas d'être évincé ainsi, et je suis aussi surprise que lui. Pourtant, je ne suis pas mécontente de pouvoir enfin parler à un médecin, quelques minutes dans le calme.

Samy et son papa à peine sortis, le docteur M. me tend une boîte de Kleenex.

— Allez-y, me dit-il. Lâchez-vous et racontez-moi tout…

Comme réagissant à un signal, je fonds en larmes, incapable de m'arrêter, tout en racontant. Le médecin me pose quelques questions sur la façon dont le papa m'aide, participe.

— Il fait comme il peut, nous nous sommes séparés et c'est vrai que je fais tout toute seule. Il vit en Seine-et-Marne et ne vient pas souvent à Paris.

Entre deux hoquets, j'essaie de justifier ma solitude, et j'avoue que je suis à bout.

Le docteur M. me tend enfin cette main que j'espérais depuis si longtemps.

— Ce n'est pas possible ! Comment pouvez-vous être suivie à Necker depuis plus de trois ans et n'avoir jamais eu de rendez-vous pour Samy avec une équipe complète, qui s'occupe au mieux de sa prise en charge ? s'exclame-t-il, choqué. Écoutez, madame, je vais organiser ce rendez-vous dès la semaine prochaine. Il y aura tout le monde : la neurologue, la pédopsychiatre, une psychomotricienne, une psychologue et moi-même. Nous allons tous collaborer, et voir ce que nous pouvons faire au mieux pour Samy, avec vous.

Quelques instants plus tard, je ressors de son bureau, les yeux rouges, pour retrouver un Samy de plus en plus nerveux, un papa à la mine sombre, mais avec, dans mon agenda, écrit en gros, un rendez-vous pour Samy et moi, le mardi suivant, à 9 heures du matin.

Le mardi en question, je reviens donc dans le service de Necker, pleine d'espoir, regonflée à bloc, avec ma mère, qui m'accompagne pour m'aider à gérer Samy pendant que nous parlerons les médecins et moi. Elle aussi est heureuse de savoir qu'à l'issue de ce rendez-vous, les choses vont changer, qu'un véritable accompagnement se profile.

Nous pénétrons dans la salle d'attente à l'entrée du bâtiment. Aussitôt, je signale notre arrivée. La personne de l'accueil semble étonnée. Après une seconde d'hésitation, elle me demande de nous installer et de patienter.

Je rejoins maman et Samy. Durant une bonne demi-heure, nous attendons. Ce qui n'est pas de tout repos : pendant que l'une reste en place, au cas où on nous appelle, l'autre promène la poussette dans le service, utilise les écouteurs pour distraire Samy, le tient pendant qu'il fait mine de vouloir s'échapper de la poussette, ou aller piquer dans ses mains la nourriture qu'une autre maman a sortie pour son enfant. Samy refuse de rester en place.

Enfin, je vois le docteur M. approcher.

— Ça y est ! On y va, dis-je à maman. C'est le médecin dont je t'ai parlé.

Mais à peine nous a-t-il rejoints qu'il hésite.

— Euh… bonjour. Vous avez rendez-vous avec moi, c'est ça ? Rappelez-moi le nom de votre enfant ?

Un peu surprise, je réponds, machinalement :

— Samy L.

— Ah… euh, oui ! dit-il.

Mais je vois qu'il n'y est pas vraiment.

— Vous savez, nous nous sommes vus la semaine dernière, et vous m'avez donné ce rendez-vous…

— Oui, oui, tout à fait.

Il regarde rapidement autour de lui… Visiblement, il cherche quelque chose. Ou quelqu'un. Qu'il semble avoir trouvé. Une femme en blouse blanche qu'il alpague au passage.

— Salut ! Dis-moi, tu peux recevoir cette maman avec son fils s'il te plaît ? Il faut vraiment qu'on s'occupe de lui, tu verras, elle va t'expliquer.

Madame X. est interloquée. De toute évidence, Samy et moi ne faisons pas partie de son programme de la matinée. Ni de celui de personne.

Quant à moi, ma gorge se noue douloureusement. À quoi joue-t-on ?

Sentant que la situation nous échappe, à elle comme à moi, et le docteur M. ayant déjà filé vers d'autres occupations, madame X. me demande de patienter encore un instant. Je la suis du regard. Elle tente de trouver un box de consultation auprès de ses collègues. Après plusieurs essais infructueux, elle réussit enfin à obtenir d'en utiliser un quelques minutes.

Et c'est aussi embarrassées l'une que l'autre que nous nous installons dans la petite pièce, bien trop minuscule pour que Samy accepte d'y rester. Maman, qui a suivi tout ce manège, et dont je sens la colère monter, propose cependant d'attendre à la porte, afin de ne pas rendre la pièce encore plus étouffante pour Samy, et de venir le chercher dès que nécessaire.

La neurologue tente une consultation à peu près normale, mais s'avoue rapidement vaincue par la situation.

— Je suis vraiment désolée, mais vous avez déjà une neurologue ici, ce n'est pas moi qui devrais être là, je ne sais pas quoi vous dire.

— Je sais. Mais je devais voir toute une équipe pour parler d'une prise en charge globale de mon fils.

Silence. Je me sens ridicule, assise là, devant quelqu'un qui ne m'attendait pas.

Autant en profiter pour poser une question qui me taraude depuis un moment, et que la neurologue habituelle élude :

— Pouvez-vous au moins jeter un œil sur son ordonnance ? Je me demande si ses insomnies et sa violence ne pourraient pas être un effet secondaire de tous ses médicaments...

Elle regarde, et me dit que c'est possible, mais rare. Il faut vraiment que j'en reparle avec le médecin habituel de Samy.

Puis elle me propose gentiment de voir si une psychologue pourrait me recevoir maintenant. Elle serait davantage en mesure de suggérer des prises en charge adaptées aux troubles de Samy. Mais aucune psychologue n'est disponible.

Il vaut mieux que je reprenne rendez-vous, me dit-on. À l'accueil.

Madame X. prend congé, sans doute soulagée d'en avoir fini avec ce désastre. Je tiens tout de même à la remercier dans ces lignes, elle dont je n'ai pas retenu le nom.

Je me retrouve alors debout, seule, au milieu du couloir, les larmes aux yeux. J'avais mis tellement d'espérance dans ce rendez-vous !

Que suis-je venue faire ici ? J'ai emmené mon fils, j'ai attendu dans des conditions pas faciles, et j'ai pris une claque. J'ai la gorge tellement nouée que j'en ai mal, je retiens mes larmes devant les autres patients de la salle d'attente, et je me sens humiliée. Un peu comme si j'avais été plaquée par un amoureux devant tout le monde.

Que tout cela est pathétique ! Il valait mieux ne rien me promettre. J'aurais préféré que ce fameux docteur ne dise rien. M'avoir fait croire qu'on allait enfin s'occuper dignement de nous est bien pire que n'avoir rien fait du tout. Il n'y a rien de plus douloureux qu'un espoir déçu.

Je rejoins maman qui, entre-temps, a récupéré Samy, et est sortie faire un tour.

À ma tête, elle comprend ce que je ressens.

— Allez, ma chérie, ne pleure pas. Ce médecin est un con, je suis désolée pour toi. Scandalisée, même ! Tu veux que j'y retourne pour demander des explications ? On ne peut pas vous traiter comme ça, il s'agit d'un malade quand même !

— Non, maman, je n'ai qu'une envie, ficher le camp d'ici. Surtout n'en rajoute pas, s'il te plaît. Je veux m'en aller, emmener Samy loin de tout ça, rentrer chez moi.

— D'accord, fichons le camp. Samy en a assez vu comme ça. Viens, on le ramène chez toi, et on va se faire un bon thé chaud !

Ça, c'est la recette miracle de ma mère. Un thé, un morceau de chocolat noir, un bon câlin et ça repart !

Avec toi j'ai grandi
Tu m'as appris
La bataille, l'amour inconditionnel
Plus forte qu'eux
Même pas peur
On fait face à la douleur
Toi et moi quel duo !
Joues à la chair éclose
Ou sourire en travers
J'ai la larme facile
Quand je te sens fragile

Voisinage

Marco est parti à l'école, tout seul, fier de son autonomie grandissante. L'éducatrice de Samy est venue le chercher, c'est elle qui l'emmène ce matin. Je finis donc de me préparer tranquillement.

Puis je descends les escaliers de mon immeuble. La concierge est là, elle distribue le courrier.

— Bonjour. Comment allez-vous ?

— Ça va, merci. Mais vous, vous n'avez pas dû dormir beaucoup cette nuit.

— Non, en effet. Mais comment le savez-vous ?

— C'est Andréa. Sa chambre est juste au-dessous de celle de Samy. Elle l'entend la nuit.

— Oh non ! je suis vraiment désolée…

La petite Andréa a à peine trois ans. Je la croise souvent dans le hall de l'immeuble. Elle est mignonne, suit sa mère partout, elle l'aide à arroser les plantes. Et elle s'intéresse beaucoup à Samy. Ne manque jamais de lui dire bonjour.

— C'est pas très grave, me répond gentiment ma concierge. Elle se lève et va rejoindre son grand frère dans son lit quand Samy fait trop de bruit. Et elle se rendort. C'est juste qu'au début, elle avait un peu peur de ces bruits, de ces coups qui viennent du plafond.

— Oui, c'est quand il se balance contre le mur. Mais j'ai mis des tas de coussins pour atténuer les coups. Je vais voir ce que je peux faire de plus, mais j'ai peur de ne pas avoir de solution…

— Vous inquiétez pas pour nous. On connaît Samy, c'est pas facile.

— Merci, vous êtes gentils. Heureusement qu'il ne réveille pas tout l'immeuble !

— Euh… eh bien en fait si, il y a déjà pas mal de voisins qui sont venus me demander ce qu'il se passait dans cet immeuble. Pourquoi on entendait ces coups au milieu de la nuit. Surtout les locataires du fond de la cour.

— Ah bon ? Mais pourquoi eux, ils sont loin !

— Je crois que le bruit des coups court le long des murs… Et comme vous avez mis Samy dans la chambre du fond, celle qui donne sur la cour…

— Je suis désolée, mais je ne peux pas faire autrement. Sinon, il serait sur la rue, et alors là, il ne dormirait vraiment plus du tout !

— Bah, de toute façon, tant qu'ils ne viennent se plaindre qu'à moi, tout va bien !

Mauvais comportements

Samy a trois ans et demi. Cela fait maintenant plus de deux ans que, grâce à Claude, il est pris en charge en ABA. Une chance inespérée. Un privilège par rapport aux autres enfants autistes. Bénéficier d'une telle prise en charge dès le plus jeune âge est une garantie de succès. Le meilleur moyen pour qu'un enfant autiste puisse un jour aller à l'école, rejoindre le circuit « normal » de la vie en société. Pour leurs parents, cette méthode fait des miracles. C'est ce qu'on nous a parfois dit, c'est donc ce que nous choisissons d'entendre, en général.

Claude, elle, ne m'a jamais caché que Samy avait des difficultés particulières. Je n'attends pas de miracles, mais j'espère au moins des progrès significatifs.

Or, malgré la valse des psychologues, le temps passé à s'en occuper, je trouve que Samy ne va pas mieux. Oui, il progresse dans quelques domaines : il s'est enfin mis à marcher à l'âge de trois ans, c'est encore laborieux, mais il marche. Nous obtenons de temps en temps un regard furtif. Pas beaucoup plus.

Chaque jour, une éducatrice supervisée par la psychologue ABA s'acharne à lui faire réaliser des exercices répétitifs, et pourtant il ne suit pas vraiment les objets du regard, il réalise les gestes demandés sans y accorder d'attention véritable.

On me demande sans cesse d'acheter de nouveaux objets et jouets, juste pour tester si Samy peut s'y intéresser. J'en ai assez de courir les magasins pour rien, seulement parce que la psy n'a aucune idée de ce qui peut susciter son intérêt. Des jouets, pourtant, il y en a plein sa chambre.

Et puis la psychologue s'obstine à vouloir lui faire mettre des boules dans des boîtes, encastrer des puzzles dans leur case, empiler des cubes et même dessiner au feutre. Tout cela me paraît n'avoir aucun sens. Je vois bien que Samy s'exécute sans plaisir, de façon automatique, et mal en plus. Ce sont des exercices bien trop difficiles pour lui. Ils sont en fait réalisés par l'intervenante, qui lui tient la main, pendant qu'il regarde ailleurs.

À ma demande, nous l'emmenons chaque semaine à une ludothèque, en banlieue parisienne. Pour que Samy soit dans un environnement différent de la maison. Qu'il y côtoie d'autres jeunes enfants. Qu'il essaie de nouveaux jeux. Mais, au bout de quelques semaines, nous devons renoncer faute de transports adaptés. Je ne peux m'en occuper, il faut bien que je travaille. Je suis maintenant tous les soirs à l'antenne, en direct, sur France 2, avec Julien Courbet. Alors j'ai embauché une éducatrice à temps plein, c'est à elle de l'emmener. J'ai réservé ces courses régulières à la PAM. « La mobilité pour tous », dit le slogan de ce service de transport pour les Parisiens en situation de handicap et à mobilité réduite. Oui, mais à certaines conditions : l'arrière de la voiture est aménagé pour que les fauteuils roulants y soient fixés. Pas les poussettes. Pourtant, certains chauffeurs ont accepté d'utiliser les sangles destinées aux fauteuils pour fixer la poussette de Samy. Cela fonctionnait très bien. Mais les règles d'usage de la PAM exigent que les enfants de l'âge de Samy soient attachés dans un siège-auto, fixé à l'une des places arrière comme ceux que nous avons pour n'importe quel bébé. Or ils ne les fournissent pas. Nous devons arriver avec, repartir avec. Parfois, le chauffeur du jour refuse de déroger à la règle. Et petit à petit, ils disent tous avoir reçu un ordre strict dans ce sens. Nous sommes donc obligées de nous y plier.

Voici ce que cela donne : l'éducatrice sort avec, dans une main, un siège-auto qui pèse le poids d'un âne mort, à son bras son sac à main, et de l'autre main, une poussette dans laquelle se tient un enfant et qu'elle fait avancer comme elle peut. S'ajoutent à cela l'inévitable sac contenant un biberon, des couches, un goûter et des lingettes. Qu'elle ne peut pas fixer à la poussette puisqu'il va falloir la plier pour la rentrer dans le véhicule. Une fois arrivée à destination, il lui faut tout reprendre, et parvenir à atteindre la porte de la ludothèque, en haut d'une petite côte. Là, il lui faudra encore trouver un endroit où poser ce siège-auto, au milieu des dizaines de poussettes et de manteaux.

Au bout de quelques semaines à ce régime, mon éducatrice me demande légitimement d'arrêter cet enfer hebdomadaire. Fin de la ludothèque.

À la maison, nous poursuivons le programme mis en place par la psychologue ABA.

Les repas, qui sont devenus un cauchemar, doivent se dérouler selon un protocole très strict : dès que Samy s'agite, recrache ses aliments ou pleure, se frappe, je dois me taire, ne plus le regarder, et attendre qu'il se calme avant de lui proposer une nouvelle bouchée. Ne surtout pas changer le menu. Si jamais j'apportais une conséquence « agréable » à ce mauvais comportement, je risquerais de le renforcer et d'augmenter sa fréquence d'apparition (je me demande comment il est possible d'augmenter l'apparition de quelque chose qui est là en permanence, mais bon...).

La psychologue m'écrit même dans un compte rendu que c'est « grave pour son développement de changer de repas ou de lieu suite à un comportement qui pose problème ».

J'ai droit aux mêmes consignes au sujet des nuits terribles de Samy : s'il pleure, se frappe, crie, je ne dois pas réagir, pas me lever, rien. Si cela dure trop, je peux tout de même aller vérifier qu'il n'est pas malade. Mais en aucun cas je ne dois le prendre dans mes bras, le câliner. Je risque de faire perdurer ce mauvais comportement.

J'ai fait tout ce que l'on m'a demandé. Quoique jamais très longtemps. Encore faut-il savoir ce qu'on entend par « longtemps ». Quand une mère passe une semaine, deux, puis trois, sans prendre son enfant hurlant et s'automutilant dans les bras, et sans voir la moindre amélioration, alors que son aîné n'en peut plus de ne pas dormir non plus dans ce vacarme nocturne, peut-on lui demander de patienter encore ? Pourquoi ne me propose-t-on pas, dans ce cas, de me suppléer la nuit ? J'aurais été prête à payer des fortunes pour que ce cauchemar cesse, qu'une professionnelle passe quelques nuits avec lui, mette en place les « procédures » appropriées, si cela devait vraiment suffire à régler ce problème, ce dont je doute. Mais c'est tellement facile de donner des consignes que l'on n'a jamais eu à mettre en œuvre soi-même...

Et enfin, le matin, quand l'éducatrice ou la psychologue arrive à la maison, Samy n'a pas droit à la moindre indulgence. Il n'a pas dormi de la nuit ? Il semble épuisé ? C'est un mauvais comportement, qu'il faut éradiquer tout de suite, en commençant ses activités sans attendre. Pas question de le laisser souffler.

L'éducatrice s'assoit face à Samy, au sol. Elle lui écarte les jambes, afin qu'il puisse maintenir son équilibre. Samy doit empiler des anneaux sur une tour en suivant sa consigne « mets l'anneau Samy ! ».

Parfois, il comprend. Ou plutôt, il entend la consigne et sait ce qu'on attend de lui. Il saisit l'anneau en plastique de couleur rouge que l'éducatrice lui tend, sans même le regarder et, la tête penchée sur un côté, l'air toujours ailleurs, il dirige sa main vers l'anneau. L'éducatrice le « guide », et lui fait lâcher l'anneau au bon endroit, de façon que celui-ci glisse le long de la tour.

D'autres fois, Samy ne comprend pas. Ou ne veut pas. N'a vraiment pas envie. Alors l'éducatrice réitère sa consigne et l'accompagne dans tous les gestes qu'il doit faire, dans l'ordre : prendre l'anneau, emmener sa main vers la tour, lâcher l'anneau.

Des mois et des mois qu'ils répètent le même exercice, sans que jamais Samy n'y prenne plaisir. Et sans qu'il comprenne ce qu'il fait, c'est évident.

S'il se braque, crie, refuse de rester assis, tente de s'allonger, la psychologue ne voit jamais le rapport avec son épuisement. Il ne s'agit que d'« évitement », une façon de refuser de travailler.

J'ai beau suggérer que, peut-être, elle pourrait commencer le matin par des jeux de tendresse, des comptines, des massages, quelque chose qui ne lui demanderait pas d'effort et pourrait créer du lien, rien n'y fait. Je suis accusée de faiblesse.

J'ai l'impression que Samy et moi tournons en rond. Tant que nous ne réglerons pas le problème de ses nuits, comment pourrait-il avoir l'énergie de jouer, d'apprendre ?

La psychologue commence à trouver que je me pose trop de questions. Que je lui en pose trop. Comme si je doutais de son travail. Pire, oserais-je douter de la méthode ABA ? Là, je touche un point sensible dans le monde de l'autisme.

Nos relations se tendent. Elle ne comprend pas que j'aie voulu faire suivre à Samy des séances de psychomotricité à l'extérieur. Pour elle, la méthode ABA y pourvoit suffisamment. Pas question de la moindre prise en charge différente.

Ce qui, en fait, est normal quand on comprend les règles de l'ABA : toute personne qui interagit avec l'enfant doit être formée. Dans le cas contraire, on prend un gros risque de renforcement positif de chaque comportement que la psychologue essaie patiemment d'annuler.

Alors on exige que moi, les grands-parents, la baby-sitter, le kiné ou la psychomotricienne, soyons formés à cette méthode. Interdiction de faire garder Samy quelques minutes par un oncle, une tante ou une amie qui n'auraient pas le comportement adapté.

Un enfer. Et chacune de ces personnes doit être filmée afin que la psy puisse juger de sa façon de faire avec Samy et la corriger.

Je dois donc la faire venir, régulièrement, pour ce qu'on appelle les « guidances ». Nos formations. Payer 50 euros de l'heure, pour voir la psy assise sur le canapé, silencieuse, observer ce que nous faisons avec Samy. L'impression d'être épiée, jugée, surtout depuis que nos relations se sont dégradées, et de payer très cher pour ça. Elle ne travaille même pas avec mon fils pour me montrer. Non, elle regarde, et rédigera un compte rendu. C'est tout.

J'ai osé faire appel à une fille au pair, qui vient de s'installer chez moi pour un an, sans en parler à la psychologue ? Cela ne va pas du tout !

Comment puis-je envisager qu'elle s'occupe de Samy, même seulement quelques heures par semaine, si elle n'est pas formée par la psychologue elle-même ? Le fait que je sois une maman célibataire, que j'aie deux enfants à gérer, et qu'à cette période je ne rentre à la maison qu'après le direct de l'antenne, vers 21 heures, n'est pas leur problème. Que j'aie transmis mes informations, ce que je sais de mes formations à leurs côtés, ne suffit pas. Si j'ai besoin de quelqu'un à la maison, je dois prendre une personne formée par leurs soins. Mais il y a un hic : « Ah, non, nous n'avons personne à te proposer, nous manquons de personnel, tu sais ! » Bref, elles n'ont personne pour moi, mais je dois quand même trouver quelqu'un et payer, encore payer, pour la faire former, puis la faire travailler chez moi.

Et pourtant, la même équipe, si exigeante, n'a pas hésité à m'envoyer durant tout un été une jeune fille, soi-disant éducatrice et formée à l'ABA, pour m'aider quotidiennement.

J'ai payé cette « professionnelle », je l'ai emmenée en vacances, je l'ai nourrie, je l'ai laissée seule des heures avec Samy. Pour apprendre, au fur et à mesure de mes conversations avec elle, que deux mois plus tôt, elle était encore serveuse. Qu'elle avait été envoyée auprès de mon fils parce qu'elle était la petite amie du frère d'une des psychologues de l'association. Et qu'elle était au chômage. La psychologue en question l'avait « formée », en quelques semaines à peine, avant son arrivée chez moi.

Comment m'étonner alors que, très vite, les plaintes se soient accumulées ? Je rentrais à la maison, après avoir emmené Marco à la plage, et je l'entendais soupirer bruyamment. Pour me montrer que je la faisais trop travailler. Que passer huit heures par jour avec Samy était vraiment trop lourd. Même si je ne la laissais seule avec lui que deux ou trois heures maximum. Elle ne savait pas quoi lui faire faire, dès qu'on rentrait de la plage. Il résistait, piquait de grosses colères devant elle, et elle fatiguait, ne sachant pas bien comment s'y prendre. Elle ne voulait pas le faire manger, ne voulait pas le changer, ce n'était pas de son ressort disait-elle, et me le laissait à peine rentrée. Elle se sauvait dans sa chambre à l'instant où je pénétrais dans la pièce. Et elle n'a pas tardé à demander à revoir son salaire à la hausse. Nous avons dû nous séparer avant la fin du mois prévu. Comment a-t-on pu laisser une telle débutante s'occuper d'un enfant aussi difficile que Samy ?

Quant à mes parents, ils n'avaient plus fait de guidance parentale depuis plusieurs mois, alors que Samy et moi allions régulièrement en week-end chez eux. Je n'osais pas leur imposer ces séances trop souvent, ils se donnaient déjà tellement de mal. La psychologue me le reprochait. Ce n'était pas sérieux, il ne fallait pas que je m'étonne du manque de progrès de Samy.

Je commence à m'interroger sérieusement. À poser de plus en plus de questions. Samy n'aurait-il tout de même pas besoin d'aller voir une orthophoniste ? J'ai bien remarqué qu'il ne parvenait pas à mâcher ses aliments. Il se contente de les téter, en fait, et de les avaler tout rond. Mais non, cela viendra, avec la rééducation ABA, me dit-on. OK, je m'incline. Au moins sur ce point. Je veux bien croire que cette méthode suffise.

Mais pour les relations sociales ? Je décide, malgré les réticences dont la psychologue fait preuve à ce sujet, de l'envoyer deux matinées par semaine dans une halte-garderie que me conseille mon amie Estelle. Son fils y va, et l'équipe y est, paraît-il, épatante. J'en ai assez que Samy passe son temps à la maison, uniquement en compagnie d'adultes. Je veux qu'il côtoie de jeunes enfants.

Estelle est certaine qu'on accueillera la différence de Samy sans problème. La directrice est effectivement formidable. La première fois que je me présente et que je lui explique la situation, elle répond le plus naturellement du monde que bien sûr cet enfant différent a sa place parmi les autres, quelle question ! Même s'il est un peu plus âgé que les autres enfants – il a déjà plus de trois ans, l'âge auquel les autres enfants sont en maternelle –, même si nous ne sommes pas du quartier, elle l'accepte.

J'avais déjà tenté de le faire entrer dans une garderie plus proche de chez moi, mais on m'avait répondu qu'il fallait demander leur avis à toutes les puéricultrices de la crèche, et que si elles étaient d'accord, il faudrait ensuite demander aux parents des autres enfants accueillis si cela ne leur posait pas de problème. Autant avouer que j'avais renoncé immédiatement.

Ici, les puéricultrices sont adorables, font participer Samy comme elles peuvent, les autres jeunes enfants lui parlent, viennent le voir, et Samy semble apprécier ces moments. Chaque fois que je viens le chercher, je le trouve allongé, entouré d'une ou deux petites filles qui lui montrent leurs jolies robes, ravies d'une attention si constante quand leurs autres camarades ne restent pas en place. Lui est calme, semble parfois observer ce qui l'entoure. Ou alors il est assis à table, aux côtés des autres enfants, qui font de la pâte à sel. Il tente de la mettre dans sa bouche, ne manipule rien, mais il est là, il participe à sa façon, et tout le monde l'accepte, fait attention à lui, adultes comme enfants. Il n'est jamais en train de hurler, comme à la maison.

Mais voilà, personne n'est formé à l'ABA.

Au dodo les dinos !

Comme chaque mardi soir, c'est la fête pour Marco. Sa maman est entièrement à lui. Je me débrouille pour coucher Samy assez tôt. Ou alors je garde la baby-sitter une ou deux heures de plus. Ou encore, quand la fille au pair est là, c'est elle qui s'occupe de Samy. Moi, le mardi soir, je suis en mode « Marco ».

Je rentre tôt, j'éteins mon téléphone. Et nous établissons le programme : sushis et film dans le lit de maman ? ou jeu de société et cuisine tous les deux ? Le plus souvent c'est Marco qui choisit. Parfois, il s'arrange pour avoir tout à la fois.

— J'ai une idée maman ! On commande des sushis, on les mange dans le bain tous les deux, et après on se fait un film dans ton lit, en mangeant le dessert qu'on va préparer dans la cuisine !

Bon, OK, je ne peux pas me plaindre, c'est moi qui lui ai appris à manger dans la baignoire, le jour où je l'ai oublié, plus petit, à la garderie de l'école... J'étais arrivée bonne dernière des mamans, il était affamé, et moi pleine de culpabilité. Je croyais que c'était le jour de la nounou, mais non, j'avais déjà envoyé celle-ci avec Samy à la campagne où nous devions les rejoindre. Bref, j'avais tout faux, c'était bien à moi d'aller chercher Marco. Pour m'excuser, je lui avais préparé un « goûter-dîner » dans la baignoire, avec maxi-bulles de savon assorties. Autant dire qu'il m'avait vite pardonnée, et même gratifiée d'un magnifique « Tu sais maman, c'est pas grave d'oublier son enfant. Tu peux recommencer… ».

Alors ce soir… on fait quoi ? Marco semble avoir une idée bien précise.

Sandwich à sa façon (pas top pour ma ligne, mais enfin…), DVD *Sur la terre des dinosaures*, qu'il connaît par cœur, le tout dans mon lit, sous la couette, l'un contre l'autre.

Mais notre soirée doit commencer suffisamment tôt pour que Marco ne se couche pas à une heure indécente. Le mercredi, il se rend au centre de loisirs dès 9 heures, pas de grasse matinée possible. Alors l'extinction des feux est prévue vers 21 h 30, maximum.

Marco se dépêche. Je suis à peine rentrée qu'il a déjà pris son bain. Il m'attend pour faire les dernières courses nécessaires à ses sandwiches.

— Maman, il manque la salade. Il me faut absolument de la salade verte pour mes sandwiches ! Et on fait quoi comme dessert ?

— Prends le porte-monnaie de la cuisine, et descends acheter ce qu'il te manque. Et tu en profites pour prendre de la glace à la vanille. On va se faire une sauce au chocolat pour l'accompagner !

— Ouais ! Génial !… Je peux descendre faire les courses en pyjama ?

— Bien sûr ! Je t'emmène bien parfois à l'école en pyjama !

— Oui, mais toi tu le caches sous ton manteau…

— Fais pareil !

— OK !

Et Marco descend les escaliers, ravi à la fois de sortir dans une tenue inadaptée et avec l'intégralité du porte-monnaie que je réserve aux frais courants de la maison, pour nous ou les éducatrices et baby-sitters diverses.

Pendant ce temps, je donne les dernières directives à la baby-sitter. Je vérifie le menu de Samy, le dosage des médicaments. Et je tente quelques câlins. Samy semble en forme ce soir. Pas de crise en vue. Il ne devrait pas donner trop de fil à retordre.

Je suis en train de mettre la table quand Marco réapparaît. Nous nous mettons à la cuisine pour préparer notre dîner. Je le laisse diriger les opérations. J'ai sorti nos tabliers, nos verres à pied, mis la musique à fond dans la petite pièce. C'est une tradition entre nous : quand nous œuvrons dans la cuisine, c'est soda à volonté pour les chefs, et la musique qu'on aime, nous. Porte bien fermée. Parce que, en général, dans l'appartement, les seules musiques que nous nous autorisons sont celles de Samy : des comptines, des comptines, et encore des comptines. Et parfois, de la musique classique. Nous n'en pouvons plus des « Petit escargot, monte sur son dos… sa maisonnêêêteuh…. », ou autres « tapent, tapent petites mains, tournent, tournent petits moulins »…

Alors, dans la cuisine, loin de Samy, on se lâche. Et on ne chante pas, on hurle les paroles, on se défoule, et on termine morts de rire.

Vers 20 heures, la baby-sitter passe la tête dans la cuisine :

— Samy s'est endormi, je vais y aller. Bonne soirée !

— Merci, bonne soirée !

Enfin, nous sommes seuls. Nous emmenons les plateaux sur mon lit. On installe tout : la carafe d'eau sur le sol, le DVD dans le lecteur, on tire les rideaux, et on se glisse sous la couette, télécommande en main.

Les dinosaures envahissent ma petite chambre. Je pourrais suivre le film les yeux fermés, ce que je ferais volontiers, parce que Marco me raconte systématiquement la scène qui va suivre. Que j'ai déjà vue cent fois avec lui. Mais mon fils est atterré de constater que je ne me souviens toujours pas des noms précis de chaque espèce, lui qui pourrait vous préciser le nombre de dents, de griffes, le mode alimentaire de tous. Alors il me fait la leçon.

Un cri. Des coups. Samy s'est réveillé. Aïe.

— Oh noooon ! Maman, je crois que Samy t'appelle.

— Oui, je crois aussi. J'y vais, j'arrive.

— OK, je mets sur pause.

— Non, non, continue mon amour, pas de souci, je reprendrai en route.

— Ah non, tu risques de rater le moment où l'utahraptor attaque l'iguanodon ...

— Ah, oui, ce serait trop bête, dis-je, un peu déçue.

Je vais dans la chambre de Samy, et procède à mes rituels : soif ? couche sale ? berceuse ?... Puis je retourne dans la mienne, poursuivre mon apprentissage du mode de vie des géants disparus.

Marco est captivé. Je reprends ma place à ses côtés, et ne tarde pas à glisser dans le sommeil. Je me fais avoir chaque fois. Je ne tiens pas longtemps allongée dans un lit. Inévitablement, je m'endors. Je lutte pour que Marco ne s'en rende pas compte, mais je finis par sombrer. Et il en profite. Quand le film se termine enfin, je me réveille à peine, le temps d'éteindre, d'envoyer Marco se coucher... Marco qui, l'air de rien, se glisse contre moi, histoire de faire un dernier câlin et, malgré mes protestations, trop faibles, s'endort à mes côtés, enchanté de ce privilège.

Si Marcel Rufo savait !...

Tribunal

Mes remises en question, mes demandes, mes interrogations, le fait que je fuie les guidances parentales, qui me semblent décidément bien trop chères, tout cela commence à déplaire fortement à la psychologue responsable de Samy. Nous communiquons de moins en moins. Alors que l'année précédente, nous avons partagé de beaux moments ensemble, pendant qu'elle passait des semaines dans ma famille, s'occupant de Samy durant les vacances, participant à toutes nos activités, nous ne nous parlons presque plus. Elle se replie sur ses notes, se contentant de m'écrire sur le cahier de liaison que nous avons mis en place ses exigences, ses demandes. Et ses observations au sujet de Samy. Moi, je n'ai qu'une hâte quand je rentre à la maison, les voir partir au plus vite, elle et les deux éducatrices qui se relaient auprès de Samy et qu'elle supervise. Je ne peux plus supporter leurs regards, lourds de reproches, et je sais très bien qu'en mon absence, les discussions vont bon train.

Je ne supporte plus, non plus, de voir Samy soumis à de telles exigences, tôt le matin, dès l'arrivée de la première éducatrice. Je pars, de plus en plus mal à l'aise, ses cris à mes oreilles, avec l'impression de livrer Samy à des gens qui ne lui font pas de bien. Malgré leur foi en leurs méthodes, et leur évidente bonne volonté à son égard.

Nous sommes en mars 2009. Après quelques échanges de mails, dans lesquels j'essaie d'exprimer à Claude mes doutes quant au comportement de Samy, celle-ci propose enfin un rendez-vous. Cela fait des mois et des mois qu'elle n'est plus venue le voir, et il est temps. C'est surtout en elle que j'ai confiance. La psychologue, avec qui je travaille depuis plus de deux ans, et qui débute dans son métier, c'est elle qui me l'a envoyée, elle qui l'a formée. C'est encore à elle que sont adressés tous les bilans de Samy, toutes les vidéos que nous faisons, de lui, de nous avec lui. C'est elle qui m'a assurée de son soutien, de l'efficacité de la méthode ABA, depuis le début. Nous convenons d'une date, dans deux semaines, chez moi, un soir où l'émission de France 2 doit être enregistrée. Je serai donc disponible plus tôt qu'à l'accoutumée.

Ce soir-là, je rentre impatiente de la voir, de l'entendre me parler de Samy, de ce qu'il faut ou ne faut pas faire. De faire le point, avec la plus expérimentée de tous ceux que je connais alors.

Quand j'arrive à la maison, la jeune fille au pair est en train de s'occuper des enfants. Marco est dans son bain, Samy déjà en pyjama, il a mangé avec l'aide de l'éducatrice, il est en train de déambuler dans l'appartement, cherchant les arêtes des murs pour s'y cogner le dos. Comme on le lui a appris, la jeune fille se contente de le suivre et de l'en éloigner doucement. Dans quelques minutes, il ira se coucher. En général, Samy s'endort tôt, vers 19 heures. Il dort très bien jusqu'à 23 heures. Puis le cauchemar commence.

La maison est donc miraculeusement calme, nous avons le temps de discuter.

Dans mon salon, assises dans le canapé et les fauteuils, se tiennent face à moi quatre personnes : Claude, la psychologue et les deux éducatrices. Je propose de leur préparer un thé, ce qu'elles acceptent volontiers.

Je sers les tasses sur la table basse, et je m'installe, comme à mon habitude, à même le sol, sur le tapis. Disposée à entamer une paisible discussion au sujet de Samy et de son évolution ces derniers mois.

Mais je n'ai pas le temps de commencer. D'emblée, on m'annonce tout de go que la prise en charge de Samy s'arrête là. Je dis « on », parce que dans ma tête, les choses sont restées confuses. Qui a dit quoi exactement, je ne m'en souvenais déjà plus le soir même, tellement j'étais choquée, désemparée.

Je ne suis pas assez convaincue par l'ABA, je remets en cause la méthode, mes parents sont responsables de la dégradation des comportements de Samy parce qu'ils n'en font qu'à leur tête avec lui (moi je pense qu'ils n'en font qu'à leur cœur, ce qui pour elles revient au même), ils n'agissent pas comme on le leur a précisément demandé, mais ils ne sont pas les seuls, moi-même je commets trop d'erreurs, je ne prends pas le temps de me faire superviser suffisamment souvent, bref, mes parents et moi sommes coupables de son absence de progrès.

Encore sous le choc du coup que je suis en train de recevoir, je ne dis pas grand-chose. Je crois avoir essayé d'argumenter, mais je me souviens surtout d'avoir réfléchi au moyen de parer au plus urgent pour ne pas rester sans aucune prise en charge pour Samy, tout en refoulant l'énorme paquet de larmes qui montait. Qu'allais-je faire de lui demain matin, alors que je devais être en studio à 10 heures ? Devais-je le laisser à cette équipe qui me désavouait ?

Dans ma confusion, j'ai eu l'infime espoir que seules Claude et la psychologue m'abandonnaient ainsi. Les éducatrices, qui dépendaient de moi, puisque c'était moi qui les avais trouvées, engagées et formées, allaient peut-être rester, continuer à s'occuper de Samy.

Mais non. La première, bénévole parce que institutrice en disponibilité de l'Éducation nationale cherchant à se reconvertir, dont je finançais en échange la formation, m'a annoncé dans la foulée qu'elle non plus ne pouvait pas continuer à travailler avec moi. Je n'étais pas assez ferme avec Samy, je n'étais pas assez rigoureuse avec la méthode, et puis surtout, elle, ce qu'elle voulait, c'était se former à l'ABA. Si Claude me lâchait, elle n'avait pas d'autre choix que de suivre. La seconde, salariée, a enchaîné sur le même refrain.

Elles avaient mis leur plan au point avant mon arrivée, il n'y avait aucune chance de pouvoir revenir dessus. Aucun de mes arguments ne pourrait porter. De toute façon, je n'en avais pas envie. J'étais effrayée, terrorisée même à l'idée de me retrouver seule avec Samy, de ne plus avoir personne pour s'en occuper dignement, j'avais l'impression de plonger dans le vide, mais je ne voulais pas supplier ces personnes qui étaient chez moi, en train de siroter tranquillement le thé que je leur avais préparé, dans mes fauteuils, pendant qu'elles m'assassinaient en toute bonne conscience.

J'avais l'habitude de refouler mes larmes, je finissais par les maîtriser de mieux en mieux face à ceux qui les causaient.

Alors je me suis tue. Devant le silence qui se prolongeait, la psychologue a tout de même expliqué que, bien sûr, elles ne lâchaient pas Samy comme ça du jour au lendemain, qu'il y avait un préavis à respecter. Elle me donnait un mois.

J'ai refusé. Il m'était impossible d'envisager continuer de recevoir chez moi une équipe qui se méfiait de moi, qui ne voulait plus ni collaborer avec moi, ni partager mes peines, comme nous l'avions fait un temps. Et je ne voulais plus leur laisser Samy. Comment laisser son enfant à des personnes qui ont l'intention de l'abandonner à son triste sort, simplement parce que la mère ne se serait pas montrée, un temps, à leur hauteur ?

L'expérience fut violente, mais, aujourd'hui, je sais qu'elle fut salutaire. Je remercie ces professionnelles de s'être montrées si cruelles et incompétentes. Elles m'ont permis de changer de cap, de rencontrer de nouvelles personnes, plus délicates, plus douées, plus inventives dans leur approche du handicap de mon fils.

SOS

— Allô ? Benji ?

— Oui…

— …

J'ai encore du mal à parler. Je suis à cran.

— Ça va ?

— Non, justement. Tu te souviens de ce que tu m'as dit une fois ? Que si j'avais besoin de toi, je devais t'appeler et te le dire, quel que soit le moment…

— Oui…

— Eh bien c'est maintenant. Là, tout de suite, dis-je en étouffant un sanglot.

Mon frère ne tergiverse pas :

— Qu'est-ce que je peux faire ? Que se passe-t-il ?

En quelques mots, je lui raconte ma mésaventure avec Claude et l'équipe en charge de Samy. Je suis attendue dans une heure sur un plateau de télé, pour témoigner sur le handicap des enfants, j'ai accepté il y a plusieurs semaines déjà, je ne peux pas annuler à la dernière minute, je n'ai pas le choix. Pas l'envie du tout, à cet instant, mais pas le choix. Marco est à l'école, Samy avec moi, et personne pour le garder.

— J'arrive tout de suite.

Une demi-heure plus tard, il est là. Je pleure mon désarroi, nous appelons ma mère pour qu'elle prenne le relais auprès de Samy, le temps que j'aille faire cette émission. Benji travaille, il ne peut pas rester plus longtemps. Mais il peut faire autre chose pour moi.

— Viens dormir à la maison ce soir. S'il te plaît. Je n'en peux plus. J'irai dormir ailleurs. Juste une nuit.

— Pas de problème. À ce soir.

Ce fut l'unique nuit de mon frère avec Samy. Je pense qu'il s'en souvient encore.

Pochette-surprise

Ce matin j'emmène Samy à la halte-garderie. Nous sommes tous les deux dans ma voiture. Nous y sommes presque, il ne me reste plus qu'à trouver une place dans ce quartier très fréquenté. Pas facile. Heureusement, je finis par en apercevoir une destinée aux personnes handicapées. La place en question borde le trottoir sur lequel les tables d'un cafetier s'étalent. Ouf ! J'allais finir par être en retard. Je fais mon créneau. Éteins le moteur. Ouvre ma portière et fais le tour de la voiture pour récupérer la poussette puis Samy. Je ne suis pas encore arrivée devant mon coffre que deux hommes attablés m'interpellent joyeusement :

— Dites donc mademoiselle ! Vous l'avez trouvé où votre macaron handicapé ? Dans une pochette-surprise ? Ou alors vous connaissez quelqu'un de bien placé ? Oui ça doit être ça, une jolie fille comme vous !

Suis-je censée apprécier le compliment ou me rebiffer devant leurs sarcasmes ? Je choisis l'honnêteté. Mais avec un soupçon de provocation quand même.

Je me retourne et, tout en ouvrant la portière de Samy, leur décoche mon plus beau sourire : « Non, messieurs. Je l'ai eu en cadeau à la naissance de mon fils. Si vous voulez je vous le donne. Enfin je vous LES donne. Parce que ça va ensemble. »

Un ange passe. Ce qui me laisse encore le temps de prendre la poussette, de la déplier, de soulever mon fils, qui se laisse faire, tel un poids mort, et le déposer dans son siège, avant que l'un d'eux se ressaisisse enfin :

— Excusez-nous, mademoiselle, on ne savait pas.

— Je sais. Personne ne sait. Au revoir.

Les Cop's de Sam

Le lendemain d'une nouvelle nuit de Samy si éprouvante, je débarque au bureau de ma sœur aînée pour y travailler tranquillement. Elle et son associé ont des bureaux calmes, en banlieue parisienne, et nous y organisons souvent des déjeuners sur le pouce.

Impossible d'écrire mes chroniques, mes interviews, ou de travailler sur l'association à la maison. Samy y passe ses journées, il y a toujours au moins une nounou et une psy, trop de monde.

Depuis la rupture avec Claude, j'ai embauché de nouvelles personnes. Elles ne connaissent rien à l'ABA, et c'est ce que je veux. Elles sont adultes, plus âgées, plus expérimentées que les précédentes, l'une d'elles est même mère de quatre enfants, cela me rassure. Elles se sont mises d'accord pour un nouveau programme concernant Samy, qui tient en quelques mots : le rassurer, lui redonner confiance en l'adulte. J'apprécie.

En m'accueillant dans son bureau, Clémentine, ma sœur, me trouve un air fatigué. Et pour cause ! Je ne dors quasiment jamais. J'ai de la chance, j'ai rarement des cernes, mais visiblement, ce jour-là, ils sont manifestes.

Sa remarque déclenche en moi une sorte de ras-le-bol. Je craque, je pleure, je n'en peux plus, je veux dormir, dormir et encore dormir. Son associé, Stéphane, père de bientôt trois enfants, connaît les nuits blanches, tout comme Clémentine, maman de trois enfants également, dont des jumeaux.

Tout d'un coup, ils décident que trop c'est trop et qu'il faut agir. À part mes parents, ma famille n'a jamais bien su comment m'aider, alors Stéphane et Clémentine, chasseurs de tête tous les deux, dont l'activité est au ralenti en cette période de crise, décident de chasser pour moi des « suppléants nocturnes » ! Ils passent en revue leurs amis, notre famille, les cousins, et lancent les Cop's de Sam, une bande de volontaires, et un site internet privé sur lequel je peux noter mes besoins, mes coups de fatigue, mes tournages à préparer, les rendez-vous médicaux des enfants, etc.

En quelques semaines, ils organisent une réunion chez moi. Il y a des personnes que je connais bien, d'autres moins, voire quasiment pas. Je reconnais une cousine que je ne vois quasiment jamais, Julia, la demi-sœur de Marco et Samy, dix-huit ans à peine, à qui je suis très liée, et qui ne m'a jamais fait faux bond. Mais qui n'est pas très à l'aise non plus face à Samy. Et qui, à son âge, a tellement mieux à faire que passer ses nuits avec lui ! Il y a aussi des amis de Clémentine, qu'elle est parvenue à toucher au point de leur faire intégrer cette curieuse bande, conçue autour d'un enfant dont personne ne comprend les troubles. Il faut qu'ils soient tous sacrément courageux !

Je leur présente Samy et Marco. L'idée est de me faire passer au moins une bonne nuit par semaine en période de crise. Quelqu'un viendra dormir chez moi, et moi chez eux. On échange nos familles, quoi ! Et si je dois emmener Samy à un rendez-vous, je peux demander de l'aide, nous ne sommes jamais trop de deux pour tenir Samy dans une salle d'attente.

Les Cop's de Sam ont même prévu de s'occuper de Marco : lui aussi a besoin de temps et d'attention. Alors parfois, c'est un duo qui vient passer la nuit chez moi : pendant que l'un s'occupe de Samy, l'autre joue avec Marco, lui raconte des histoires.

Cette petite bande, composée d'Aude, Jacques, Benjamin, Cécile, Clémentine, Fifi, Stéphane, Sandrine, Rémi, Julia et quelques autres, fonctionne à merveille : je me repose enfin un peu, et quand je reviens le matin, je retrouve mes amis la mine défaite, mais moi, ça me fait un bien fou !

Cette expérience n'a pas pu durer, malheureusement. D'abord parce que j'étais tellement dépassée par les événements que j'oubliais de me connecter au site, je n'y faisais pas mes demandes d'aide, je partais seule dans mes galères, en me maudissant après coup de ne pas y avoir songé. Ensuite parce que la situation et les comportements de Samy auraient nécessité que je sois présente pour faire de longues remises à jour des informations dont disposaient les Cop's de Sam. L'idée de les écrire me fatiguait à l'avance.

Et puis j'oubliais de remercier les uns et les autres à la hauteur de leur générosité à mon égard.

J'aurais dû les inviter à dîner, envoyer des fleurs ou au moins un mot de remerciements après chaque nuit. Ne pas me contenter des mercis que je formulais, pleine de reconnaissance, quand je revenais au petit matin. Quand un reproche à ce sujet m'est parvenu aux oreilles, je n'ai plus osé me connecter au site. À la fois blessée et trop orgueilleuse.

Je n'ai jamais osé dire à Clémentine et à Stéphane à quel point j'ai regretté de ne pas avoir su me servir des Cop's de Sam comme j'aurais dû. L'idée était géniale. Tout simplement. Elle mérite d'être recréée, que d'autres familles s'en inspirent. J'ai adoré aller dormir dans l'appartement d'une copine, dans le lit de l'un de mes neveux, pendant que sa mère et son père dormaient, ou plutôt ne dormaient pas, chez moi.

Mais voilà. Dire merci ne suffit pas. Il faut sans cesse prouver votre reconnaissance. C'est usant. Et j'en devenais lâche.

Je n'ai pas été à la hauteur des Cop's de Sam.

C'est la rentrée !

Notre association, Un pas vers la vie, prend forme. Nous envoyons nos premières éducatrices et psychologues à domicile, chez les parents. Nous finançons une partie de leurs salaires.

La rupture avec Claude étant consommée, nous nous débrouillons seuls pour trouver, faire former notre personnel.

Papa commence à recevoir pas mal de candidatures via notre site internet. Il trie, appelle, puis me renvoie celles dont il estime la valeur suffisante à ses yeux. À moi ensuite de m'improviser directrice des ressources humaines et de choisir les jeunes femmes qui s'occuperont de nos enfants.

Les familles sont doublement soulagées : leurs enfants ont enfin une prise en charge, et cela ne leur coûte pas une fortune.

Mais, au bout de quelques mois, nous constatons la faiblesse de ce système : nos jeunes éducatrices, malgré leur motivation sans faille et leurs connaissances, se sentent isolées, manquent de conseils, de supervision, ne savent pas vers qui se tourner quand elles se heurtent à des difficultés avec les enfants.

Et les enfants restent chez eux, enfermés dans leur petit monde strictement familial.

Petit à petit, l'idée d'ouvrir une structure, entre nous, parents d'enfants sans solution institutionnelle, germe. Samy, Ariel, Ombeline, Tariq, Victor et Kyllian sont des enfants dont personne ne veut, ni à l'école traditionnelle ni dans les IME, car ils n'ont pas le bon âge, pas la bonne adresse, ou parce qu'il n'y a pas de place. Au mieux, certains stagnent dans leur hôpital de jour, où ils sont pris en charge par un seul éducateur, en même temps qu'une dizaine d'autres enfants.

Nous, leurs parents, passons donc l'été suivant à nous organiser. L'association a déjà loué des locaux, en vue de la création d'un centre public dont nous pensons déposer très vite le dossier auprès des autorités compétentes, et nous avons un peu d'argent.

Nous faisons des travaux, réaménageons les lieux. Nous prenons plaisir à tout concevoir pour les enfants. On va leur faire du sur mesure ! Du rose, du vert, du bleu, de la moquette aux murs, jusqu'à mi-hauteur, pour ceux qui se cognent – en l'occurrence Samy –, une petite salle à manger, une salle de jeux dans laquelle nous installons un trampoline, une balançoire, une télévision, des poufs, et deux petites classes.

On peint, on cloue, on colle, on décore, et on est heureux. Je mets tout le monde à contribution : mes amis, ma famille, les éducatrices.

Mon amie Estelle participe en nous faisant un beau cadeau : elle offre toutes les chaises dont nous rêvons : des chaises spéciales, hautes, modulables, et qui coûtent très cher. Et nous récupérons quantité de jouets, à droite à gauche.

Raymond, lui, parvient à nous trouver le mobilier qui nous manque. Il débarque à l'école avec sa grosse voiture remplie à ras bord, et fait le déménagement, sous l'œil ravi et étonné des parents de l'association, fiers de cette aide.

Dans notre petite école, tous, sans exception, souhaitent que les enfants soient stimulés suivant la méthode ABA. Mes réticences ne les dissuadent pas.

Alors je m'incline, en me disant que je réserverai un traitement à part pour Samy, et passe quelques soirées en conférence téléphonique avec des professionnels américains, canadiens ou hollandais, pour trouver celui ou celle qui pourrait superviser le travail de nos éducatrices, et surtout les former à l'ABA.

Finalement mon choix se porte sur Caroline Peters, une Néerlandaise, maman elle-même d'un enfant autiste. Elle viendra de Hollande une fois par mois, pendant deux jours. Elle verra tous les enfants une première journée, puis prodiguera ses conseils et proposera ses programmes la seconde journée. Nous lui paierons son hôtel, son voyage et ses journées, à un prix bien négocié. Le reste du mois, nous pourrons lui envoyer par internet toutes les vidéos que nous faisons de nos enfants, pour qu'elle corrige au fur et à mesure les éducatrices, modifie et ajuste les programmes en fonction des problèmes qui surgissent.

Je trouve ensuite une orthophoniste formée à la méthode Padovan, une autre forme de stimulation dont j'ai entendu beaucoup de bien par une maman rencontrée à l'émission « Allô Rufo » que j'anime chaque matin sur France 5 avec le pédopsychiatre Marcel Rufo. Selon cette femme, « Padovan » aide les enfants autistes à parler, et aussi à dormir. Trouver une de ces perles rares est une chose, la convaincre de quitter son cabinet pour venir une fois par semaine s'occuper de tous nos enfants, c'est une autre affaire. J'obtiens cependant l'accord de Marion, qui réalisera des miracles auprès de nos enfants.

Et nous faisons notre rentrée, un peu après tout le monde quand même, début octobre 2009. Quelle rentrée !

En ouvrant la porte à l'instant de faire entrer nos enfants, je sens en chacun de nous une pointe d'inquiétude. Nous marchons sur des œufs, nous sommes dans l'expectative. Comment vont-ils réagir en découvrant un nouvel environnement, eux qui passent la majeure partie de leur temps dans leur chambre ou le salon de leurs parents ? Comment vivront-ils cette nouvelle promiscuité ? ces nouvelles rencontres ? Et si cela était trop violent pour eux ? J'entends dans ma tête les mille questions que tous se posent sans oser les formuler.

Ça y est, ils sont entrés. Avec leurs démarches bizarres, leurs gestuelles si particulières. Ils émettent quelques bruits, s'avancent. Explorent les lieux. Chacun à sa façon. Et ils adorent ! Pas de crise d'angoisse, des sourires, rien que des sourires. Un sacré début !

Quelques heures plus tard, le même sourire se lit sur tous les visages : celui des parents, des éducatrices et des enfants.

Il y eut pourtant quelques couacs, dont un qui nous a fait bien rire : personne n'avait pensé au papier toilette !

Depuis, les choses se mettent en place, doucement. Et, évidemment, ça me prend beaucoup de temps.

Gérer une vingtaine de personnes, faire face aux demandes, aux attentes des uns et des autres, je n'étais pas préparée à cela. Je commets des erreurs. Je m'embrouille parfois, je gère mal le personnel, j'aurais dû faire une grille de salaires en fonction des compétences, et non du travail à effectuer. Mais j'apprends.

Je surveille de près le budget, je ne veux engager aucune dépense sans être certaine d'en avoir les moyens, ça je sais faire.

Heureusement, mon père est très présent, prend un réel plaisir à écouter les parents qui souhaitent nous rejoindre, à les réconforter. Il met en œuvre les plus gros travaux. Est joignable par tous en permanence, lorsque, en tournage ou sur scène pendant l'animation d'une convention, je coupe le téléphone.

Quant à ma mère, elle n'hésite pas à suppléer l'éducatrice de Samy si cette dernière est en retard ou malade. Elle vient souvent à l'école, fait connaissance des autres enfants. Prend elle aussi le temps de parler avec les parents. Et de les écouter.

Pour moi, qui reste le lien principal entre tous, parents, superviseurs et éducateurs, c'est parfois dur, c'est épuisant, mais les enfants ont enfin une prise en charge digne de ce nom, et certains font déjà des progrès inespérés.

— Comment va Samy aujourd'hui ? Il paraît qu'il a beaucoup vomi hier après-midi… me demande Djamila un matin où je la croise devant l'entrée.

— Pas trop mal. Mais comment sais-tu qu'il a vomi hier ? Je ne t'ai pas vue…

— C'est Tariq qui me l'a dit en rentrant à la maison ! me répond fièrement Djamila.

Nous en rions de bonheur.

Parce que ce genre d'échanges entre sa mère et Tariq n'avait rien d'évident quelques mois plus tôt. Mais, avec les éducatrices de l'école, nous avons tout fait pour que cela soit possible. Nous y avons cru. Je sais que si Tariq a pu « raconter » sa journée, c'est grâce aux techniques de communication mises en places dès les premières semaines.

Voilà pourquoi je sens qu'avec la Porte Rose, le nom de notre petite école, j'ai posé comme un pansement sur une plaie tapie au fond de mon cœur, qui se manifeste parfois même si je tente de l'ignorer. En aidant d'autres enfants que le mien, je donne un sens à ce qui arrive à Samy. Et j'ai moins mal.

Les hortensias

La semaine dernière, réunion du syndic de copropriété de l'immeuble dans lequel nous avons installé notre petite école. Mon père y va, nous avons une demande à faire. Le syndic est au courant, il nous soutient, la chose est simple : l'immeuble est doté d'une grande cour intérieure, avec pelouses et espaces verts. Nous aimerions pouvoir y emmener les enfants, dans la journée, pour prendre l'air, les faire respirer. Le parc le plus proche exige de traverser un gros carrefour, bruyant et dangereux. Et dix minutes de marche minimum. Difficile pour au moins deux de nos enfants qui ont des difficultés motrices.

Je ne doute pas une seconde que la réponse sera positive. D'autant plus que les enfants ne sont là qu'entre 9 heures et 16 h 30, donc à des horaires où en principe ils ne dérangeront pas. Les réactions des copropriétaires vont me contredire. Refus net et catégorique. À l'unanimité.

Nous avons eu droit à deux réflexions qui ont cloué mon père.

Une dame : « Ils vont abîmer les hortensias ! ».

Et un vieux monsieur : « Il y a des endroits pour ces enfants-là, pourquoi nous les imposer à nous ? »

Sans commentaires…

Maladroits

Nous sommes samedi. Et ce soir est un grand jour. Ma petite sœur Amandine, la petite dernière de la famille, vient d'avoir trente ans. Depuis un an, elle vit à New York avec son mari, mais pour cette grande occasion, ils viennent à Paris. Pierre a loué pour elle une péniche sur la Seine, il a invité tous les amis, la famille à une grande fête sur le thème des années trente. Je suis emballée, ravie à l'idée de retrouver tout le monde, de m'amuser. Samy a quatre ans, je ne dors jamais, je cours, je cours, et là je vais danser. Danser avec mes sœurs, les seules avec qui j'ose toutes les figures les plus improbables sur la piste de danse, danser avec mes frères, les rois du rock le plus endiablé, je connais leurs passes par cœur, rire avec les amies d'Amandine, j'en connais quelques-unes. Ce soir, c'est la fête !

J'ai trouvé de quoi me déguiser, une des psychologues de Samy m'a même prêté un boa noir, magnifique de plumes virevoltantes, parfaitement assorti à mes longs gants satinés, j'ai une perruque, je suis méconnaissable. Je sens que nous allons passer un long moment à essayer de reconnaître chaque personne présente !

Marco me regarde me préparer dans la salle de bains, après que j'ai installé Samy dans son lit. La fille au pair est là, si Samy s'énerve, elle peut s'en occuper. Grâce à sa présence, je n'ai pas eu besoin de chercher une baby-sitter. Nous nous sommes mises d'accord : je rentre à l'heure que je veux, et demain matin, elle se lèvera en même temps que Samy pour que je puisse dormir un peu. Je la laisserai rattraper ce temps plus tard. On sait toutes les deux que ça ne sert à rien, puisque de toute façon le bruit de Samy et le nœud à l'estomac que chacun de ses cris et coups provoque en moi m'empêcheront de dormir, mais s'il n'est pas trop dur avec elle, elle pourra toujours le mettre dans sa poussette, et filer en balade une heure ou deux.

Alors ce soir, c'est vraiment la fête. Je ne me prive ni de cinéma ni de restaurants, enfin pas plus que les autres jeunes parents, je suppose. Je sors bien moins qu'avant d'être devenue maman, mais je sors quand même. En général, je prends une baby-sitter, et je pars, une fois les enfants couchés. Je sais que je suis tranquille au moins jusqu'à 23 heures, heure des premiers réveils nocturnes de Samy.

Je ne suis pas la convive la plus énergique qui soit, certes. Mes amis ont l'habitude de me voir bâiller de façon ininterrompue dans tous les dîners. Et souvent même dans la journée. Je bâille en permanence. Matin, midi et soir. Ce n'est pas toujours facile à gérer quand je suis en plein déjeuner professionnel, ou pendant une réunion, je m'excuse, mais pas moyen de faire autrement. Et j'ai parfois du mal à suivre les conversations quand la nuit est bien avancée. Mon cerveau s'embrume de sommeil. Je lutte pour ne pas être systématiquement la première à déclarer forfait et à lever le camp. Mais je sors quand même, et j'y prends du plaisir.

Et, pour une fois, j'ai décidé de ne pas rentrer trop tôt.

Je pars, après des milliers de baisers à étouffer Marco, qui adore que je me jette sur lui et le serre très, très fort, et un baiser rapide et léger sur la tête de Samy, qui n'en supporterait pas davantage.

Quelques minutes plus tard, me voici sur le quai de la péniche. Les premiers invités sont déjà sur le bateau. Il fait froid en ce début de soirée du mois d'octobre, et tout le monde est habillé légèrement. Je frissonne et cherche à attraper une grosse écharpe dans ma voiture, quand je suis accueillie par mon frère aîné et son amie. Les téléphones portables flashent déjà non stop.

— Pas mal ! Très chic, la nana !

— Viens, mets-toi là, me lance Nicolas. À côté de Seb !

Borsalino, cigare et gilet rayé, je n'avais pas reconnu mon petit frère.

On rit, on fait quelques photos, on prend des poses, et dès qu'un nouvel invité sort de sa voiture, on l'attrape et il se rajoute à la photo. Au bout d'une bonne demi-heure, le groupe que nous formons a déjà bien grossi, il y a plus de monde dehors qu'à l'intérieur, et nous faisons plus de bruit que la sono.

— Allez, on y va !

Notre troupe fait une entrée fracassante sur la péniche.

— Il était temps ! s'exclame Amandine, magnifique dans sa robe de soie.

Un joli ruban fin entoure sa tête, elle tient un fume-cigarette dans une main, et fait semblant de tirer dessus, tout en me tendant une coupe de sa main libre. Elle ne fume pas, je ne bois pas de champagne, je n'aime pas vraiment ça, mais comme elle, je vais faire semblant ce soir, je sirote ma coupe doucement.

La soirée bat vite son plein. Nous passons un moment à essayer d'identifier un des invités, déguisé en Mickey. Quelle idée drôle et géniale ! On nous a dit « années trente », eh oui, il a raison, il est en plein dedans avec ce personnage de Walt Disney ! Mais il fallait oser. Et Mickey ne se dévoile pas. Je cherche, je cherche, quand la belle-sœur d'Amandine vient se coller à lui. Mais oui ! C'est Thomas, son mari ! Bravo ! Ravi d'être enfin démasqué, il crée l'événement.

Le soleil commence à se coucher, nous sommes tous invités à rejoindre le pont, à l'avant du bateau. C'est magnifique ! Assister au coucher de soleil, sur une péniche, devant l'île de la Cité, est un moment magique. Pierre a fait un beau cadeau à Amandine. Nous sommes une cinquantaine de personnes, réunies pour admirer le spectacle, une coupe à la main…

La musique et le froid finissent par nous ramener à l'intérieur. Les premiers danseurs sont déjà sur la piste et je m'apprête à les rejoindre quand je tombe nez à nez avec une de mes cousines.

— Hé ! Comment ça va ? Je ne t'avais pas encore vue !

Derrière elle, mon oncle, ma tante, mon cousin, ils sont tous là. Ça me fait plaisir, ça fait un moment que je ne les ai pas croisés. Je savais qu'ils viendraient, mais pas facile de les repérer au milieu de tous ces gens. Je suis heureuse de les retrouver.

— Vous êtes magnifiques comme ça, tous ! dis-je admirant leurs déguisements.

— Pas mal, toi non plus ! me répond ma cousine.

Et ma tante d'enchaîner :

— Et Samy ? Comment ça va ? il paraît que c'est très difficile... Ta maman nous racontait l'autre jour. Ma pauvre, ça doit vraiment être dur pour toi. Je ne sais pas comment on peut faire quand ça vous tombe dessus.

Etc. Mon oncle affiche une mine attristée, l'expression de mon cousin et de sa femme sont au diapason.

Ils sont là, devant moi, et poursuivent leur petit laïus, sur le mode : « Comme on te plaint, tu es courageuse, il paraît qu'il ne dort pas, il crie toujours beaucoup, il se frappe, c'est ça ? Tu te souviens de cette cousine de la famille, dont le fils est autiste aussi ? Elle est partie vivre à Londres. Il paraît que c'est plus simple là-bas. Mais d'après les dernières nouvelles, il ne va pas mieux, il est ado maintenant, et il va devoir vivre en institut spécialisé, il devient violent. Non, ça doit vraiment être dur. »

Je suis sidérée. Furieuse. Silencieusement je les supplie de se taire. Mais je reste polie. C'est ma famille, ce soir c'est l'anniversaire de ma sœur. J'affiche un sourire de circonstance. J'acquiesce même à leurs propos. Je suis en plein dédoublement. Mon corps réagit comme il se doit, yeux baissés, murmures appropriés, mon cerveau répond, donne les ordres adéquats, mais en même temps, il réagit violemment à cette sordide conversation. Il leur en veut. Terriblement. Comment peuvent-ils me faire ça, ce soir ? C'est la fête, nous sommes ici pour nous amuser, je veux m'amuser ! Pourquoi ne se contentent-ils pas de me demander des nouvelles de mes fils, simplement ? Je leur aurais répondu que Samy était pris en charge, que ce n'était pas facile, mais que ça allait. Puis j'aurais ajouté que Marco allait bien, qu'il était de plus en plus drôle, que ses réflexions me surprenaient toujours autant, je leur en aurais raconté une ou deux, nous aurions ri ensemble. Et nous serions tous allés danser.

Là, avec leur air affligé, ils me coupent l'herbe sous le pied. Ils me regardent avec pitié. Cela ne me dérangerait pas s'ils me proposaient leur aide dans la foulée. Ce serait si simple s'ils disaient : « Ça doit être dur, alors n'hésite pas, si tu as besoin de quoi que ce soit, si tu veux qu'on te le garde, même une heure… même si on ne sait pas comment faire. » Je les aurais au moins remerciés, et j'aurais peut-être osé, un jour, les solliciter. Je leur aurais dit que s'ils avaient peur de Samy, ils pouvaient au moins, une fois, emmener Marco se distraire un week-end, loin de son petit frère, qui l'empêchait d'aller au cinéma, au restaurant, ou de faire du roller. Rien de tout cela ne s'est produit.

Mon cerveau en colère cherche la porte de sortie pendant que mon cerveau social poursuit la conversation. Enfin, je vois mes parents s'approcher. Le temps que tout ce monde tourne la tête et se dise bonjour, j'ai filé. Je suis retournée vers ceux qui riaient et s'amusaient sans arrière-pensée, mais le cœur n'y était plus.

Gâteau au chocolat (1)

De cette fête, je garderai finalement un goût amer. Cette conversation m'a blessée, et j'ai eu du mal à retrouver la joie et la légèreté du début de soirée.

Ce genre de chose m'arrive souvent. Difficile évidemment pour les autres de déterminer mon humeur. Mais Samy revient dans les conversations, et si je sais que cela part toujours d'une bonne intention, j'ai parfois très envie d'oublier mon fils et de profiter de l'instant. D'autres fois, je suis heureuse de pouvoir raconter, de partager un peu mon quotidien, le temps d'un dîner. Je fais cependant moi-même attention à ce que le sujet n'accapare pas la conversation trop longtemps, cela pourrait changer l'ambiance irrémédiablement. Et je ne voudrais pas que mes amis ne retiennent d'un dîner en ma compagnie que la douloureuse situation de Samy.

Quant aux propositions d'aide, elles ne sont pas faciles à gérer. Toute ma tête, tout mon cœur, tout mon corps réclame de l'aide, oui, s'il vous plaît, venez m'aider la nuit, quand je me bats physiquement avec mon fils, s'il vous plaît, aidez-moi à mettre au point toute la logistique autour de Samy, à la tenir à jour, à remplir la multitude de dossiers inhérents à sa situation, dossiers auxquels parfois je ne comprends plus rien tellement je suis fatiguée, je vous en supplie, faites mes courses, je ne peux plus emmener Samy dans le moindre magasin, c'est un enfer, il ne supporte pas, il hurle tout le temps, et mon frigo est vide, vous ne voulez pas le garder une heure ce week-end, juste une heure, le temps que je m'affale sur le canapé avec Marco, que je rie un peu avec lui, que nous mangions tous les deux un énorme gâteau au chocolat, sans que Samy ne vienne l'écraser ?

Mais je ne sais pas formuler ces demandes, je n'ose pas ou, sur le moment, l'idée ne me vient pas. Parce qu'on ne me propose pas d'aide au moment où je suis seule à la maison, désemparée, à bout de forces, en pleurs au milieu de la nuit, mais quand je suis là, souriante, à table ou au travail, l'esprit occupé par l'instant présent, loin de Samy.

La cicatrice

Ma mère m'appelle. Il est 19 heures.

— Tu as vu ce que Samy a au bras ?

— De quoi parles-tu ?

— Mais sa brûlure ! Elle est impressionnante, et il n'avait rien, pas de pansement !

— Quoi ? Mais je ne vois pas de quoi tu parles, maman !

— Quand je lui ai enlevé son pull tout à l'heure pour le mettre au bain, j'ai remarqué que derrière son bras la peau était à vif. Tu ne savais pas ?

Je ne comprends pas. Ce matin, quand j'ai déposé Samy à la Porte Rose, il n'avait rien. Il a passé sa matinée là-bas, personne ne m'a appelée pour me signaler quoi que ce soit. Et ce vendredi, mes parents sont passés le chercher en début d'après-midi, pour aller à la campagne. Je dois les rejoindre ce soir, avec Marco. Non, je ne comprends pas.

— Eh bien, regarde ça, me dit maman. Je t'envoie une photo tout de suite.

À peine deux secondes plus tard mon portable bipe. J'ai reçu la photo. Sur mon petit écran s'affiche le bras de Samy, ou plutôt une partie de ce bras, totalement écorchée, à vif. Rouge, humide, les chairs apparentes. L'horreur.

Je m'exclame :

— Mais qu'est-ce que c'est que ça ?!

— C'est ce que je te demande, me rétorque ma mère.

— C'est dingue ! Et il ne hurle pas ? ne se frappe pas ?

— Eh bien c'est ça le problème. Il ne dit rien de plus que d'habitude, non, il n'a pas l'air plus nerveux. Oui, il se frappe un peu, mais comme toujours. Ne t'inquiète pas, je lui ai mis de la gaze, et j'ai fait un pansement. Mais quand même, il a dû se passer quelque chose !

— J'appelle tout de suite l'école.

L'école ne sait rien. Incroyable. Je demande à parler à ses éducatrices. Elles ne savent rien non plus. N'ont rien remarqué d'anormal. Elles sont allées au fast-food avec les enfants aujourd'hui, elles ont donc dû leur remettre leurs pulls, leurs manteaux. Oui, mais Samy n'a eu aucune réaction donnant à penser qu'il avait mal quelque part.

Je contacte alors la jeune femme qui s'en occupe en ce moment en fin d'après-midi. Peut-être saitelle quelque chose. Peut-être n'ai-je rien vu ce matin, mais y avait-il déjà cette brûlure, qui daterait d'hier ? Comme elle est située à l'arrière de son bras, j'aurais pu l'habiller sans m'en rendre compte. Ça me semble impossible, mais je cherche à comprendre. J'appelle donc Marielle. Elle dit ne rien savoir non plus.

Durant quelques jours s'installe entre nous tous une sale ambiance. Je soupçonne tout le monde, quelqu'un doit savoir, Samy a dû échapper à son attention quelques minutes, il s'est brûlé, la femme de ménage a laissé le fer à repasser à sa portée, ma mère l'a laissé se promener seul dans le jardin alors que le tuyau d'échappement était encore chaud, forcément quelqu'un ment ! Ça me rend folle d'imaginer que Samy, pendant des heures, avait cette affreuse brûlure, et qu'il n'a rien pu nous dire. Souffrant sans aide. Et je déteste cette situation où ma mère, qui se donne tant de mal, est impliquée malgré tout. C'est elle qui a découvert la blessure, qui m'a appelée pourtant. Elle sait que je lui pardonnerai une distraction, je sais qu'elle est de bonne foi, mais elle comme moi permettons souvent à Samy de errer seul quelques mètres dans le périmètre balisé du jardin.

J'insiste auprès de tous, je leur dis que l'erreur, l'inattention durant quelques minutes, ça arrive, que je ne suis pas du genre à faire un scandale mais qu'au moins, on me signale ce genre d'accident. Mais chacun reste sur sa position. Personne ne sait. Et le plus fort, c'est que le pull qu'il portait ce jour-là n'a pas la moindre trace de brûlure. Comment est-ce possible ? Qui le lui aurait enlevé, alors qu'il fait encore froid ? N'est-ce pas la preuve que cela s'est passé la veille ? N'est-ce pas moi qui étais responsable de lui à l'heure où cela s'est produit ? Je ne saurai jamais. Seul Samy pourrait nous dire. Mais il ne parle pas. Aujourd'hui, il porte, à vie, une horrible cicatrice, épaisse et boursouflée, sur le bras.

Remue-ménage

Ma petite maisonnée, composée aujourd'hui de Samy, Marco, ma jeune fille au pair Ana-Maria et moi-même, possède quelques particularités. Il faut nous voir, nous coucher le soir, chacun dans notre chambre. On se souhaite bonne nuit, les enfants ont eu leurs câlins, Ana-Maria étudie dans sa chambre, et moi je lis quelques pages dans la mienne. Rarement plus, j'ai un peu tendance à tomber de sommeil vers 21 h 30.

Et puis, allez savoir pourquoi, au petit matin, tout ce bel ordre a été quelque peu chamboulé ! Ana-Maria est en train de dormir sur le canapé du salon, Marco a déménagé dans mon lit, moi dans le sien, plus proche de Samy. Seul Samy est encore dans sa chambre. L'aube, c'est le moment où il s'est enfin rendormi !

Une autre fois, je retrouve Ana-Maria et Marco lovés l'un contre l'autre dans mon lit, ils ont dû s'y retrouver au milieu de la nuit, pendant que j'étais avec Samy. Et moi je récupère la chambre d'Ana-Maria.

En général, je me lève au moment où Samy commence à crier, je vais dans sa chambre, et après de nombreux allers et retours entre celle-ci, la cuisine et la salle de bains, à la recherche de ce qui pourrait le calmer, je commence à chercher un endroit où dormir un peu. Parce que entre-temps, Marco s'est levé pour finir sa nuit dans une pièce plus éloignée des cris de son frère, il essaie mon lit, mais si la pièce est encore trop bruyante, il va se glisser dans celui d'Ana-Maria. Qui finit elle-même par se lever, agacée des mouvements d'asticot de mon aîné, et partir aussi à la recherche d'un matelas disponible dans une pièce à peu près calme. Chez moi, on dort peu, mais qu'est-ce qu'on vit comme aventures nocturnes, un vrai manège !

Un matin, Ana-Maria surgit dans le salon, la tête ébouriffée, les yeux gonflés. Moi, je suis devant mon ordinateur. Je n'ai pas fermé l'œil de la nuit, alors à un moment, j'ai complètement renoncé et décidé de chercher, encore et encore, pourquoi mon fils hurle ainsi chaque nuit. Là, je suis penchée depuis au moins deux heures sur le même article, qui détaille les troubles des autistes. Ana passe la tête par-dessus mon épaule, pour lire. Elle a l'air épuisée. Silencieuses, nous lisons. Je ne comprends rien. Visiblement, elle non plus, qui ne dit rien.

— Allez, viens, lui dis-je. On a le temps de se faire un bon thé avant de réveiller Marco, on va s'accorder une pause.

Et nous voilà, l'une devant l'autre, enroulées dans les grands plaids du salon, à siroter nos thés, quand Ana me dit :

— Mais au fait, c'était dans quelle langue ton article, là ?

— Euh… ben je ne sais pas !

Amusées, nous nous levons, et courons vers l'ordinateur. L'article est en espagnol ! Pas étonnant que j'aie du mal à comprendre, j'ai appris l'espagnol sur le tas, je n'en connais que le langage courant, et encore.

— Ça alors ! Je ne m'en étais même pas aperçue ! Et je suis dessus depuis des heures ! dis-je, tout étonnée. Mais, et toi ? Tu n'avais pas l'air de comprendre non plus tout à l'heure…

Ana et moi éclatons de rire.

— Et dire que je suis colombienne… ! s'exclame-t-elle. Va falloir dormir, ça urge !

Une autre nuit, nous atterrissons tous les trois dans le salon.

Ce n'est pas simple de trouver un lieu calme où dormir, alors la lutte est féroce ! La chambre de Marco, au début, était mitoyenne de celle de son frère. J'ai vite compris que c'était une erreur, bien naïve de ma part, de penser que mes deux enfants pouvaient élire domicile dans les deux petites chambres du fond de l'appartement. Et que les adultes se réserveraient logiquement l'autre partie, plus proche du séjour. J'ai donc déménagé Marco, pour l'installer dans le bureau. Et réservé sa première chambre à la future fille au pair, dont je rêvais déjà.

Mais le bureau donne sur la rue, particulièrement bruyante. Au bout de quelques mois, Marco ayant de plus en plus de mal à dormir, je redéménage sa chambre, pour lui donner la mienne. Cela m'oblige à délaisser le salon, la télé, dès 20 h 30, parce que cette chambre donne directement dessus. Impossible de recevoir à dîner sans réveiller Marco. Dans ce cas, je lui propose de s'endormir dans son ancienne chambre, au fond de l'appartement, et au moment de me coucher, quand mes amis sont partis, ou mon film terminé, je n'ai plus qu'à le porter jusqu'à sa nouvelle chambre.

Quant à la fille au pair que j'ai fini par engager, je lui ai donc réservé ce qui était au départ la chambre de Marco. Mais très vite, il apparaît que cette solution n'est pas la bonne : il faut traverser cette chambre pour aller dans celle de Samy. La jeune fille n'a donc plus d'intimité, puisqu'il a été clair dès le départ que c'était à moi, et à moi seule de me lever la nuit. Je ne peux demander cette aide à une étudiante, qui a des cours, des examens à préparer, etc.

Il faut donc à nouveau déménager les lits, les meubles, pour inverser les deux chambres. Dorénavant, ce sera la jeune fille qui traversera la chambre de Samy en allant se coucher.

Je n'arrive pas à me résigner à prendre cette fameuse chambre traversante. Je ne trouve pas juste de céder ma chambre, ma salle de bains, mon salon à une jeune fille de vingt ans, et de n'avoir que la petite pièce du fond pour moi. Je tiens à mon grand lit, et j'ai besoin de mon espace.

Et puis, quelques mois plus tard, à nouveau, nous changeons tout ! La malheureuse fille au pair ne parvient décidément pas à dormir plus de quelques heures par nuit, Samy fait trop de bruit. Alors, c'est reparti pour un déménagement interne !

Hop, je démonte les lits, je transporte les meubles, j'enlève les posters des murs. Et je remonte tout quelques mètres plus loin.

Après ça, on se demande pourquoi je suis la reine des meubles en kit, pourquoi je suis capable de monter et démonter seule en moins de temps qu'il n'en faut pour y penser ?

Je donne donc le bureau à la fille au pair, ma chambre à Marco, Samy reprend sa chambre du fond et je m'installe dans celle de Marco. Vous suivez ?

Mais souvent, malgré tous ces beaux efforts, le matin, je me lève la première, je prépare le thé, le chocolat chaud, je mets la table du petit déjeuner… et je pars à la recherche des autres habitants de l'appartement.

Je chuchote doucement : « Bonjour Ana ! » pour ne pas réveiller Marco, qui dort encore à côté d'elle. « Tu ne veux pas retourner dans ton lit ? Samy dort maintenant… À quelle heure as-tu cours ? je te réveillerai… »

Formidable Ana-Maria, patiente, douce, énergique, pleine d'amour pour mes enfants ! Si elle avait su… Serait-elle venue vivre dans cette drôle de famille ?

Un matin, quand je me décide enfin, douloureusement, à me lever du canapé dans lequel j'ai trouvé ma place au milieu de la nuit, la lumière du petit jour entrant dans la salon, quelle surprise de voir que Marco dort par terre, sur des couvertures en guise de matelas !

Je me lève et vais dans sa chambre, dans laquelle je trouve Ana-Maria, endormie sous la couette. Quel bordel !

Retracer notre parcours nocturne fait partie de nos conversations au petit déjeuner. Ça nous fait souvent bien rire : « Je t'ai entendue te lever pour Samy, qui criait vraiment trop fort cette nuit. Et Marco ne pouvait pas dormir alors il est venu dans mon lit. Mais c'est un vrai ver de terre cet enfant ! il n'arrête pas de gigoter, je ne pouvais pas me rendormir. Alors au bout d'un moment, je suis allée dans son lit… »

Une nuit, ne pouvant me rendormir, et sentant que mes interventions auprès de Samy sont inutiles, de guerre lasse, je me glisse en douceur dans le lit de Marco, espérant profiter d'un peu de répit. J'évite de le toucher, pour ne surtout pas le réveiller, malgré l'envie que j'ai de le serrer contre moi, en manque de ce contact physique que Samy me refuse. Bien m'en a pris ! Au petit matin, quand j'ouvre les yeux, je vois sur moi le regard totalement confus d'Ana-Maria. On s'est retrouvées toutes les deux dans le lit de Marco, sans le savoir !

Mais Marco, où est-il ? Dans le salon, évidemment !

Mortes de rire toutes les deux, nous allons préparer le petit déjeuner en nous demandant si on ne devrait pas aménager la cave pour faire dormir Samy… Lequel, à l'heure où nous sommes tous obligés de nous lever, pour la fac, l'école ou le travail, dort enfin paisiblement, le petit morveux !

Finalement, nous avons un jour opté pour le lit gonflable qu'Ana avait rapporté dans ses bagages. Il trônait telle une décoration aussi originale que laide dans le salon, contre le mur, déjà gonflé, et dès que l'un de nous en avait besoin, c'est-à-dire presque chaque nuit, et souvent moi, il suffisait de le poser par terre, et la nuit pouvait poursuivre son cours étrange…

En voiture !

Ce week-end, j'emmène les enfants à la Maison Blanche, la maison de campagne de mes parents. Je suis fatiguée, et je sais qu'entre mes sœurs et ma mère, il y a souvent assez de mains pour m'aider avec Samy, je vais sûrement pouvoir souffler un peu. Et puis Marco sera avec ses trois cousins, et ça, c'est précieux. Il va pouvoir jouer, dormir avec eux, ce sont des moments auxquels il tient plus que tout.

Ses cousins, c'est mieux que ses amis : il les aime passionnément, il peut s'engueuler avec eux, cela ne remet jamais en cause leur belle relation. Et quel bonheur pour lui de voir chaque fois Romain, l'aîné, posté au bord du chemin qui mène à la maison, l'attendant avec impatience. Ils poussent des cris de joie en s'apercevant, Marco saute de la voiture et se jette dans les bras de son cousin. Très vite ils en viennent à des gestes nettement plus virils, poings frappés l'un contre l'autre, bras qui se croisent, doigts qui se lèvent, *give me five,* cool attitude !

Ma grande famille a visiblement intégré le fait que lorsque je suis là avec les enfants, ce qui est systématiquement le cas, puisque j'ai toujours Samy avec moi, alors que parfois Marco est chez son père, j'ai le droit de ne pas mettre la table, faire les courses, ou encore préparer le dîner. Ce sont des sujets qui ont souvent été des pommes de discorde dans cette grande famille où les plus petites tablées font rarement moins de quinze personnes. Mais, en effet, je profite de la présence des miens pour déléguer la préparation des repas de Samy à ma mère, le change des couches à l'une de mes sœurs. Et au moment où les adultes s'occupent de leur repas à eux, personne ne me dit plus rien si je ne bouge pas.

Bref, à la Maison Blanche, à l'heure fatidique des repas, je paresse. Parfois, mes parents ou mes frères emmènent Samy se promener dans sa poussette, et je peux faire la sieste. Mon père, lui, a décidé une fois pour toutes que les nuits lui seraient dévolues. Il a donc bricolé la minuscule pièce attenante à leur chambre et installé un lit pour Samy. Nous y avons fixé un matelas, le long du mur, pour qu'il ne se blesse pas quand il se balance et cogne son dos au mur, et mis de l'autre côté un grand drap épais, qui fait office de barrage, au cas où il lui prendrait l'idée de partir pour une de ces virées nocturnes qu'il affectionne tant.

Le drap lui bouche la vue, il est solidement tendu par des cordes, de façon à ce que mon fils ne puisse avoir ni l'envie ni la possibilité de s'échapper ou de tomber de son lit.

Ce problème réglé, il ne reste à Papoun qu'à trouver la solution pour calmer Samy dans ses hurlements, l'empêcher de se défigurer de ses poings.

Souvent, les grands bras costauds de ce géant d'un mètre quatre-vingt-quinze suffisent.

Tant bien que mal, nous passons là quelques week-ends reposants, bien plus que seuls tous les trois à la maison.

Je suis donc venue dans la grande maison, mais cette semaine, il n'y a que ma sœur Clémentine et sa famille. Elle aussi a besoin de se reposer, elle a trois enfants et un travail prenant. Mes parents ne sont pas là, je me lève donc comme d'habitude toutes les deux heures environ pour tenter de calmer Samy. Je sais que je ne sers pas à grand-chose dans ces crises, mais je ne peux me résoudre à le laisser seul quand je le sens si mal. De toute façon, n'arrivant pas à dormir au milieu de ses hurlements, je tente au moins de faire en sorte qu'il ne réveille pas les dormeurs.

Le dimanche soir, au moment de repartir, je ne me suis donc pas vraiment reposée. Et nous avons près de deux heures de route à faire. Je n'ai pas le courage de prendre le volant, je sens que c'est dangereux, je ne serai pas assez alerte. Je demande donc à Clem et Fifi si l'un des deux veut bien conduire ma voiture jusqu'à Paris, nous échangerons à l'entrée de la ville, quand nos chemins divergeront.

Ils sont d'accord. Clémentine prend ma place, et je m'installe à côté d'elle. Fifi fera la route devant nous, avec ses trois enfants.

Au bout d'un moment, Clem a allumé la radio, et je commence à m'assoupir. C'est délicieux, j'adore me laisser aller ainsi dans un véhicule qui roule, je suis bercée, c'est une habitude que j'ai depuis toute petite, qui me sert beaucoup aujourd'hui, je peux m'endormir n'importe où, même juste pour quelques minutes du moment que ça bouge.

Mais alors que je glisse doucement dans le sommeil, j'entends Clémentine s'énerver. Elle me jette un regard noir et crie, exaspérée :

— Mais c'est pas possible à la fin ! Tu ne peux pas lui dire d'arrêter ? Il va me rendre folle, STOP !

— Hein ? quoi ?

Aaah… je vois… Samy est à l'arrière, ceinturé dans son siège-auto, et il s'agite.

— Euh, ben non, Clem, je ne peux pas lui dire. Enfin je peux essayer, mais je ne garantis pas le résultat !

À l'arrière, Marco, qui tentait lui aussi de s'endormir, se marre et dit très calmement, le sourire au coin des lèvres :

— Samy, s'il te plaît, tu pourrais te taire un peu, tu énerves tata Clémentine.

Samy continue de plus belle : il se balance d'avant en arrière, en vocalisant à sa manière, des « ba ba da da beu beu », mais très fort, de façon saccadée, en criant presque, comme il en a l'habitude chaque fois que nous prenons la voiture. En fait, Samy adore la voiture, et le manifeste à sa façon. Mais c'est sûr que son niveau sonore est tel qu'il est impossible de se parler ou d'écouter la radio en même temps. Et il peut continuer comme ça plus de trois heures sans problème !

Marco conclut, magistral :

— Ah ben non, tu vois tata, ça marche pas !

Quant à moi, j'ai envie de rire aussi.

Bonne joueuse, ma sœur se calme et nous demande :

— Mais comment vous faites ? C'est quand même insupportable, il fait ça tout le temps ?

Samy a beau avoir presque cinq ans, c'est un aspect de lui qu'elle ne connaissait pas encore.

— Oui, souvent du début à la fin du trajet. Nous on est habitués, on ne l'entend plus… Marco, ça le rendait hystérique au début, maintenant c'est bon, il s'y est fait.

Et je me dis intérieurement : ben, dis donc, ma fille, déjà que ça va être difficile pour toi de convaincre un jour un homme de venir vivre avec toi et tes enfants, si le moindre trajet est un calvaire pour les autres, t'es pas sortie de l'auberge !

Merci Samy !

Mais Samy a des avantages. Lui aussi prend part à la vie de famille hors normes que nous avons et, à sa manière, il nous sauve de bien des situations. Et, dans ces cas-là, Marco et moi le gratifions de toute notre reconnaissance.

Il nous arrive, par exemple, de nous servir de Samy dans un magasin. Et pas seulement pour éviter la queue et passer devant tout le monde (oui, je l'avoue, je suis bien contente de le faire, même quand, miraculeusement, Samy est calme ce jour-là, et que rien ne justifie que je brandisse sa carte de handicap pour passer plus vite à la caisse), parfois juste pour le plaisir de remettre quelqu'un à sa place.

Un jour, nous devons rejoindre mon amie Sido pour le goûter dans un de ces cafés qui servent aussi des pâtisseries américaines.

Quand nous entrons, le lieu est déjà rempli, mais il y a un coin « carré », visiblement fait pour les familles ou les groupes, puisqu'on peut s'y installer à plusieurs, deux grandes banquettes se faisant face. C'est idéal pour Samy, plus à l'aise sur du mou que sur une chaise dure, et puis le côté « clos » de ce coin est plus rassurant. Mais voilà, un homme y est déjà installé. À lui seul, il accapare les six à huit places. Chaque nouvel arrivant s'en éloigne, ayant l'impression de violer un espace privé.

Sido, arrivée plus tôt, a eu beau tenter de lui demander de bien vouloir céder sa place à notre groupe familial, et de prendre un des nombreux autres fauteuils disposés un peu plus loin, rien n'y a fait. Le monsieur s'est, paraît-il, montré très désagréable.

— Quoi ? s'indigne Marco, toujours prêt à faire la leçon. Mais c'est pas gentil du tout ça ! Dis, maman, j'ai une idée… On lui lâche Samy ? Ça va lui apprendre !

Je vois un sourire se dessiner sur le visage de Sido, et j'avoue que l'idée me séduit assez. OK, après tout on a le droit de s'amuser un peu ! D'autant plus que, justement, Samy s'impatiente franchement. Il a vu les petits gâteaux posés çà et là sur les tables, et n'en peut plus de ne pas les toucher et les dévorer. Il bat des pieds, des mains comme s'il cherchait à s'envoler, et se jette d'avant en arrière sur le dossier de sa poussette.

Parfait, il est prêt ! Je m'approche des tables que nous convoitons, et détache doucement la ceinture de sécurité qui le maintient dans la poussette. En faisant bien attention de ne pas regarder une seule seconde le monsieur à deux pas de moi. Je ne suis qu'une maman, concentrée sur son installation et celle de ses enfants, parfaitement insensible au monde qui l'entoure, toute à ses affaires. Marco et Sido ont déjà pris place dans un fauteuil, attendant tranquillement la suite, comme au cinéma. Ah, quelle belle séance ça va être !

Je libère donc Samy, et fais comme s'il s'agissait d'un enfant normal. Je m'assois et commence à deviser avec Sido.

— Qu'est-ce qu'on prend ? Chocolat chaud et cookies pour tout le monde ?

À peine ai-je eu le temps de prononcer cette phrase, que retentit un « Héé ! » sonore et indigné. Samy s'est levé de sa poussette et, plus vite qu'il n'en faut pour l'écrire, a déjà attrapé la vaisselle posée sur la table. Il cherche le gâteau, ne le trouve pas, s'assoit pile à côté du monsieur et se met à se balancer, en poussant des petits cris, collé à lui ! Il a bien compris que c'était de ce côté-là qu'il y avait de la nourriture. En effet, l'homme tient un gâteau à la main.

Curieusement, Samy ne cherche pas à l'attraper tout de suite. Il y a autre chose.

Je me lève, déplace un tout petit peu mon fils, prononce quelques mots d'excuses banals, comme si tout cela n'était pas bien grave, et lui dis :

— Samy, ce n'est pas bien, tu n'as pas le droit de toucher aux affaires du monsieur. Tu es sage et tu attends qu'on passe la commande. Je suis désolée, monsieur, je crois qu'il a très faim. Mais on va faire vite.

Quand je me rassois en face à côté de Marco, celui-ci se penche à mon oreille et me glisse :

— Maman, il est parfait, Samy, tu as vu, je crois qu'il a la couche pleine, ça commence à puer tu trouves pas ?

Je m'en doutais ! J'ai bien senti cette odeur suspecte en déplaçant Samy, mais n'y ai pas prêté plus d'attention, tout occupée à mes fausses excuses. Mais c'est bien ça ! Décidément, mon petit bonhomme nous offre la totale ! Autant en profiter jusqu'au bout pour nous débarrasser de cet importun.

Je lance à Sido, assez fort pour qu'il nous entende :

— Tu peux m'attraper une couche et des lingettes dans mon sac, s'il te plaît ?

Et elle de renchérir :

— Je crois qu'il va falloir que tu lui changes sa couche ici, je connais les toilettes, elles sont vraiment trop petites pour y emmener Samy !

— Oui, je sais, ne t'inquiète pas, j'ai l'habitude.

Je me tourne vers l'homme.

— Excusez-moi encore, monsieur, j'en ai pour deux minutes, ne vous inquiétez pas, ce sera ni vu ni connu !

J'en fais un peu trop, mais devant ses regards furibonds, et alors qu'il fait mine de ne pas comprendre, je me dis que c'est notre meilleure occasion.

Pari gagné ! Avant même que j'aie le temps de baisser le pantalon de Samy, le monsieur, perturbé, gêné, et un peu choqué il faut bien l'avouer, se lève, saisit son plateau d'un air réprobateur et va s'installer plus loin, sans prononcer un seul mot.

— Bravo, Samy, merci, tu es top pour faire le ménage ! s'exclame Sido.

En plus, après une rapide inspection, je m'aperçois qu'il n'y a pas la moindre couche sale ! Il ne devait s'agir que d'un petit gaz malodorant…

et bien inoffensif, peu social certes, mais tout ce qu'il nous fallait !

Il est comme ça, mon petit Samy, idéal pour nous donner de l'air ! Avec lui, finis, les pots de colle, le manque d'espace dans le métro, ou même au square, curieusement, dès que nous débarquons quelque part, le vide se fait autour de nous, et à nous la place !

Le fauteuil de Sido

Formidable Sido, qui aura été d'une amitié réelle et fidèle dans ces années pénibles. Nous habitons à cinq minutes l'une de l'autre, et malgré la naissance de son petit Malo quand Samy avait deux ans et demi, elle ne nous a jamais lâchés. Sa vie de famille commence, elle a un compagnon adorable, calme, patient, qui devient un papa attentionné, et pourtant, chaque week-end ou presque, elle vient me tenir compagnie, ne m'abandonne jamais à la solitude dans laquelle ma situation peut vite me plonger. Elle est devenue mon point d'ancrage des fins de semaine.

Parce que, si la plupart des gens ont hâte de voir le week-end arriver, nous, parents d'enfants handicapés, le redoutons souvent. Et attendons avec impatience le retour du lundi, avec ses prises en charge, ses relais…

Sido passe des après-midi entiers dans mon salon avec son mari et son fils, Malo joue, pique les jouets de Marco, bouscule Samy, lui jette des regards à peine interrogateurs, pour lui tout est normal, il le connaît depuis sa naissance, il n'a pas encore compris sa différence. L'énergie de ce petit bonhomme, sa vivacité, sa spontanéité apportent un peu de fraîcheur dans mon appartement. Nous papotons, nous buvons, des thés pour Sido et moi, un café pour Fabrice, des gâteaux pour les enfants, sans jamais perdre de vue les malices de Malo, les jeux de Marco, les maladresses de Samy. Et quand Samy semble prêt, nous partons tous ensemble faire un tour au parc. C'est tellement plus facile pour moi avec eux ! Fabrice est plus costaud que je ne le suis, et grâce à lui, je peux soulever Samy, le remettre debout quand il se laisse tomber au sol d'un coup, parce qu'il refuse de marcher, le poser tout en haut d'un toboggan, je ne suis plus seule face à ses crises de nerfs et surtout face aux autres parents, qui ne comprennent pas pourquoi cet enfant de trois, quatre, cinq, puis six, sept ans, crie en se tapant les pommettes, cogne sa tête sur le bitume, ni pourquoi sa maman semble se contenter de glisser un pied sous sa tête, pour éviter qu'il ne se blesse…

Marco, lui, en profite pour faire des rencontres. Il n'a jamais été timide, c'est une chance. Il va vers les autres enfants, s'immisce dans leurs jeux, escalade le toboggan, et je le sens d'autant plus libre de ses mouvements qu'il sait que Sido et Fabrice sont là, et qu'ils m'aident.

Parfois, nous finissons la journée dans l'appartement de mes amis. Sido a eu la bonne idée d'aménager son salon un peu sur le même modèle que le mien, elle a même acheté un fauteuil crapaud, comme celui qu'affectionne Samy chez moi. Est-ce qu'il y retrouve ses repères ? Toujours est-il que chez Sido, il accepte de rester un moment, il s'installe dans son fauteuil, prend sa poule ou une brosse à dents, et nous, Marco et moi, changeons un peu d'univers. Cela ne durera pas, à peine deux ans plus tard, Samy ne supportera plus non plus d'entrer dans cet appartement, préférant s'isoler dans sa chambre, bien à l'abri dans son lit-cocon. Mais nous avons pu en profiter quelque temps.

Le cœur élastique

— Maman, tu sais, Samy, je ne l'aime pas vraiment en fait.

Marco a sept ans, et il vient de me faire un aveu courageux.

— Je comprends, mon amour. C'est ton petit frère, mais ce n'est pas évident de l'aimer.

— Et pourtant les autres, ils aiment bien leurs petits frères ou sœurs.

— Pas toujours, ce n'est pas obligatoire. Ce qui l'est en revanche, c'est que tu essaies de faire des choses avec lui. De temps en temps. Et que tu ne lui fasses jamais de mal. Mais je comprends que tu ne l'aimes pas. Il ne te regarde pas, ne joue pas avec toi, ne fait rien. Il n'y a aucune raison que tu l'aimes. Toutefois j'espère qu'un jour, tu y arriveras.

— D'accord maman.

Marco semble réfléchir encore un peu. Il vient se lover contre moi, sur mon lit, et me demande :

— Maman, quand même, tu me préfères à Samy, non ? Tu m'aimes plus que lui ?

— Non, mon amour. Je vous aime tous les deux. Passionnément.

— C'est pas possible, maman ! Avec moi tu peux

parler, tu peux jouer, tu peux rigoler. Et puis je te pose plein de questions, je te fais rire aussi. Tu vois, c'est forcé, tu m'aimes plus que Samy.

Et Marco me serre fort. Il a besoin d'entendre que je l'aime plus que son frère, qui nous cause tant d'ennuis. Besoin d'être rassuré, de sentir que je l'aime lui.

— Tout ce que tu dis est vrai. C'est ce qui fait que je vous aime différemment. C'est vrai, c'est plus facile pour moi de m'occuper de toi. Je rigole beaucoup plus avec toi. Je fais vingt milliards de choses en plus avec toi. Tu me ravis. Tu me plais, tu m'amuses, j'adore répondre à toutes tes questions, même les plus folles. Pourtant je vous aime tous les deux autant. Différemment, mais autant, tu comprends ? Le cœur d'une maman, c'est élastique. Il y a de la place pour vous deux, largement. Et j'ai un très gros cœur, mon amour.

— Bon. Mais moi, je l'aime pas, Samy.

— J'ai entendu, Marco. Je t'ai dit que je comprenais. Mais comme j'aime aussi Samy, tu vois, en fait, ça me rend un peu triste quand tu me dis ça. Alors je préférerais que tu le dises à quelqu'un d'autre, d'accord ? Il y a des gens dont c'est le métier. Comme des docteurs des sentiments. Tu peux tout leur dire. Ça fait du bien. Et ils peuvent tout entendre.

— Non, j'ai pas envie.

— Mamoun, alors ? Je crois que ce serait bien que tu lui racontes tout ça quand tu en as envie. C'est bien de parler, et une grand-mère, c'est encore mieux qu'un docteur !

— D'accord, ça, je veux bien.

Grandir

Je suis au square avec Catherine, la psychologue qui s'occupe de Samy depuis plusieurs mois. Nous avons décidé d'une « guidance » parentale. J'éprouve en effet de nombreuses difficultés durant ces promenades. Empêcher Samy, quatre ans et demi, et plutôt grand pour son âge, de se jeter dans le bac à sable pour manger tout le sable qu'il parvient à attraper, éviter qu'il ne s'assoie sur les autres enfants, sur les bébés dans leur poussette, le forcer à marcher sans qu'il se jette au sol et se cogne la tête contre le bitume pour me signifier son refus… ces sorties sont souvent, pour moi, une épreuve tant physique qu'émotionnelle.

Alors Catherine m'a proposé de m'accompagner.

Durant deux heures, elle nous observe Samy et moi, et donne ses conseils. Que je tente d'appliquer immédiatement.

— Quand il se jette au sol, mets tout de suite ton pied sous sa tête pour éviter qu'il ne se fasse mal. Mais le mieux est de ne pas en arriver là. Il faut rendre la marche plus agréable pour lui. Prévois des trajets plus courts. Et régulièrement, tous les cinq pas environ, donne-lui un bout de bonbon par exemple, quelque chose qu'il aime. Ou chante.

Depuis, je passe ma vie à chanter pour faire avancer Samy… et ça marche plutôt bien.

Samy repart vers le bac à sable sous son regard bienveillant. Chaque fois qu'il se jette sur quelqu'un, adulte ou enfant, qui a en main quelque chose à manger, j'accours, je m'excuse, explique que mon fils est différent, handicapé, qu'il n'a pas fait exprès… Idem quand il tente de prendre possession d'une poussette qui n'est pas la sienne.

Quand l'heure de quitter le square arrive, Catherine nous raccompagne jusqu'à la maison.

— Tu sais, me dit-elle, tu n'as pas besoin de t'expliquer comme ça chaque fois. Ça se voit que Samy est différent. Tout le monde l'a bien compris.

— …

Le choc.

Que dit-elle ? Ça se voit, que Samy est handicapé ? Mais enfin, il est si petit !

— Samy a presque cinq ans, me rappelle Catherine. Et il est très grand. C'est évident qu'il a des problèmes.

Je n'en reviens pas. Et je suis blessée. Jamais je n'aurais pensé que cela sautait aux yeux. Samy a grandi, avec son handicap, et moi, je n'ai pas suivi. Je n'ai pas « grandi » en même temps que lui. J'en suis restée au stade du tout petit bébé qu'il me donne l'impression d'être à cause de ses comportements, de ses déficiences.

Cette réalité me fait mal. Moi qui ai encore un paquet d'espoirs en réserve, enfoui dans mon cœur, j'ai du mal à imaginer que le temps passe si vite que la différence de Samy est désormais évidente pour tous. Sauf pour moi.

Mais elle me servira de leçon. Catherine, puis Sophie, une autre psychologue, vont m'aider par la suite à être un peu plus exigeante avec lui. À accepter qu'il puisse vouloir manger seul, tenir sa cuillère seul, même s'il en met partout. Comme tout enfant, Samy a besoin de s'affirmer. Et besoin, parfois, que je ne sois pas toujours à ses côtés, que je le laisse déambuler seul dans un parc, que j'ose l'envoyer en colonie de vacances adaptée… Handicapé ou non, mon fils a le droit de grandir lui aussi, même si son rythme lui est propre.

Les maîtres des illusions

Il est 18 h 30. Je marche dans les rues, mes dossiers sous le bras. Il fait froid, seul le ballet des voitures montre un signe de vie dans ce quartier un peu triste.

Je me rends à une réunion que j'attends depuis des semaines. Sans en espérer grand-chose. Et pourtant, j'ai le cœur qui bat, et dans ma tête défilent tous les arguments que j'ai longuement mûris. J'ai passé le week-end précédent à y penser. La semaine précédente à en parler avec les parents, les équipes de notre petite école. Tous attendent avec une anxiété croissante le résultat, ou plutôt le verdict de ce rendez-vous.

Je suis conviée à assister au conseil d'administration de l'AFG, l'Association française de gestion de services et établissements pour les personnes autistes. Depuis quelque temps cet organisme gère notre petite école. C'est son métier, je me suis tournée vers eux, au moment de professionnaliser la Porte Rose.

En fait, ce soir, je suis « autorisée » à venir y plaider notre cause. Je me suis préparée, mais je sais que les choses sont jouées d'avance. Je me rends pourtant vers cet épilogue que je redoute avec tout l'espoir vain dont je suis encore capable.

Avec l'AFG, les choses ont commencé à mal tourner dès leur prise en main de notre petite école. Il est vrai que nous avions tout géré seuls pendant plus d'un an. Locaux, personnel, enfants, plannings, salaires, réunions et guidances parentales, avec l'aide de tous, équipe et parents, nous avions mis au point un système qui s'était amélioré au fil des mois et devenait, à nos yeux, de plus en plus performant. Les enfants progressaient à une vitesse inespérée, et, chaque jour, nous ajustions notre façon de faire, en fonction de ce que nous apprenions.

Je passais mon temps entre les locaux de l'école, les tournages et mon appartement, mon ordinateur et mes enfants, je ne dormais quasiment jamais, et comme les locaux étaient à cinq minutes à pied de chez moi, c'était moi, qui, les premiers temps, me chargeais les week-ends de passer l'aspirateur, ranger, acheter du matériel, poser des étagères, etc. C'était n'importe quoi. Je laissais Marco seul à la maison devant un DVD, j'emmenais Samy en poussette et le posais sur son petit tapis, dans la pièce que nous avions aménagée pour lui, le temps que je parvienne à faire les travaux nécessaires. Je demandais à mon beau-frère, à mes amis de venir m'aider, et ils ne ménageaient pas leurs efforts. Mais je m'épuisais de plus en plus.

Nos vies avaient changé pourtant, et en mieux ; depuis que nos enfants passaient leurs journées ici, les parents soufflaient, apprenaient des méthodes qui leur permettaient, enfin, d'échanger avec eux, et ceux-ci s'apaisaient. Mais comment assurer la poursuite de ces prises en charge ? Je courais les mécènes, et j'y arrivais, pourtant je savais bien que je ne tiendrais pas ce rythme, et surtout je redoutais qu'avec le temps, les mécènes ne suivent plus. Il ne nous fallait pas des fonds pour quelques mois, mais bien pour quelques années, voire plus.

Alors, aidés de mon père, et inspirés du premier projet que nous avions commencé à préparer avec Claude, nous avons entrepris de répondre à un appel à projets, lancé par l'Agence régionale de santé (ARS), qui souhaitait créer de nouveaux établissements pour autistes basés sur les méthodes comportementales, comme le nôtre.

Mon père a bossé. Il a repris le dossier initial, l'a adapté, modifié. Mais il nous fallait un partenaire. Nous n'étions qu'une petite association de parents, pas des gestionnaires d'établissements spécialisés, tels les IME (instituts médico-éducatifs). Nous n'avions pas ce savoir-faire ni cette expérience, et ne souhaitions d'ailleurs pas aller sur ce terrain-là.

Nos débuts furent idylliques. L'association approuva rapidement notre projet, et accepta de nous accompagner. Elle souhaitait en effet prendre la responsabilité de plus en plus d'instituts. Mon père signa une convention de partenariat les yeux fermés. Nous devions, une fois l'accord de l'ARS obtenu, déléguer la gestion quotidienne de l'école à l'AFG, qui gérerait les fonds ainsi attribués. Et nous, association fondatrice, participerions à cette gestion, et ferions le relais vis-à-vis des familles...

Mon père présenta notre dossier aux autorités compétentes. Comblant nos attentes, celui-ci fut validé. Mais son acceptation ne signifiait pas encore son financement.

Après des semaines d'attente, ce fut la douche froide. L'État refusait de nous financer. D'autres structures avaient obtenu des fonds, l'enveloppe allouée aux nouveaux projets, même validés par la commission ad hoc, ne suffisait pas.

Je suis dans le bureau dédié au ministère, et j'écoute le verdict, déjà au bord des larmes. L'interlocuteur qui nous reçoit, le représentant de l'AFG, mon père et moi, ne manque pas de remarquer mes yeux rouges et mon émotion.

— Ça ne va pas, mademoiselle ?

— Non, ça ne va pas. Pendant que vous êtes là, tranquille dans votre fauteuil, vous m'annoncez que je vais rentrer chez moi et continuer à m'occuper seule de mon fils, qui ne dort jamais, passe son temps à hurler. L'État s'occupe de l'éducation de tous les enfants français, mais il refuse de s'occuper des nôtres ! Je vais devoir annoncer ça aux autres parents, aussi désespérés que moi, et vous me demandez si ça va ?

— Je suis vraiment désolé, me répond-il, visiblement embarrassé par la tournure de la conversation.

Mais il ne peut rien faire de plus. Nous sortons dans un silence pénible.

Je ne m'avoue pas vaincue. Les jours suivants, je frappe aux portes, toutes celles que je trouve sur mon chemin, j'insiste, et finalement, par miracle, les choses se débloquent. Le ministère nous trouve les fonds nécessaires.

Quand je l'apprends, je suis en voiture, avec Samy et Marco.

Je saute de joie dans mon siège. Enfin ! Nous allons pouvoir assurer une pérennité à notre école, l'agrandir, même, puisqu'on me promet un financement pour six enfants d'abord, avant que vingt et un jeunes autistes nous rejoignent l'année suivante et trente autres dans deux ans. Cela signifie un financement garanti pour longtemps.

Je prends aussitôt mon téléphone pour annoncer la bonne nouvelle à papa, qui appelle à son tour l'AFG. De mon côté, je préviens tous les parents. Une réunion est organisée dès le lundi suivant, afin de leur expliquer tout ce que cette subvention implique.

Ce jour-là, à ma grande surprise, la plupart d'entre eux manifestent d'abord leur inquiétude. S'ils sont heureux de cette garantie financière, ils se demandent si l'école ne va pas changer, soumise à de nouvelles contraintes. Je tente de les rassurer, de les convaincre que la priorité est l'assurance que nos enfants seront pris en charge sur la durée. Je me sens libérée de cette peur de devoir un jour annoncer à tous que je n'ai pas réussi à trouver suffisamment de fonds pour payer le loyer, les factures de l'école. Chaque parent paie déjà ses éducatrices, cela leur coûte cher, ils ne peuvent faire plus. Là, si la Sécurité sociale nous finance, nous n'aurons plus rien à débourser. Je suis tellement heureuse de ce retournement de situation !

Ensuite, je leur parle de l'AFG. Leur explique la nécessité de ce partenaire, son expérience, qui garantit à l'État la parfaite gestion de l'enveloppe allouée.

Je ne vois alors que le côté positif, et n'écoute pas assez attentivement les craintes des autres parents, sans doute moins naïfs que moi. J'aurais peut-être dû…

Désenchantement

Très vite, dès que l'AFG entre dans le cœur de notre école, en septembre 2010, les problèmes commencent. Nous avons conçu une petite école autogérée, dont le fonctionnement est modulé, selon les besoins des parents comme des enfants. Chaque jour nous ajustons, improvisons, tentons de nouvelles choses. Nous écoutons nos éducatrices, apprenons de leurs idées et de leurs expériences. Elles proposent, nous suivons si nous pouvons.

Avec l'AFG, il faut immédiatement respecter une certaine hiérarchie, quasiment inexistante jusqu'alors.

Les éducatrices deviennent des exécutantes. Seules les psychologues sont autorisées à suggérer, et encore. Nous, les parents, ne pouvons plus choisir les horaires de nos enfants. Il faut que tous viennent à heure fixe. Et repartent à heure fixe. Cela crée rapidement beaucoup de frustrations. Nous avons du mal à nous adapter à ces changements : nous avons créé une école hors normes pour des enfants hors normes. Pourquoi vouloir absolument tout réglementer, astreindre chacun aux mêmes règles ? Aucun de nos enfants n'a les mêmes besoins. Et il en est de même pour leurs parents. Leur vécu, leurs moyens financiers, leur solidité ou leurs fragilités ne sont pas les mêmes, et nous en tenons compte. Tout d'un coup, on nous demande de tout faire rentrer dans des cases identiques.

On nous reproche de tutoyer le personnel. Mais après tant de temps à s'occuper ensemble de nos enfants, forcément, une intimité s'est créée. D'autant plus que les éducatrices et psychologues viennent deux fois par mois chez chacun de nous, afin d'effectuer notre version des guidances parentales, tellement utiles et nécessaires. À domicile, nous travaillons, détaillons les problèmes que nous rencontrons au quotidien avec nos enfants, mais prenons aussi le temps de bavarder, de raconter nos émotions.

Au début, l'AFG nous écoute. Essaie de nous faire comprendre que, désormais, il y a des règles, des conventions sociales, des réglementations à respecter. Nous n'avons pas le choix. Alors nous nous y plions.

Puis d'autres problèmes surgissent. La chef de service qu'ils mettent en place chez nous débute dans ses fonctions et se montre maladroite. Elle se met la majorité du personnel à dos. L'ambiance, dans un espace assez réduit pour une quinzaine de personnes, enfants compris, s'en ressent. Lorsque je tente de lui en parler, elle me réplique qu'elle se fait fort de répondre assez souvent par la négative aux demandes des équipes parce qu'il faut « les maintenir dans une saine frustration ». Cela me choque. D'où tient-elle cette curieuse formation en gestion du personnel ? Comment peut-elle parler ainsi de jeunes femmes qui passent plus de huit heures par jour à stimuler, enseigner, faire manger, jouer, changer des enfants autistes pour certains très difficiles ? Et à parler, prendre le temps d'écouter, adoucir les craintes de parents parfois aussi difficiles que leurs enfants, tant ils peuvent être perdus, à l'heure où elles sont censées avoir fini leur journée de travail ?

Ces éducatrices, nous leur devons tout. Elles font le plus dur. Avec amour et patience. Comme il est plus aisé de gérer de la paperasse à l'abri d'un bureau fermé !

Régulièrement, elles s'ouvrent à moi, leur ancienne « chef », de leurs difficultés. Je tente d'intercéder pour les aider, mais n'obtiens pour seules réponses que rigueur et discipline. On me reproche de les écouter. On leur demande de ne plus discuter avec nous, l'association des débuts. Tout va de mal en pis.

Et encore plus quand il s'agit de travailler sur l'agrandissement de notre école. Pour accueillir trente enfants, il faut trouver de nouveaux locaux, beaucoup plus grands. Une gageure dans Paris ! Après des mois de recherches infructueuses, mon père, toujours aussi impliqué et motivé, tombe sur un endroit formidable, en plein cœur de Paris, parfaitement adapté, et à un prix habilement négocié, vraiment dérisoire pour sa surface.

Mais l'AFG a une autre idée : acheter et non pas louer. Nous ne sommes pas d'accord. Trouver le bon endroit au bon prix va encore prendre du temps, nous avons là une occasion en or, il faut la saisir ! Et acheter, c'est cher. Très cher pour une surface pareille. Cela implique de mettre une grosse partie du budget obtenu sur un remboursement d'emprunt. Nous ne le souhaitons surtout pas. Le plus important à nos yeux reste le personnel. Nous avons un financement permettant de préserver nos méthodes, qui exigent une éducatrice par enfant. C'est un luxe, mais un luxe nécessaire. Cette fameuse règle du « un pour un » risque d'être mise en péril par un achat immobilier en plein Paris.

Discussion, argumentation, rien n'y fait.

L'été suivant, coup de téléphone. L'AFG a trouvé le lieu idéal, une immense surface, répartie sur trois niveaux, dans le XIIe arrondissement de Paris. À entendre la directrice de l'AFG, c'est parfait. Je me résous à la croire, puisque leur décision est prise.

Peu de temps après, je visite l'endroit avec elle : ce n'est effectivement pas mal, mais il y a beaucoup de travaux à faire. J'ai des difficultés à me représenter le résultat final, qui doit transformer de grands bureaux en un espace dédié à des enfants autistes. Mais je décide de lui faire confiance.

Les réunions se poursuivent. Et nos craintes se confirment. L'AFG, pour tenir son budget, veut réduire les effectifs. Malgré les promesses, nous aurons moins d'éducatrices pour les enfants. En outre, les plans proposés ne respectent pas les besoins des équipes sur le terrain, ni ceux des enfants, mais plutôt ceux de l'équipe administrative.

Nos relations, de tendues, deviennent exécrables.

Cela signe la fin d'un partenariat qui n'en avait déjà plus que le nom.

J'avoue avoir longtemps essayé de calmer le jeu, ainsi que les angoisses des autres parents, faisant contre mauvaise fortune bon cœur, estimant, comme me l'avait si adroitement lancé un responsable de l'AFG, que nous ne pouvions pas nous plaindre, nous, dont les enfants avaient déjà la chance d'être pris en charge…

Jusqu'à ce que mon Samy pâtisse des nouvelles règles imposées. Ce qui est assez injuste vis-à-vis des autres parents que j'essayais de ramener à de meilleurs sentiments, je le reconnais.

Là, je n'ai plus supporté. Lui, l'enfant le plus en difficulté de l'école, devait partager son éducatrice, participer à des séances collectives et ne plus avoir sa pièce dédiée. Or, le plus souvent, même pour les repas, il fallait l'isoler, tant il ne supportait pas l'agitation régnant dans la salle à manger. Il lui fallait chaque matin de longs moments de promenade autour de l'école, seul avec son éducatrice, pour que se sentant suffisamment apaisé, en confiance, il accepte de pénétrer dans l'école une fois que les autres enfants avaient gagné leurs pièces. Pour rejoindre une séance de contes ou de jeux à plusieurs, c'était encore autant de patience demandée à l'intervenante. Qu'allait-il devenir si on lui retirait ce temps indispensable ? Je savais par ailleurs que si on le laissait seul trop longtemps dans sa pièce pour s'occuper des autres enfants, il se contenterait de s'autostimuler, se balançant d'avant en arrière, le plus souvent contre le mur, dont il semblait apprécier la dureté. Ou alors, il s'allongerait, le pouce dans la bouche et ne ferait plus rien tant que personne ne viendrait le sortir de sa léthargie.

J'ai essayé d'argumenter, de convaincre ; rien n'y a fait.

Pour finir, alors que, jusque-là, quand Samy faisait des crises d'épilepsie, on le gardait à l'école, où il pouvait se reposer et être câliné par les éducatrices, du jour au lendemain, celles-ci ont reçu pour consigne de m'appeler immédiatement afin de venir le chercher. S'il avait fait une crise le matin avant de venir, on me le refusait. Quand il s'est mis à en refaire régulièrement, après des années d'accalmie, j'ai eu de plus en plus de mal à travailler. Je devais revenir précipitamment, le forcer à s'habiller, le remettre dans sa poussette, et repartir chez moi, alors que, épuisé par la crise, il ne demandait qu'à rester tranquille, sur son matelas dans sa pièce, pour se reposer un peu, le temps de récupérer.

À l'unanimité

C'est ainsi qu'en ce mois de décembre 2011, je marche vers notre rupture définitive avec l'AFG.

L'idée de me retrouver seule face à une dizaine de personnes qui me sont hostiles, dans un lieu qui est le leur, une arène dont eux seuls connaissent parfaitement les règles du jeu, me déplaît. Je pars perdante, je n'ai pas le choix, je veux tenter jusqu'au bout de sauver notre école.

Je me suis donc longuement préparée. Mais je n'ai pas l'habitude de ce genre de confrontation. Je ne connais en matière de conseils d'administration que ceux que je mène au sein d'Un pas vers la vie. Nous nous y connaissons tous, nous nous tutoyons, et si nous faisons les choses dans le strict respect des règles, les débats durent rarement, nous nous écoutons. Nous nous mettons d'accord assez vite, et l'ambiance y est très chaleureuse. D'ailleurs, ces CA se tiennent chez moi, dans mon salon, l'association ne disposant pas de bureaux.

Là, rien à voir. Je suis tendue. Stressée. Je sais que je vais me faire virer, qu'ils vont voter la rupture de notre partenariat, prévue dans notre convention.

Mais il faut bien y aller, et « on ne sait jamais », me dis-je en moi-même, pour me donner du courage.

Je leur ai écrit une longue lettre, afin de mettre en ordre mes pensées, rejouer le cours des choses, et avoir un fil conducteur sur lequel m'appuyer quand je parlerai.

Ils sont déjà tous là. Visiblement depuis un moment. Ils se sont donné rendez-vous plus tôt, c'est évident, histoire d'accorder leurs violons.

Je serre les mains, les unes après les autres ; on me renvoie quelques sourires gênés, et j'entre dans la pièce. Une grande salle, dont les tables et les chaises ont été disposées de façon à former un immense rectangle, vide au milieu. Je prends place, sur une des longueurs, seule. Je me sens toute petite, ridicule, l'impression d'être une gamine face à une assemblée de professeurs, prêts à me faire la leçon, et à me renvoyer du collège.

Et alors que je m'attends à ce que le conseil étudie mon cas dès le début de la réunion, le président déroule l'ordre du jour avec précision, projette des tableaux de chiffres résumant la situation de l'AFG, le nombre d'instituts gérés, de salariés, etc. Le temps n'en finit pas de s'écouler, les chiffres volent devant mes yeux, j'essaie de les retenir, je n'ose pas les noter devant eux, je me dis que je devrais, on ne sait jamais, je ne pense qu'au moment qui va finir par arriver, je suis au supplice.

Manœuvre calculée ? Veulent-ils me montrer toute la probité qui est la leur ? Me prouver quelle grande association de gestion ils représentent, moi qui ai l'outrecuidance de les remettre en cause, moi, la présidente d'une minuscule association de six familles ?

Enfin, mon tour arrive. Le président annonce l'objet de la discussion, qu'ils connaissent tous. Je suis accusée de trop parler avec les équipes de l'école, niant toute hiérarchie. De nier également le travail de la directrice, en m'adressant avant tout à la chef de service. D'avoir tenté de dénoncer notre partenariat auprès de l'ARS afin de récupérer la gestion de notre école. Donc de ne plus être une partenaire.

Tout est vrai. On me donne la parole, alors je réexplique ce que je leur ai déjà dit, dans divers mails. Oui, nos objectifs divergent, nos méthodes aussi. Je ne compte pas revenir sur des détails aussi secondaires que le fait que je m'adresse à la chef de service, qui est là tous les jours dans l'école, plutôt qu'à la directrice, que nous ne voyons jamais. Tout cela n'est qu'épiphénomène.

Oui, nous ne parvenons pas à nous entendre. Alors j'ai demandé à l'AFG d'abord, puis à l'ARS, de nous rendre la gestion de notre école. De faire marche arrière. Je sais que je suis en terrain miné : je n'ambitionne que de redonner à notre petite école toute sa sérénité et son originalité, et j'ai face à moi des gens qui souhaitent avant tout s'agrandir. Gérer de plus en plus de structures pour autistes. Ce qui implique des frais. Or une association comme l'AFG prélève, à chaque partenariat, 5 % des financements obtenus au titre des frais de gestion. Il y a donc un enjeu financier de taille.

Tout cela engendre une sorte de compétition malsaine que je verrai plus d'une fois dans ce monde associatif. C'est à qui réussira à imposer son point de vue. Et, pour cela, il faut devenir le plus reconnu, le plus grand.

Je reprends, face à eux qui m'écoutent juste pour voir ce que j'ai dans le ventre, comme une distraction, l'histoire de notre école. De l'association Un pas vers la vie qui, seule, a recruté, puis formé le personnel, financé les premiers locaux, monté le dossier qui a été approuvé, et enfin, obtenu, à l'arraché, les fonds pour trente enfants.

Je les supplie presque de nous délier de nos engagements. L'ARS m'a accordé le droit de reprendre les financements si l'AFG était d'accord. Cela revient à nous dire non, ils savent très bien que jamais cette dernière ne cédera, je ne me fais aucune illusion, mais j'essaie tout de même. Je n'ai pas l'intention de leur faire concurrence, leur dis-je, je ne vais pas gérer des tas d'écoles, je souhaite juste rendre aux parents qui nous suivent leur école, lui redonner son âme, en accord avec le dossier approuvé. Qu'ont-ils à perdre ? Rien, dis-je dans la foulée, ignorant volontairement les 5 % de gestion. En revanche, ils s'épargneraient cette ambiance nauséabonde dans laquelle nous pataugeons tous depuis des mois. Et qui ne fait rien gagner à personne. Repartons chacun de notre côté, nous œuvrons pour le bien des autistes, mais différemment, et comment prétendre que l'un a raison et l'autre tort ? Au contraire, c'est la diversité des moyens qui fera la réussite de la lutte contre l'autisme. D'ailleurs, ils n'ont pas remis en cause mes méthodes quand ils sont arrivés. Alors poursuivons mais séparément.

Nous avons, du reste, bien d'autres points de divergence avec l'AFG, que nous découvrons au fur et à mesure que nous avançons ensemble. Mon père, par exemple, a parlé un jour de créer un internat pour les autistes. Cris d'effroi du président. Il se bat quotidiennement depuis des années pour que les autistes restent dans leurs familles, aient des prises en charge adaptées qui leur permettent de vivre chez eux. Il ne veut pas entendre parler d'internat. Mais il oublie que toutes les familles ne vivent pas dans plus de cent mètres carrés, et ne possèdent pas l'énergie, la patience et les moyens d'aller à l'étranger, comme lui l'a fait pour suivre des formations, et s'occuper eux-mêmes de leurs enfants différents. Imagine-t-il un instant ce qu'est la vie de ces mamans, qui élèvent seules deux ou trois enfants, dont un autiste, dans un petit appartement ? Comment supporter les hurlements, les crises de nerfs, quand on vit les uns sur les autres ? Comment font les frères et sœurs pour suivre une scolarité normale dans ces conditions ? Il sait, pourtant, comme nous tous, que la précarité menace les familles avec handicap.

Sans m'écouter, un des membres du conseil me coupe :

— Nous n'avons pas vocation à rendre leur école aux associations qui nous rejoignent.

Silence.

Je trouve cette réponse tellement stupide, tellement vaine, ces gens tellement sûrs d'eux-mêmes que l'espace d'un instant j'hésite entre rire et pleurer. Je me rends compte que j'assiste à une mauvaise pièce, parfaitement ridicule. Il est temps que je m'en aille. Tout cela a assez duré, ils se sont bien amusés, je les ai distraits un instant, ils ont mieux à faire, en tout cas j'espère, et moi aussi, ça j'en suis sûre.

Je vais mettre un terme à tout ça, me taire, les laisser voter mon renvoi, et m'en aller.

Je me sens mieux, maintenant que j'ai lâché prise. Je commence même à voir le côté comique de la situation. « Eh ben comme ça, ma vieille, tu pourras toujours raconter qu'un jour, tu as vécu un vrai CA, avec plein de costumes cravates, de solennité, de faux-semblants, de méchanceté et d'intérêts égoïstes. Un condensé de bêtise humaine. Tout à fait passionnant en fin de compte ! »

Je vais quand même devoir prendre le temps de réfléchir à ma propre vanité dans cette histoire, faire précisément la différence entre ce que je veux moi, et ce que l'association veut. Je ne souhaite surtout pas ressembler à tout ça, et il va falloir que j'y fasse attention.

Comme je me tais, les autres commencent à réagir. Ils annoncent qu'ils vont voter, à main levée. Que ceux qui souhaitent la rupture avec l'association Un pas vers la vie lèvent la main.

Je regarde donc, sans émotion, tous ces bras qui se lèvent, à l'unanimité. Certains osent un regard désolé. La directrice générale continue à tapoter sur son clavier, le visage fermé. Elle note le résultat du vote.

Ensuite, c'est la pause. Je vais pouvoir partir. Je me lève, prends mes affaires et me dirige vers la sortie. Sur la droite, un buffet est dressé, avec boissons et petits fours. Tous s'y retrouvent déjà.

Au moment où je m'apprête à franchir la porte, le président s'approche, et me tend la main. Ça se fait, ça, serrer la main de quelqu'un qu'on vient d'abattre ? Dois-je la prendre ? C'est parfaitement ridicule ! Mais ma main va toute seule serrer la sienne avant que j'aie trouvé la réponse à ma question. Il me propose même le buffet ! Décidément, je joue une drôle de pièce. On fête quoi, là, exactement ? ma défaite ? Je veux bien trouver tout cela suffisamment ridicule pour en rire mais j'ai quand même un peu d'orgueil. Je refuse, poliment.

Me voyant partir, tous viennent me saluer, tout aussi poliment…

Fin de l'acte.

Désormais, Un pas vers la vie n'a plus rien à voir avec la Porte Rose. Mais nos enfants, dont Samy, eux, ne peuvent être exclus de notre petite école. À chaque famille de décider ce qu'elle veut faire.

Un geste

Chaque matin, j'emmène Samy à l'école. Elle est à peine à dix minutes de marche de mon appartement. La distance idéale pour l'obliger à marcher un peu, sans que cela ne soit trop fatigant.

Nous quittons l'immeuble, je prends Samy par la main, son sac bien attaché sur mon dos. Il contient en général une tenue de rechange, son déjeuner, son goûter, des lingettes, des brosses à dents, sa poule-doudou.

Les premiers mètres, Samy est enchanté d'être dehors, il bat des mains, pousse des petits cris joyeux, aspire l'air avec sa bouche, en resserrant les joues, comme il le fait quand il est content.

Souvent les passants nous regardent, surpris par le bruit. Samy n'a aucune pudeur, et peut donc manifester sa joie assez bruyamment, comme si nous étions seuls au monde. Et puis, vers le milieu du trajet, il ralentit. Au début, il me lâchait soudainement la main, se jetait au sol en hurlant, comme ça, sans prévenir, et refusait d'aller plus loin. En avait-il assez de marcher ? Je luttais, l'obligeais à se relever, à poursuivre notre route. Il se tapait la tête contre le bitume devant les regards atterrés, voire ulcérés, de ceux qui nous croisaient.

Petit à petit, il s'est habitué, a accepté d'aller plus loin. Mais dès que nous franchissons le pont qui précède le carrefour où se situe l'école, Samy fait demi-tour.

Parfois, je tente de le leurrer, de contourner les lieux, en prenant le trottoir d'en face. Mais Samy sait très bien où nous sommes, et surtout où nous allons. Pourquoi refuse-t-il ainsi d'aller dans son école ? Il n'aime pas ? Je pense d'abord qu'il n'a pas eu sa dose d'extérieur, qu'il ne veut pas se retrouver enfermé. Alors, si j'en ai le temps, je prolonge la promenade. Mais rien à faire, chaque fois que nous nous approchons de ce carrefour, Samy se retourne sur lui-même, me lâche la main et repart dans l'autre sens.

Tous les matins, je lutte pour le ramener sur le bon chemin. Cela dure deux ans.

Un jour, sur le chemin du retour, alors que je suis encore échevelée de ma dernière bataille avec lui, une dame d'une soixantaine d'années m'interpelle.

— Excusez-moi, madame. J'habite ici, l'immeuble en face de nous. Et je vous vois tous les matins, avec votre fils.

— Oui... ?

— Je ne veux pas vous déranger, au contraire. Voilà, je suis à la retraite depuis peu. Je n'ai pas envie de m'engager dans une association, mais je veux faire quelque chose. Alors puisque vous passez devant chez moi tous les matins... voilà, je me disais que, si vous étiez d'accord, je pourrais vous aider à emmener votre fils jusqu'au bout de l'avenue.

— Oh, merci c'est vraiment gentil de votre part. Oui, bien sûr, j'accepte votre aide.

— Il faudra juste que vous me disiez comment faire. J'ai compris que votre fils était handicapé, mais je ne sais pas bien comment m'y prendre.

— Avec plaisir. C'est formidable que vous vouliez bien m'aider.

— Alors on est d'accord : quand je suis chez moi, et que je vous vois passer, je descends, et je vous aide.

— Parfait ! Encore merci. Alors à très bientôt !

Cette dame m'a donné son prénom, dont je ne me souviens plus. Je suis rentrée à la maison le sourire aux lèvres, heureuse de ce geste si simple, si évident, et pourtant si rare. Heureuse qu'elle ait osé.

Malheureusement, je ne l'ai plus jamais croisée. Nos horaires sont-ils devenus incompatibles ? A-t-elle eu elle-même d'autres soucis ?

Je ne le saurai jamais…

Deux heures, c'est court

Ce week-end, j'ai essayé deux éducateurs envoyés par Service Plus. J'ai voulu me reposer deux heures samedi, autant dimanche. Alors j'ai fait appel à cette association, découverte récemment, et qui envoie des aidants à domicile. Je n'ai pas hésité longtemps. Même si ces personnes ne sont pas formées, tout ce qui compte c'est qu'elles aient l'envie, qu'elles soient patientes. Et c'est ce qu'elles sont.

Ces deux fois deux heures ont passé tellement vite ! À peine le temps d'aller au cinéma, et de remplir le frigo. Mais quel bonheur de les avoir eues.

En ce moment, tu es à la fois facile et très difficile : tu veux sans cesse sortir… Autovomissements non stop, je suis épuisée à force de te lever, te déshabiller, te changer, laver les draps, vider les machines… Après une semaine, dix jours maximum, durant lesquels tu es formidable, excité, très présent, des jours durant lesquels j'arrive à jouer avec toi comme jamais, où je répète les derniers jeux que nous avons pu faire ensemble, ceux que tu acceptes, se cacher sous la couverture, faire semblant de vouloir t'attraper au vol pendant que tu marches, des jeux que nous avons pu faire avec Marco, même Marielle, ta nouvelle nounou, nous fait remarquer que tu te balades partout dans l'appart, que visiblement, tu veux participer… tu enchaînes avec autant de jours où rien ne va.

Dès que je m'approche de toi en cette fin de dimanche après-midi, tu me repousses, te frappes violemment. C'est dur, je sais que cela t'arrive, qu'il ne faut pas mal le prendre, mais, ce soir, je n'ai pas envie de ça. Je suis seule avec toi, en attendant que ton grand frère revienne de son week-end chez son père, j'ai passé un bon après-midi, c'est ma « pause », chez moi, dans mon appart, avec mon petit. Je vais prendre le temps de m'occuper de toi seul, te câliner, te donner un bon bain chaud…

Rien à faire, tu ne veux pas que je m'approche.

J'ai envie de pleurer.

Casse-tête

Je dors. La nuit semble calme… jusqu'à ce qu'un bruit soudain me sorte de la douce torpeur dans laquelle j'avais fini par sombrer.

Des petits pas. Malhabiles, sans rythme… quelqu'un qui avance de manière saccadée dans le couloir attenant à la chambre.

Je me redresse. Ma porte est entrouverte, j'ai cette habitude depuis plusieurs années, prête à bondir de mon lit pour rejoindre le sien, tenter de le calmer avant qu'il ne réveille tout l'appartement.

Justement, c'est la petite silhouette de Samy qui passe devant ma chambre et poursuit sa route, tranquille. Que fait-il hors de son lit ? Comment en est-il sorti ? J'ai pourtant bien fermé la barrière hier soir.

Pas le temps d'épiloguer ! L'urgence, c'est de le rattraper avant qu'il ne fasse quelque bêtise. Mon Samy est comme un bébé commençant à marcher, maladroit, inconscient des dangers qui l'entourent, prêt à attraper tout ce qui lui tombe sous la main. Sauf que le bébé en question a déjà six ans et descend d'une lignée de géants. En liberté et sans surveillance dans l'appartement, c'est une bombe à retardement.

J'ai déjà progressivement remonté d'un niveau tous les livres et objets qui décoraient ma bibliothèque. Déplacé les verres, les assiettes. Pris l'habitude de poser le téléphone en hauteur, jamais sur la table. À chaque centimètre gagné, Samy attrape plus haut…

Alors là, au milieu de la nuit, je file. Du salon où je le cherche encore, j'aperçois mon fils, dans la cuisine, tentant d'ouvrir le réfrigérateur. Ah, cette nouvelle obsession du frigo ! Samy n'arrête pas d'y aller. Il parvient à l'ouvrir maintenant. Je peste intérieurement contre les éducatrices qui travaillent si bien à ses côtés que chacun de ses progrès entraîne une multitude d'effets indésirables. Depuis qu'elles lui ont appris à ouvrir les portes, je suis sur mes gardes dès qu'il s'approche trop près de notre entrée.

Maintenant qu'il sait boire en tenant lui-même son verre, je surveille chaque objet qui ressemble de près ou de loin à un verre. Samy ne fait pas la différence entre un petit vase, un verre à dent, un pot de yaourt ou une boîte de conserve par exemple. Il attrape et porte l'objet à ses lèvres, persuadé d'y trouver de quoi se désaltérer. Alors gare au contenu ! Si ce n'est pas de l'eau, tout sera renversé. Et, s'il a appris à boire, il n'est manifestement pas encore capable de reposer l'objet. J'ai intérêt à rester près de lui, pour rattraper le « verre » avant qu'il ne le lâche.

Cette nuit, je me précipite donc vers le frigo, mais c'est trop tard. Samy est parvenu à l'ouvrir et a déjà saisi le paquet de yaourts. Six pots accrochés les uns aux autres. C'est trop lourd pour lui, qui ne serre pas assez fort les objets. Le paquet vient s'écraser lamentablement à ses pieds, laissant échapper la matière blanche et laiteuse qui éclabousse son pyjama. Samy ne comprend pas. Il veut son yaourt. Son bras se lève, prêt à frapper sa joue pour manifester son mécontentement. Rapide, je l'attrape, l'oblige à reculer, referme la porte du frigo et, le tenant toujours fermement d'une main, cherche à attirer son attention sur autre chose. Sur ce biberon, par exemple, qui attend sur le plan de travail de remplir son office. Je chuchote : « Samy... que fais tu-là ? C'est la nuit, il faut rester encore au lit. Viens, regarde, j'ai à boire pour toi. » Et je fais le signe « boire » tout en parlant. Samy a compris. Il signe lui aussi. Je lui tends le biberon d'eau additionnée de jus de fruits qu'il adore, et le ramène doucement dans sa chambre, pendant qu'il tète.

Et là, surprise, la barrière de son lit est bien fermée à clé. Samy a donc réussi à l'escalader ! Je ne sais pas si je dois m'inquiéter ou m'extasier de cette nouvelle prouesse, étonnante de la part d'un enfant comme lui.

Je le remets dans son lit, il se laisse faire, le biberon toujours en main. Il est calme. Visiblement, il ne semble pas vouloir ressortir tout de suite. Mais comment faire pour l'empêcher de recommencer ?

Je cherche, et trouve une solution, pas banale : je prends toutes les courroies qui me tombent sous la main, destinées normalement à accrocher des meubles ou des grosses malles sur le toit de ma voiture. Et je tisse une étrange toile d'araignée au-dessus du lit de Samy. Les courroies courent partout, de long en large, se croisent, s'entremêlent. Ainsi, Samy ne devrait plus pouvoir sortir. Je peux me recoucher tranquillement.

Enfin, c'est ce que j'ai cru cette nuit-là.

Quelques semaines plus tard, Samy parvient à passer à travers…

J'ai mis un verrou à la porte de sa chambre. Il se cogne la tête contre la porte, ce qui me réveille immédiatement, mais il ne peut plus déambuler dangereusement dans l'appartement.

Café noir ou *space cake* ?

Ma sœur Capucine est médecin. Pas de chance, elle vit à Montpellier, loin de nous. Pourtant je ne me prive pas de l'appeler à la moindre question. Elle ne connaît rien à l'autisme. Mais son regard m'a permis de comprendre celui des autres. Quand je m'offusquais du fait que personne dans la famille ne souhaitait prendre Samy, le temps d'un week-end, pour que Marco et moi ayons un peu de temps, elle m'expliquait que même elle, médecin, se sentait désemparée, peu sûre d'elle, pas à l'aise à l'idée de garder Samy. Que, oui, il lui faisait un peu peur. Qu'elle ne comprenait pas ses réactions, craignant de mal faire. Je lui disais que moi aussi je faisais mal, qu'elle ne ferait pas pire. Mais ses réticences m'ont aidée à mieux accepter celles de mes autres frères et sœurs.

Malgré tout, elle ne m'abandonnait pas.

Un vendredi soir, alors qu'elle m'appelle, je m'épanche. La semaine a été dure, je pleure. Elle n'hésite pas : « Attends une seconde… je reviens tout de suite. » Quelques minutes plus tard : « Bon, Tof est d'accord, il y a un train qui part dans une heure, je suis à Paris dans quatre heures, et je passe le week-end avec vous. » Comme je l'ai aimée ce soir-là !

Avec Kpu, j'ose tout : dire que j'en ai marre, que je déteste mon fils, que je vais le noyer dans sa baignoire, elle m'écoute, je l'entends sourire, elle me sort une de ses tirades pleines d'humour acide dont elle a le secret.

À une époque, Samy est sous Lexomil. Le médecin l'a prescrit, espérant que cela le calmerait durant les nuits. Mais ça ne marche pas. Samy est spécialiste de ce que l'on appelle les effets paradoxaux. Un médicament pour l'endormir l'excite encore plus !

Un jour, le week-end s'annonce tellement dur qu'avec son médecin d'alors, qui m'accompagne par téléphone tout au long de ces deux jours, nous essayons divers médicaments. Dès le vendredi soir. Atarax, Valium, rien n'y fait, Samy est de plus en plus énervé, se frappe de plus en plus fort. Le dimanche matin, le médecin, comprenant la situation s'exclame : « On arrête tout ! Il fait un effet paradoxal ! »

On arrête donc les médicaments, mais on n'a pas de solution de rechange.

Alors que je raccroche le téléphone, me vient une idée saugrenue. « Bon, alors si je comprends bien, Samy fait le contraire de ce qui est prévu. Très bien ! On va voir ce qu'on va voir ! »

Je file direct à la cuisine et prépare un café. Noir. Bien corsé. Puis le lui donne, dans son biberon. Au fond, je suis persuadée qu'il ne le boira pas, qu'il n'en aimera pas le goût. Si jamais il l'avale, ça m'amuse d'avance de voir quel résultat cela produira. Et si je trouvais là la formule magique pour Samy ? Avec Marco, qui assiste à la scène, nous en rions d'avance. Il me regarde faire, râle un peu, sachant très bien qu'à son âge, il va devoir attendre encore des années avant d'avoir eu droit au café. Mais voir son petit frère en boire au biberon, ça, ça l'amuse.

Samy attrape le biberon que je lui tends. Et le boit d'une traite, sans sourciller. J'ai ajouté pas mal de sucre, mais quand même ! Marco et moi l'observons, attentifs aux premiers signes de calme. Nous venons de vivre deux jours de tempête, à peine interrompus par les mini-siestes de Samy.

À peine a-t-il fini son biberon que Samy recommence à s'agiter.

— Il faut attendre un peu, je crois. Le temps que la caféine passe dans son organisme.

Le téléphone sonne. C'est Kpu, qui vient aux nouvelles.

— On regarde si le café calme Samy, lui annonce Marco, qui a décroché le premier.

Hein ? Qu'est-ce qu'il dit ? J'attrape le téléphone en riant :

— Ben oui, j'ai décidé de mettre mon fils au café bien noir. Au point où nous en sommes, ça ne peut pas être pire !

Ce le fut. Enfin je crois. Samy a continué à hurler de plus belle, se frappant de ses deux petits poings. Jusqu'au lendemain.

— Ce qu'il lui faudrait finalement, c'est un joint. Ça détend, et ton fils est stressé, c'est sûr ! me dit Kpu en riant.

— Exactement ! Je vais lui filer un gros pétard, et hop, on va tous dormir ! Et je recommencerai tous les soirs.

— Ouais, bof... Tu vas échanger l'autisme contre un cancer, pas sûr que tu y gagnes.

— Tu as raison. Pourquoi pas un *space cake* pendant que j'y suis ?! Il aime ça les pâtisseries...

— ...

— Non, sérieusement Kpu, tu crois que ça lui ferait du bien ?

— Dis donc Églan, ça va pas la tête ? Tu crois que je vais la trouver où, moi, l'étude sur les effets du shit sur les enfants ? Je ne prends pas la responsabilité de te conseiller un truc pareil sans études !

Nous en sommes restées là, bien sûr. Évidemment, moi qui n'ai même jamais fumé une cigarette, je ne suis jamais passée à l'action. Mais cette plaisanterie est revenue souvent entre nous.

Ras le bol. Samy se tape… encore… toujours… Ça suffit, je vais intenter des procès, à l'AFG pour maltraitance sous forme de non-assistance à personne en danger, à Necker régulièrement aux abonnés absents, à l'État qui ne fait rien, à la terre entière, tiens !

Grande poussette et petits tracas

Aïe. Samy vient encore de casser sa poussette. Il passe son temps à se secouer d'avant en arrière, assez fort. La structure métallique des poussettes y résiste de moins en moins. Cette fois, elle est vraiment fichue, elle reste pliée sous son poids. Je dois en racheter une nouvelle. Mais il faut que je m'adapte. Samy a sept ans, il est temps que j'abandonne les poussettes traditionnelles et que je passe à la gamme supérieure. Celle qui est justement conçue pour les jeunes enfants handicapés. Je refuse encore celles qui ont trop l'air de fauteuils roulants, elles font trop « malade » à mon goût. Plusieurs mamans m'ont conseillé une marque qui fait des poussettes-cannes, légères malgré leur grande taille, faciles à manipuler et adaptées au handicap. Il est temps, les jambes de Samy commencent à traîner au sol quand nous nous déplaçons, et sa tête dépasse depuis longtemps du dossier. Je me renseigne. Ces poussettes coûtent 900 euros. Une maman qui en a déjà une m'explique qu'il me suffit d'une ordonnance pour obtenir un remboursement de la Sécurité sociale. Un des nombreux médecins qui croisent la route de Samy m'en fait une. Et je pars innocemment acheter ladite poussette.

Mais le remboursement m'est refusé. J'aurais dû en faire la demande préalable à la MDPH. Je ne le savais pas. De toute façon, à cet instant, je n'ai pas de regret. Une telle demande via les voies administratives aurait pris tellement de temps que j'aurais pu me briser le dos cent fois en portant mon fils avant qu'il ne retrouve un moyen correct de se déplacer en ville.

J'insiste quand même, mais rien à faire, les 900 euros sont à ma charge. Quelle autre solution ? J'en ai besoin et, cette fois, elle va durer longtemps, l'investissement vaut la peine.

Mais moins d'une semaine plus tard, rebelote, Samy casse sa nouvelle poussette. Il se balance, avec une nette prédilection pour le côté gauche, et la barre métallique latérale se brise en deux. Net.

Je pense d'abord à un défaut de fabrication. Impossible que cette cassure ne soit imputable qu'à mon fils. Cette poussette est toute neuve, et étudiée pour de grands enfants handicapés.

Je retourne au magasin, avec la garantie. Le vendeur est aussi surpris que moi. Et me propose un échange.

Quelques semaines passent, et le même côté casse de nouveau. Je commence à douter. Deux malfaçons ? Ça fait beaucoup… Je retourne au magasin. J'ai un peu peur qu'ils ne se posent des questions eux aussi. Je fais mine d'être très sûre de moi. Et comme je n'ai pas emmené Samy, ils n'ont aucune raison de douter. Le vendeur me donne donc une troisième poussette neuve.

Qui se casse encore, moins de deux semaines plus tard. Là, je suis certaine que ça vient des coups de Samy. Les forums, les autres mamans, tous me garantissent la qualité de la poussette. Je ne peux quand même pas retourner au magasin chaque semaine ! Je vais finir par devoir payer, et là, 900 euros par semaine, j'atteins mes limites.

Alors Samy utilise des mois et des mois durant une poussette brinquebalante sur laquelle je colle, scotche, fixe tout ce que je peux. Mon fils est-il le seul enfant handicapé à casser ainsi le matériel ? Personne n'a pensé à créer des outils solides ? Parce que, depuis, nous avons essayé d'autres modèles, puis un fauteuil roulant, il casse tout. Rien ne dure.

Gâteau au chocolat (2)

Nous sommes tous réunis à Sens, dans la maison familiale. Il fait beau en ce week-end du mois d'avril où nous fêtons l'anniversaire de plusieurs membres de la famille. Maman a préparé pour l'occasion son fameux gâteau au chocolat, celui qui fait sa fierté, sa plus grande réussite culinaire. C'est plus qu'une tradition ce gâteau, c'est une obligation. Nous serions tous terriblement déçus si maman omettait de le réaliser pour un anniversaire. Elle avait déjà ses huit enfants sur le coup, dorénavant, ses cinq petits-enfants le lui réclament également.

Le gâteau en question est prêt, il refroidit dans la cuisine. En attendant l'heure du déjeuner, quelqu'un propose une balade dans les bois.

J'ai bien envie de participer à la sortie, mais impossible d'y emmener Samy, le bois est situé sur une petite colline, ça monte trop pour lui. Il aura des difficultés à marcher, et impossible d'y utiliser sa poussette.

Un de mes frères choisit de rester à la maison. En cette fin de matinée, il traîne encore paresseusement au lit.

Je monte dans sa chambre.

— Dis, tu veux bien me garder Samy ? Je sors me balader avec les autres. Tout le monde y va sauf toi.

— OK, pas de souci.

— Super, merci ! mais il va falloir que tu descendes, parce que Samy est bien réveillé, lui ! Pour l'instant il est dans sa chambre... mais on s'en va, alors il est seul...

— Oui, oui, pas de souci, je descends. Vas-y, t'inquiète pas, je m'en occupe.

— OK. À tout à l'heure, je ne pars pas longtemps.

Et je rejoins le reste de la famille dehors.

En rentrant de promenade, alors que Sandrine pénètre dans la maison la première, elle s'étrangle :

— Mais qu'est-ce que c'est que ça ?

— Quoi ? Qu'y a-t-il ? dis-je en la suivant de près.

— Regarde ça ! C'est dégueu ! C'est quoi ?

Une traînée marron se répand le long des murs de l'entrée.

Il y en a aussi sur le sol. Sur la rampe de l'escalier. Partout, une étrange substance marron.

Je me précipite dans la chambre de Samy pour voir si tout va bien. Sandrine de son côté va dans la cuisine.

— Oh noooon, c'est pas vrai ! crie-t-on toutes les deux à l'unisson.

— Quoi ? Que se passe-t-il ? demande maman qui vient à son tour de rentrer dans la maison.

— Je crois que Samy est entré dans la cuisine ! crie Sandrine.

— Je te le confirme ! réponds-je aussitôt assez

fort pour qu'elle m'entende depuis la chambre de mon fils.

Samy est en effet assis sur son lit. Ses mains, son visage, les murs de sa chambre, ses draps, tout est maculé de traces marron foncé. Il affiche un air innocent et gavé à la fois.

— Mon gâteau au chocolat !!! crie à son tour maman.

— Oui, c'est bien ça. Du gâteau au chocolat, dis-je, soulagée de comprendre qu'il ne s'agit que de ça.

J'ai eu peur. Samy m'a déjà gratifiée de nombreuses fois d'une autre surprise dix fois moins agréable, et beaucoup plus scatologique. De ces moments où je dois tout nettoyer, lui, les murs qu'il a souillés, les canapés, tout..., je garde chaque fois un souvenir écœuré et un peu honteux. Alors du chocolat, je trouve ça drôle et facile. Il y a autant de nettoyage, mais je préfère la gourmandise de Samy à sa prospection scato...

— Mais enfin, comment est-ce possible ? Où est votre frère ? demande maman.

— C'est vrai ça ! Où est-il celui qui devait surveiller Samy ?

— Je suis là ! répond mon frère qui apparaît enfin. Mais j'ai cru qu'il était calme, tranquille dans sa chambre. Je n'ai pas pensé une seule seconde qu'il irait dans la cuisine.

— S'occuper de Samy, ça ne veut pas dire écouter de loin. Ça veut dire ne pas le lâcher d'une semelle, enfin ! s'énerve maman, qui tient dans ses mains les restes d'un moule à gâteau brisé en plusieurs morceaux.

Ne subsiste qu'une vague purée de chocolat. Samy a dû attraper le gâteau à pleines mains.

— Oui, bon, c'est pas si grave. Au moins, il y en a un dans cette famille qui aura enfin réussi à se faire tout seul ton gâteau au chocolat. Le truc dont on rêve tous ! Et en plus il se fera pas engueuler ! Il a tout compris le Samy !

Pas grave à condition qu'aucun morceau de céramique n'ait fini dans la gorge de mon fils. Ce qui heureusement fut le cas. Maman refit un gâteau et nous un grand nettoyage. Quant à moi, je n'eus même pas besoin de faire déjeuner Samy, qui n'avait plus faim du tout.

Au pays de Kafka (2)

Je suis dans ma voiture, je rentre chez moi. Mon téléphone sonne. C'est la « référente » de mon fils à la MDPH. Elle veut me voir, avec Samy, faire le point afin de vérifier que les allocations que je reçois pour son éducation sont justifiées.

Comme régulièrement depuis six ans, je dois à nouveau me démener parce que la CAF suspend ses versements d'aide à l'éducation de Samy. Il y a toujours une bonne raison : je n'ai pas renvoyé les papiers signés de la MDPH, la date de fin de ses allocations est arrivée, ils ont perdu mon dossier, etc.

Mais cette fois, la MDPH veut me voir. Je m'en inquiète un peu. Au ton de la voix à l'autre bout du fil, je comprends que je dois venir avec Samy. Je demande quand même si je peux venir seule. Non, mon interlocutrice a besoin de le voir.

Inquiète, je lui propose de venir elle à la maison, cela semble l'étonner, non, elle ne se déplacera pas, il faut que j'y aille.

Aïe ! Encore une belle bataille avec mon fils en perspective. Franchement, je trouve ça idiot, Samy est le même que lorsqu'ils m'ont accordé mon allocation il y a quelques années, des tas de documents signés de médecins l'attestent, le voir ne changera rien. En revanche, je sais très bien ce que l'emmener là-bas va déclencher.

Mais rien à faire, il n'est pas prévu dans ce formidable organisme que le personnel vienne à nous, ce sont aux personnes handicapées de se déplacer.

Très bien ! Puisqu'elle veut vérifier si Samy a vraiment besoin de l'aide qu'ils m'allouent, elle va voir ce qu'elle va voir. Pénétrer dans un lieu clos est toujours aussi difficile pour Samy. Même rentrer à la maison chaque soir est pénible. Et c'est encore pire quand il ne connaît pas le lieu. Alors le forcer à y patienter, le temps d'un rendez-vous !... Je sais d'avance que la séance va être impossible. Il va en baver, moi aussi, mais tant pis, ras le bol de leurs exigences, qu'ils se coltinent la réalité des choses.

Et elle a vu, la dame !

D'abord, première surprise, cette responsable est « psychologue administrative », ce qui à mon sens ne veut rien dire, et ne me semble pas justifier sa compétence à juger des besoins de mon fils. Je suis venue avec ma sœur Amandine, de passage à Paris, parce que je sais que j'aurai besoin d'aide pour Samy.

À peine arrivés, la psy nous fait pénétrer dans un bureau qu'elle choisit, quand même, en fonction de ma demande : plutôt une pièce assez grande, avec la possibilité que Samy s'allonge sur le sol (c'est encore la seule position qu'il tient très longtemps), un tapis et des jouets.

OK. Nous y voilà. Samy s'agite déjà, je le prends sur mes genoux, il se frappe la tête contre ma poitrine, cherche à s'échapper, va à la porte, se cogne dessus. Pendant que je commence à répondre aux questions sans intérêt de la psy, ma sœur tente de le garder avec nous. Elle l'allonge par terre, avec son doudou. Rien n'y fait, il se met à hurler. La psy regarde la scène, l'air un peu gêné… Elle nous demande si nous avons besoin de quelque chose de particulier. Au bout de dix bonnes minutes, nous n'avons eu le temps d'échanger que quelques mots sur la prise en charge actuelle de Samy, dans le brouhaha le plus total. Flairant une odeur suspecte, je demande où je peux le changer ; si sa couche est sale, Samy est encore plus énervé.

Elle m'indique les toilettes dans le couloir. J'y vais avec un Samy plus qu'agité. Ce sont des WC tout ce qu'il y a de plus normaux. Je retourne dans le bureau, avec Samy qui se débat, et je demande en criant assez fort pour qu'elle m'entende malgré les hurlements, où sont les toilettes adaptées pour changer un enfant handicapé. La gêne de la psy redouble : il n'y en a pas à cet étage ! Je suis à la Maison départementale des personnes handicapées, et pas de toilettes pour eux !

Je suis à la fois effarée et au bord du fou rire devant l'incongruité de la situation. Je retourne donc aux toilettes, changer la couche comme je peux, autant dire n'importe comment, en jonglant avec Samy que je maintiens debout, tout en faisant couler un robinet pour le nettoyer. Quand je tente de revenir dans le bureau, où nous attendent ma sœur et la psy, Samy refuse, se laisse tomber par terre, se frappe autant qu'il peut. La psy, elle, semble de plus en plus effrayée. À croire qu'elle n'a jamais vu un enfant handicapé mental de sa vie. Et c'est elle qui va dire si, oui ou non, j'ai droit à mon allocation ?!

Très calme, je lui suggère :

— Laissez-moi descendre à la voiture, je l'installe sur son siège, je l'attache et je reviens, nous pourrons parler tranquillement, il est calme dans la voiture.

Là, elle craque, enfin.

— Euh non, je suis désolée, je vois bien que nous n'y arriverons pas comme ça, rentrez chez vous, je vais remplir les papiers, vous aurez votre allocation dès la semaine prochaine !

Mères indignes

Avec Véronique et Djamila, deux autres mamans d'Un pas vers la vie, nous devons nous rendre aujourd'hui à l'Agence régionale de la santé. En tant que représentantes de notre association, nous allons tenter de leur faire comprendre que la petite école que nous avons créée, et qu'ils ont accepté de financer, est en train de se transformer en institut lambda, et que les choses tournent mal pour nos enfants. C'est notre ultime tentative après la rupture de notre partenariat avec l'AFG. Nous sommes prêtes, notre argumentation est au point. Le directeur général de l'ARS sait déjà pourquoi nous venons. Avec l'augmentation prévue du nombre d'enfants accueillis, le personnel ne pourra pas suivre. Évidemment je m'en inquiète. Comment une toute jeune éducatrice va-t-elle pouvoir, dans la même heure, s'occuper, stimuler, faire « travailler » un enfant comme Samy, en même temps qu'un autre autiste, aux troubles complètement différents ? Cela me semble impossible, et pour en avoir discuté avec le personnel actuel, je sais qu'il s'en inquiète aussi.

Nous sommes tendues, pour nous, l'enjeu est important. Malgré la promesse du directeur, nous sommes reçues par son adjoint. Le directeur s'est fait porter pâle… Mouais… il s'est surtout dégonflé. Il ne veut pas prendre parti, cela créerait des précédents, des papiers à remplir… Il nous avait garanti lors de notre précédent rendez-vous que le « un pour un » était pour lui aussi une condition non négociable au financement public de cette école, nous pouvions lui faire confiance. Visiblement ce n'est plus le cas.

Le rendez-vous évidemment ne se passe pas comme nous l'espérions. L'adjoint confirme que l'école doit rester en « un pour un », mais ne peut s'engager à aucune action sans le consentement du gestionnaire. Un comble ! Et si le gestionnaire ne consent pas ?… Tant pis pour nous.

Nous sortons, sans espoir, déçues du peu de volonté des pouvoirs en place. Et lessivées de nous être battues, d'avoir argumenté, en vain.

Nous décidons de prendre un taxi pour rentrer. Véro et moi habitons toutes deux le XVe arrondissement de Paris. Djamila n'est pas très loin non plus. Le trajet est long, et nous n'avons pas le courage de le faire en métro.

Véronique est devenue une amie, nos liens sont forts, depuis son installation à Paris. Elle et son mari, Laurent, ont tout quitté pour que notre petite association puisse prendre en charge leur enfant. Ils ont débarqué, deux ans plus tôt, de leur Porto-Vecchio natal, avec Paul-Toussaint, âgé de quatre ans, leurs valises et leurs espoirs. Ils ont revendu leur commerce, fait appel à la générosité de l'île pour trouver un logement à Paris, un petit deux pièces qu'on leur a prêté, les premiers fonds pour s'installer, le temps pour Laurent de retrouver un travail. Véronique est d'une énergie folle, un peu sauvage. Pour son fils, elle abat des montagnes, ne s'arrête jamais à la nouvelle qui se dresse devant elle, fait preuve d'un caractère à la fois fort et généreux.

Au début, je m'en amuse avec elle.

Ombrageuse, fière, capable de tous les élans, chaleureuse et fidèle en amitié, passionnée et combative, elle peut se révéler une véritable emmerdeuse. La première à pointer du doigt les défaillances du gestionnaire de l'école, la première à râler contre certains parents de l'association qui exigent beaucoup mais donnent peu, elle harcèle sans relâche les organismes qui lui doivent des aides, n'hésite pas à secouer son entourage pour qu'il s'implique mieux auprès de son fils.

« Tu es vraiment corse ! La pire que je connais ! »

Je peux bien me permettre ce genre de remarque, elle le sait, elle est la seule Corse que je connais !

Mais quelle amie ! Combien de fois ai-je séché ses larmes ? Autant de fois qu'elle a séché les miennes. Mais bien plus souvent, ce sont des rires que nous partageons. Parce que Véro ne manque pas d'humour et fait preuve d'une lucidité incroyable quant au handicap de son fils. La maturité de ses réflexions quand il s'agit de l'avenir de Paul-Toussaint m'épate toujours.

Son petit garçon est vite devenu le chouchou de l'école. Il faut dire qu'il est très attendrissant : beau comme un ange, avec une bouche et des joues qui appellent les baisers, lui-même est capable de magnifiques regards, les yeux dans les yeux. Pour ne rien gâcher, il est très câlin. Et a un cœur d'artichaut… Dès son intégration dans notre école, il se prend d'amour pour Samy, qui, à cinq ans, passe encore son temps dans sa poussette. Paul-Toussaint attend impatiemment son arrivée chaque matin, et se précipite pour poser sa tête contre lui dès que nous franchissons la porte. Samy se laisse faire, évidemment sans lui rendre son geste. Nous sommes déjà enchantés que mon fils ne le repousse pas !

Il faudra de longs mois pour que Paul-Toussaint se lasse. Ensuite, ce petit charmeur tombe amoureux de toutes les éducatrices qui lui sont assignées. Résultat, au moment de commencer ses séances de jeux et de stimulation, il leur lance des regards langoureux, puis baisse la tête, comme intimidé. Impossible dans ces conditions de le faire travailler ! Nous en rions, mais en attendant, c'est un peu la ronde des éducatrices pour trouver celle avec qui il pourra enfin « travailler ».

Parce que sous ses dehors attachants, Paul-Toussaint est un enfant aux troubles variés, capable de hurler de longues heures sans relâche quand il n'obtient pas ce qu'il veut, dormant peu la nuit, ne parlant pas, ne sachant pas courir ni manger seul, portant encore des couches. Mon père les avait eus au téléphone, quelques mois plus tôt, mais nous n'avions pas de psychologue ou d'éducatrice disponible. Et puis une place s'est libérée, nous avons rappelé Véronique. Qui entre-temps, il faut l'avouer, n'avait pas lâché l'affaire, et avait téléphoné, e-mailé sans cesse. Ce qui me stressait. Je ne me voyais pas dire à une famille qui habitait si loin : « Allez-y, plaquez tout, votre travail, vos amis, votre famille, et venez, nous saurons nous occuper de votre enfant ! » J'avais peur. Peur de cette responsabilité, peur de ne pas réussir. Notre école n'en était qu'à ses débuts, je finançais tout grâce à des mécènes privés, sans garantie de pérennité donc. Quant à nos méthodes, même si elles nous emballaient, tout restait à faire et à prouver.

Cependant, Véro ne nous lâchait pas. Je lui expliquais la réalité des choses, je voulais être honnête. Elle acceptait tout : notre amateurisme, comme le risque de devoir repartir si nous ne parvenions plus à trouver l'argent nécessaire. Elle pensait, comme nous tous en fait, qu'elle « n'avait pas le choix ». Que l'amateurisme, la bonne volonté, c'était mieux que rien. C'était la place de son fils chez nous, ou rien en Corse.

Alors elle est venue, armée de tout son amour et de son courage.

Deux ans plus tard, nous sortons donc dépitées de notre rendez-vous avec l'Agence régionale de santé. Il est 17 heures, nous avons dû, afin d'assister à ce rendez-vous, trouver des solutions pour faire garder nos enfants. Pas le temps de traîner.

Pourtant, dans le taxi, nous nous posons. Nous nous reposons même. Puisque nous avons « perdu », nous n'avons plus rien à faire dans l'immédiat. Ravalant notre rancœur, nous parlons d'autre chose.

— Vous faites quoi ce week-end ? nous demande Véro.

— J'emmène les enfants chez mes parents. Tariq aime bien aller là-bas, répond Djamila.

— Je ne sais pas encore. Sans doute comme d'habitude : balades au parc avec Samy et Marco. Peut-être que Sido me rejoindra. Tu veux venir ? On peut bruncher à la maison si vous voulez.

— Tu ne vas pas encore tout organiser ! Ça va te faire du travail…

— Oh ben tu sais, si le monde ne vient pas à moi, ce n'est pas moi qui peux aller à lui. Samy ne supporte plus rien d'autre que son appartement.

— Il est chiant quand même celui-là ! rétorque Véro, le sourire en coin.

Je sens que l'humeur a viré à la rigolade.

Djamila en profite.

— Tu as raison. C'est comme Tariq. Quel emmerdeur j'ai mis au monde ! Et puis ça va durer. C'est pas comme si mon fils allait me dire merde à seize ans !

— Mais c'est vrai ça ! On va devoir se les taper toute notre vie ! Tu imagines, il faudra encore que je change les couches de Samy quand je serai une très vieille dame et lui un grand beau mec ! Quelle merde ! Tu te rends compte qu'on n'aura même pas la chance qu'il se tire avec une nana. Jamais on ne s'engueulera avec nos belles-filles !

— C'est trop con…, conclut Véro.

Là, on commence à se marrer franchement. Il n'y a qu'avec les autres mamans de l'association qu'on peut se permettre ça.

Alors j'en rajoute :

— Qu'est-ce que ça doit être bien un ado qui vous envoie balader ! Il faut que je me dégote une belle-fille bénévole pour m'engueuler quand même, sinon c'est pas juste !

— Attends, tu crois qu'on peut passer une annonce de ce genre ? « Recherche belle jeune fille pour se faire engueuler de temps en temps par pseudo-belle-mère à bout de nerfs » ? s'amuse Djamila.

— Oublie, ça marchera jamais ! Vaut mieux s'énerver sur nos propres enfants. En même temps, c'est l'avantage, ils peuvent pas se plaindre !

— Ah oui ! Ça c'est bien. Je peux dire tout ce que je veux à Tariq, aucun risque qu'il répète quoi que ce soit à son père : il ne parle pas !

— Désolée, là, je suis vernie par rapport à vous. Moi, je peux même le frapper si j'ai envie, comme il se frappe lui-même toute la journée, avec toutes les marques de coups qu'il porte déjà, aucun risque d'être suspectée !

— Quelle chance tu as !

Nous sommes mortes de rire…

À cet instant, nous remarquons le regard du chauffeur dans le rétroviseur… Un regard inquiet, méfiant, visiblement il s'interroge…

Alors, d'humeur décidément très badine, j'enchaîne :

— Dis, franchement, ce week-end, on aurait plutôt envie de se reposer non ?

— Oui. Tu penses à quoi ?

Nous sommes en train de longer un square. Il fait déjà sombre, les poussettes se dirigent plutôt vers la sortie.

— Regardez. On devrait récupérer Samy, Tariq et Paul-Toussaint, et les sortir encore un peu au parc...

— Et ?...

— Ben, ensuite on n'a qu'à les abandonner là ! On se tire ! Qui pourrait savoir qu'ils nous appartiennent ? Franchement, c'est pas eux qui iraient le dire ! Allez hop, les petits au parc, et nous au cinoche !

— Super ! OK, je suis partante ! Mais on les récupère pas, hein ? On les laisse là-bas !

Ça, c'est un peu trop pour Véro. Elle est trop amoureuse de son fils :

— Bon, OK pour Samy et Tariq. Mais Paul-Toussaint, c'est le plus petit... Je peux pas faire ça !

Nous ne saurons jamais ce que le chauffeur de taxi a bien pu raconter à sa famille en rentrant chez lui ce soir-là, mais nous n'avons pas eu envie de le détromper au sujet des trois mères indignes qu'il a eu la malchance de transporter ce vendredi soir.

Un cri. Sourd, inaudible. Un cri du ventre, du cœur, le mien. Il n'est jamais sorti, il est là, en moi, prêt à surgir. Il m'étouffe parfois, s'assoupit de temps en temps.

Urgence(s)

Nous sommes début octobre. Depuis la fin du mois d'août, Samy se fait beaucoup vomir. Une nouvelle « stéréotypie », un de ces gestes automatiques et quasi inconscients que peuvent accomplir les autistes. Il glisse nerveusement son poing au fond de sa gorge et se vide toute la journée. Au point qu'il ne garde pas ses antiépileptiques. Et refait des crises. Je surveille, ça se calme un peu, un temps. J'ai cru que c'était passé. Mais les vomissements ont repris de plus belle, il arrive à se faire vomir sans même mettre les mains au fond de la gorge. Du moins c'est ce qu'on croit. La solution, qu'il faut radicale car sa santé est en danger, serait de le sédater pour qu'il soit suffisamment sonné quelque temps afin d'« oublier » ce nouveau réflexe. Pas évident.

J'alerte la neurologue qui le suit depuis toujours à Necker. Seul moyen, le mail. Par téléphone, je n'y arrive jamais, la secrétaire ne passe pas toujours les messages. Nous avons déjà parlé de ce problème de liaison, et convenu qu'il n'y avait pas de meilleure solution que le mail…

N'avoir personne à joindre en cas de souci urgent est un gros problème. J'ai demandé que l'on m'indique un professionnel en cabinet privé, pour faire la liaison, mais la neurologue, comme la pédospychiatre de Necker que je vois une fois par mois depuis un an, se sont trouvées embêtées : elles n'ont eu personne à me suggérer.

Pas de réponse à mon mail. Je recommence au bout de quelques jours. J'alerte la neurologue et la pédopsy, sans succès. Ah si… la neurologue finit par répondre qu'elle ne connaît pas cette stéréotypie, elle va se renseigner, mais oui, il faudrait refaire un EEG, elle va contacter le service, prendre une date et me rappeler. Puis rien. Aucune nouvelle.

Nouveau mail, la semaine suivante, j'insiste. Cette fois, elle répond qu'elle ne voit pas le lien entre vomissements et crises d'épilepsie, puis plus rien à nouveau.

Samy vomit la totalité de ses médicaments, supposés justement maîtriser ses crises d'épilepsie. N'y a-t-il pas là une relation de cause à effet ? Ça me semble pourtant logique.

Quelques jours passent encore. Et, enfin, une réaction : la pédopsychiatre de la Porte Rose, comme nous l'appelons encore entre parents, s'inquiète et dit à une des éducatrices : « Il faut que la maman m'appelle, on doit mettre Samy sous Inexium et Motilium pour commencer, tous ces vomissements, c'est embêtant. »

Je m'énerve quand je lis la note sur le cahier de liaison : pourquoi n'a-t-elle pas fait cette ordonnance immédiatement, puisqu'elle est passée au centre voir les enfants ? Je l'aurais récupérée dans le sac de Samy à son retour.

Mais non, ce serait trop simple ! On m'explique qu'elle ne peut pas prendre cette liberté, elle doit voir les parents. (Elle fera quoi le jour où Samy s'étouffera ? On attendra que je sois là pour réagir ?)

Je fais faire l'ordonnance par ma sœur médecin, parce que la pédopsy ne revient qu'une fois par semaine... c'est bête, non ?

Les jours passent, la situation ne s'améliore pas, Samy mange peu, vomit tout, et semble avoir de plus en plus d'absences.

La pédopsy du centre finit par me recontacter. Elle s'inquiète, elle veut, avec mon accord, relancer les médecins de Necker qui font la sourde oreille, et demander une hospitalisation pour un bilan complet. OK. On y va.

Mais Necker ne répond pas.

L'hôpital de la Pitié-Salpêtrière, qui voit Samy deux fois par semaine pour des séances de packing, cette thérapie qui consiste à envelopper l'enfant dans des linges humides et serrés pour l'apaiser, m'appelle. Le pédopsy de là-bas s'inquiète également, il veut savoir si Necker répond. Lui aussi va tenter de les contacter.

Toujours aucune réponse. Et pendant que tous ces médecins tentent de se joindre, Samy va de mal en pis. Et moi, je me demande pourquoi deux pédopsys qui le voient régulièrement et qui travaillent tous les deux dans des hôpitaux attendent l'aval de Necker pour agir…

Finalement, le week-end du 6 octobre, soit plus d'un mois après le début des troubles, je craque. Samy, quand j'ai voulu le lever de sa poussette, ne tient pas debout, la partie gauche de son corps ne répond plus, il a l'air hagard, il vomit, bave… Je file aux urgences de Necker, cette fois, ils vont bien devoir le garder ! J'explique la situation à Marco, je lui dis qu'il va devoir m'attendre patiemment à la maison. Que de l'hôpital, j'appellerai ses grands-parents ou une tante, quelqu'un qui viendra s'occuper de lui si je tarde trop.

Mais rien que l'idée des urgences me met au bord des larmes : attendre des heures avec Samy, c'est sûr, ça va être très dur…

Tout en refoulant l'angoisse qui m'assaille, je prépare une valise, rapidement : couches, lingettes, poule-doudou, vêtements de rechange au cas où, jouets, iPod, brosses à dents, petites vidéos…

Quand j'arrive, miracle, peu de monde, on nous met tout de suite dans un box. Un box fermé où il fait une chaleur étouffante. Samy est encore sonné par la crise d'épilepsie qu'il vient de faire, donc calme. L'interne de garde passe : elle demande une prise de sang, pour vérifier qu'il n'est pas déshydraté, et une radio du ventre. Après deux heures d'attente, les résultats sont bons. Mais le ventre est plein de matières qui ne veulent pas s'évacuer. Peut-être la source des vomissements de Samy ? Il faut faire un lavement.

— Je peux vous le faire faire chez vous, le problème c'est qu'il faudrait que Samy tienne un bon quart d'heure avant de remplir ses couches, il vaut mieux que l'équipe ici s'en occupe et l'en empêche.

Je me demande comment ils vont réussir un truc pareil, je suis curieuse de voir, mais du moment qu'il va mieux... L'interne me dit aussi qu'elle va voir si la neurologue de Samy est dans le service, il serait bon qu'elle l'examine.

Et on attend de nouveau. Samy commence à reprendre vie, il a faim, et moi j'en ai assez que nous soyons coincés dans cette petite pièce. Je le prends dans mes bras et le promène dans le couloir. Mais je me fais rabrouer : « Vous ne pouvez pas rester là, allez dans la salle d'attente si vous voulez le promener. » Ce que je fais. Quand j'y arrive, je me marre. L'équation impossible de ma vie est là, face à moi : un Samy + un espace confiné, rempli de choses ou de personnes = cris assurés. Impossible de s'y « promener » ni d'y garder Samy deux minutes.

Je reprends sa poussette, et demande le droit de le sortir dans l'allée devant les urgences. OK, il y a même la cafétéria juste devant.

Sauf que pour y accéder, il n'y a que deux voies : la plus proche de nous est un escalier, donc impraticable avec une poussette.

La seconde, c'est bon. Mais quelle que soit l'entrée, pour accéder au café, il faut pousser deux énormes portes battantes, très lourdes ! Quelle idée de génie dans un lieu fréquenté par beaucoup de gens faibles et pas mal de fauteuils roulants. Bon, j'ai l'habitude, c'est mon sport quotidien : avancer la poussette jusqu'à la porte, la maintenir d'une main pour que Samy ne la fasse pas tomber à force de se balancer dessus, de l'autre main tenter de pousser un premier battant, et c'est vraiment lourd là, j'y mets toute ma force, le bloquer avec un pied, tirer la poussette vers ce passage, bloquer le battant avec mon corps pour finir de pousser avec les deux mains. La poussette, trop grande, se bloque. Je pousse, je tire, bref, après quelques abdos et biceps, nous sommes passés !

Même chose au retour... avec en plus un café à la main, des fruits et un yaourt pour Samy (on m'a volé le sac de poussette la semaine dernière dans mon immeuble...). Autant compliquer l'affaire, c'est plus drôle !

Quand je reviens dans notre box, Samy revomit, je le rechange...

J'ai le temps de recommencer plusieurs fois.

Enfin, une infirmière se présente, elle va procéder au lavement. Elle injecte le produit et se prépare à sortir dans la foulée, quand je remarque :

— Euh... il est déjà en train de pousser, là, on m'a dit qu'il fallait attendre un peu...

Elle :

— Oui, mais que voulez-vous que j'y fasse ? Tant pis !

Et elle sort. Une heure d'attente supplémentaire pour ça ? J'aurais pu le faire à la maison !

Finalement, l'interne signe la sortie. Les EEG étant fermés le week-end, pas moyen de vérifier l'état épileptique de Samy... On m'assure qu'on m'appellera dès lundi pour une prise de rendez-vous d'urgence. OK, je repars, au bout de quatre heures et demie...

Trois jours plus tard, personne ne m'a encore rappelée pour cet EEG.

Le lundi, je recontacte la pédopsy du centre de Samy. Elle aussi en a assez, s'inquiète, veut cette hospitalisation. Elle va renvoyer un courrier aux médecins de Necker. Parce que, m'explique-t-elle, elle a demandé à Sainte-Anne, ils sont d'accord pour prendre Samy, puisque Necker ne le fait pas. Mais il nous faut une demande de son médecin référent. Qui, d'après tout le monde, est la pédopsy de Necker. Là, je commence à m'énerver :

— Qui a décidé ça ?!

La pédopsy qui le voit une fois par semaine dans son centre ne peut pas être référente ? Je m'en fous, moi, de cette référence ! Samy a besoin de soins ! Mais rien à faire, elle m'avoue qu'elle-même, en tant que médecin hospitalier, n'apprécie pas qu'un médecin d'IME demande une hospitalisation sans passer par le référent...

Bref, en gros, Samy continue à faire des crises d'épilepsie, à se frapper de douleur et à vomir, pendant que tout le monde attend une demande d'un référent qu'on a désigné comme tel, je ne sais quand ni qui, et qui est aux abonnés absents....

AH, ÇA Y EST ! Nous sommes le 12 octobre, le service des EEG de Necker vient de m'appeler, enfin ! Rendez-vous est pris pour le... 30 octobre, soit vingt-quatre jours après notre journée à l'hôpital. Tu parles d'une urgence !

Nous allons donc patienter. Samy continue de vomir, mais il a l'air d'aller mieux. Pas de nouvelle crise d'épilepsie pour le moment, pas plus d'automutilation que d'habitude.

Mon quotidien n'est donc que légèrement bouleversé : je sens le vomi du matin au soir. À peine ai-je réussi à nous préparer, les enfants et moi, nous sommes habillés, le petit déjeuner, les médicaments sont pris, que Samy se fait vomir. Et s'en met partout. J'arrête tout, je pose les sacs, je referme la porte de l'appartement. J'envoie Marco à l'école, en lui demandant de ne pas m'attendre, et je recommence : je change Samy, je le lave, je fourre ses vêtements à la machine, et je repars, en le tenant fermement. Avec un peu de chance, on arrive à son école avant le prochain vomi… ou pas. Et il m'a éclaboussée au passage. Je le dépose, avec ses vêtements de rechange que j'ai pris soin d'emporter, et je repars en sens inverse, pour me changer, si j'en ai encore le temps. Sinon, c'est dans les toilettes, et avec des lingettes que je me nettoie.

Le week-end, j'entasse dans un gros sac tous les draps, toutes les serviettes, tous les bavoirs que Samy a souillés. Il y en a trop pour que je puisse utiliser ma propre machine. Je vais donc à la laverie automatique de la rue. Il faut nous voir, Marco et moi, avec tout ce linge, dans un sac que nous portons à deux, pendant que je tiens la poussette de Samy. Nous entrons tant bien que mal dans la laverie, je me dépêche de tout enfourner dans une machine, et hop, je ressors le plus vite possible, pendant que Samy manifeste sa colère d'avoir dû entrer dans cet espace réduit. Après une à deux heures de promenade, nous récupérons le tout. Nos week-ends sont passionnants !

Mais, finalement, je m'habitue, et les éducatrices aussi, qui vivent ces vomissements répétés à longueur de journée. Samy semble tenir le coup, je suspecte quelques crises d'épilepsie légères, une grosse irritation de la gorge, mais ça va.

Quand la date de l'EEG arrive, nous sommes moins nerveux que lors de notre dernier passage à l'hôpital. Et cet EEG ne changera pas grand-chose : nous repartons avec une nouvelle ordonnance d'antireflux et de nouveaux dosages pour les antiépileptiques.

Comment faire en sorte que Samy ne se fasse plus vomir ? Personne n'a de solution au sein de l'hôpital.

Ce seront encore les psychologues de notre petite école, celles de l'association, aidées de notre superviseuse, qui vont comprendre : Samy se fait moins vomir quand on le sollicite moins. Conclusion : il est sans doute stressé, a du mal à supporter toutes ces sollicitations. Mais quelle est la bonne solution ? Tout arrêter ? Nous décidons de baisser le niveau des exigences en général.

Cette histoire de vomissements répétés, nous la revivrons régulièrement. Chaque fois, Samy semble vouloir nous signifier ainsi son épuisement à être soumis à son programme éducatif. Nous n'avons pas toujours su nous adapter parfaitement, hésitant entre le fait de lui céder, ce qui pouvait le pousser à nous faire faire ce qu'il voulait, ou de lui faire comprendre que c'était nous qui choisissions.

Tu es entré dans ma vie alors que je vivais une des pires périodes de celle-ci.

Tu es entré sur la pointe des pieds.

Quand tu as compris où ton cœur t'avait emmené, tu as pris peur, et tu as reculé.

Mais c'était trop tard. Si la mère de l'enfant handicapé te faisait fuir, tu n'as pas pu oublier la femme. Celle que je restais malgré tout.

Quelque temps plus tard, tu es revenu.

Viva la revolución !

Richard s'est parfaitement adapté à ma vie de fou. Normal, fou, il l'est un peu lui-même. Telle une bourrasque d'air frais, avec son humour franc, sa joie de vivre, sa franchise, de celle qui heurte parfois, mais qui est souvent bonne à dire, et son énergie, il a ajouté son étincelle de vie à la nôtre.

Il débarque, fait la cuisine, prend Samy dans ses bras et, surtout, permet à Marco de s'alléger du poids qu'il a fini par se mettre sur les épaules.

Et puis, Richard a une fille, Marie, du même âge que mon grand. Les deux enfants se sont immédiatement entendus à merveille. Une vraie chance. Intelligente, vive et curieuse, Marie, après avoir été très intriguée par Samy, a fini par oser me poser toutes les questions qui lui brûlaient les lèvres. Et maternelle comme peuvent l'être les petites filles, elle se précipite dès qu'il se cogne, propose son aide pour les repas, le faire jouer.

Mais le plus important, c'est que Marco a désormais une vraie compagne de jeux, débordante de vie, aussi imaginative que lui.

De son côté, Richard, après m'avoir clairement annoncé que jamais, au grand jamais il ne changerait une couche de Samy, qu'il peut tout faire, le garder quelques heures, l'emmener à la Porte Rose, chez un médecin, le laver, lui donner à manger, tout mais pas les couches sales… finit par s'y résoudre. Quand je pars tôt en tournage et qu'il est resté dormir à la maison (enfin, ne pas dormir devrais-je plutôt dire), c'est lui qui s'occupe des enfants, de leur réveil jusqu'à l'école. Alors les couches, il a bien dû s'y faire !

Vivre ensemble ? Impossible, nous disons-nous. Comment pourrait-il ne jamais dormir, comme moi ? Il m'aime, assure autant qu'il le peut, partage de plus en plus de week-ends avec moi, mais il a besoin de son temps à lui. J'ai Samy non stop, il en fait déjà beaucoup, et ce n'est pas son fils. Je n'en demande pas plus. Et nous sommes convenus qu'il est bon, pour lui, comme pour Marie, qu'elle ait un temps avec son père, à elle, sans nous.

Et pourtant, quelle drôle de vie lui fais-je parfois mener, dans mon appartement ! Il supporte tout, sans broncher. Pas sans rien dire, non, ça lui est impossible, grande gueule comme il est, mais il supporte. De dormir sur un matelas gonflable dans le salon quand Samy est trop bruyant la nuit, essuyer les murs, les sols que Samy souille, enchaîner les lessives, chercher sa brosse à dents tous les soirs, bricoler de quoi empêcher Samy de sortir de son lit au milieu de la nuit, déplacer les tables pour protéger les fenêtres qu'il a fêlées la nuit précédente, à force de se cogner dessus, apprendre à décoder ses gestes, accepter la présence d'une fille au pair, les guidances le week-end, le manque d'intimité permanent, le bal des éducatrices, des psychologues.

Heureusement, il a sa soupape. Son appartement à lui. Nous nous voyons deux à trois fois par semaine, le reste du temps, il respire.

Mais quand il est là, le joyeux bordel habituel de notre vie atteint parfois un niveau supérieur.

Il est près de 20 heures. Je suis dans la salle à manger en train de tenter de te faire avaler quelques cuillères de brocolis. Tu t'es déjà bien énervé quelques instants plus tôt, alors que nous tentions un apéritif avec Marco, Richard et Ana-Maria. Tu t'es précipité et a tout renversé sur la moquette. Rondelles de saucisson, jus de tomate, tout a valsé. Nous avons l'habitude. Mais Marco, grand gourmand devant l'éternel, ne supporte vraiment pas que tu t'en prennes à sa nourriture. Il repart dans sa chambre, où je l'ai renvoyé en me fâchant devant sa colère, toute légitime qu'elle soit.

Après avoir tout nettoyé, je suis là, luttant pour te nourrir. Ana-Maria aussi a regagné sa chambre. En dehors de tes cris, l'appartement est silencieux. Anormalement silencieux.

À peine ai-je le temps de m'interroger que je vois débarquer Marco et Richard, côte à côte. Armés de banderoles scotchées sur les balais de la cuisine, ils scandent, tournant autour de la table où nous sommes tous les deux :

— À bas Samy ! À bas Samy ! Nous n'en voulons plus ! Vive les saucissons et le jus de tomate ! À bas Samy ! Ça suffit, peuple de l'appartement ! Il est temps de se soulever contre la tyrannie du handicap ! Tous contre Samy !

— Ouaiiiiiiiis ! hurle Marco.

Et ils accrochent leurs banderoles sur le mur du salon, Marco absolument enchanté. Ravi de la plaisanterie.

Alertée par le bruit et les rires, Ana-Maria sort de sa chambre et se joint à eux.

— Ils ont laison ! Ça souffit tout ça ! ajoute-t-elle avec son délicieux accent colombien. Samy, tou nous fatigues ! Vive la *revolución* !

Je te regarde.

— Ben t'as l'air mal barré mon vieux… Tu veux que je te dise ? C'est fichu ton affaire. À ta place, j'irais renverser des jus et manger du saucisson ailleurs.

Tu te mets deux ou trois coups au visage. Pour la forme. Et continues à regarder ton assiette.

— Vous ne dites rien pour votre défense, monsieur ?

Face à ton silence, j'ajoute :

— OK, puisque c'est comme ça, deux yaourts, cinq médicaments et hop, direct en prison !

— Oui, la prison ! la prison ! reprennent en chœur les révolutionnaires qui continuent de manifester autour de la table, chantant et riant.

Le temps de te donner ton dessert et tes médicaments et je confirme la sentence.

— Monsieur Samy, en accord avec tout le peuple ici présent, je vous condamne à la prison, à effet immédiat.

Puis, m'adressant à Richard :

— Garde ! Vous pouvez l'emmener !

Richard te soulève dans ses bras.

— Mais il faut lui dire au revoir quand même. Tous un baiser pour Samy !

Chacun de nous s'exécute de bon cœur. Même Marco qui, d'habitude, répugne un peu à t'embrasser, toi qui es toujours plein de bave.

Telle une escorte, nous t'accompagnons tous dans ta chambre. Et te mettons au lit, ce nouveau lit qui ferme à clé et t'empêche de t'en échapper.

Après une petite berceuse, tu choisis d'accepter ton sort sans rechigner. Tu t'allonges, mets ton pouce dans la bouche et ferme les yeux. Comme chaque soir. Pour quelques heures.

Nous regagnons le salon.

— Bon, on se le refait cet apéro maintenant ? demande Richard.

— Oui !

Une heure plus tard, quand vient l'heure de coucher Marco, celui-ci me confie, tout sourire :

— Maman, c'était bien la révolution, hein ?

Dangers

Fatiguée. Tellement… depuis si longtemps…

Nous sommes chez mes parents, à Sens. Samy se promène, je le retrouve avec une fléchette à la main. Je ne sais que faire. L'espace d'une seconde, mon cœur fait un bond dans ma poitrine, en même temps que mon cerveau me hurle de ne pas réagir trop vite. Il faut arriver jusqu'à lui sans lui faire peur, que mon mouvement ne soit pas brusque, il risquerait de se taper avec, et intervenir à temps, pour éviter le même geste, qui peut se reproduire n'importe quand.

Tu es resté une petite douleur
Tapie tout au fond de mon cœur
Oui, il reste une blessure,
Malgré le temps et son usure.

Clic, clic

Samy a de magnifiques cheveux. Longs et bouclés. Très longs. Bien trop longs en fait. Il est temps de faire quelque chose. Régulièrement le problème se pose. J'ai une coiffeuse, Marie-Claude, que j'ai rencontrée il y a des années dans un studio de télévision, mais après une première coupe, réalisée à la maison, je n'ai plus osé faire appel à elle. Elle a trop peur de donner un coup de ciseaux maladroit et de blesser Samy. Durant toute la séance, elle était clairement stressée. Et je la comprends. Depuis, je prends les choses en main comme je peux.

Quand une boucle dépasse trop, je profite des repas de Samy pour la lui couper au moment où il est concentré sur sa petite cuillère. À raison d'une mèche toutes les deux ou trois semaines, ça reste laborieux.

Alors c'est décidé, je lui coupe les cheveux, je lui fais la totale, en une seule fois, ce soir. Enfin, ON va lui couper les cheveux. Je préviens mon amie Véronique. Et Richard, qui justement est à la maison.

— Bon, vous êtes partants pour jouer les coiffeurs ?

— OK, je connais, je suis ton homme, me répond gaiement Véro, qui sait parfaitement à quoi s'attendre, pour la bonne raison que ce genre de séance est tout aussi cocasse avec Paul-Toussaint.

— Euh... je ne sais pas couper les cheveux, moi ! rétorque Richard.

— Ne t'inquiète pas, rigole Véro. Nous non plus ! De toute façon, tu n'auras pas le temps de peaufiner, je te le garantis !

Je compte profiter de la relative détente de Samy dans sa baignoire pour officier. Je lui lave les cheveux, les enduis de démêlant.

— C'est bon, vous pouvez venir !

Véro et Richard me rejoignent.

— Qui fait quoi ? Il faut que l'un de nous lui tienne les mains et les jambes pour qu'il ne donne pas de coups. Un autre tient sa tête, et le troisième coupe.

Nous nous répartissons les rôles. Richard, plus costaud et décidément pas l'âme d'un coiffeur, va s'occuper d'immobiliser au mieux Samy.

Véro lui tiendra la tête. Et moi je couperai. Je les soupçonne tous les deux de ne pas vouloir assumer un résultat qui pourrait être douteux.

Au début, Samy se laisse faire.

— Mon amour, tu es très beau, mais maman doit te couper les cheveux. D'accord ? Allez on y va.

J'attrape une première mèche, et je coupe, sans faire dans le détail. Au premier « clic », Samy se braque. Ça y est, c'est fichu, il ne se laissera plus faire. Et en effet, nous ne sommes pas trop de trois pour le maintenir. Je n'y arrive pas, dès que j'essaie d'attraper une mèche, il parvient à échapper à Véro, tourne la tête d'un coup, et moi j'ai peur de le blesser. Alors Véro prend les choses en main.

— Allez, on va faire plus vite. Tiens, vas-y, coupe !

Elle saisit une grosse mèche de cheveux, encore dans l'eau, la remonte, et me la tend. Sans attendre, je coupe. Puis elle recommence. Samy s'agite, crie, s'énerve. En moins de cinq coups de ciseaux, toute sa chevelure semble avoir été réduite d'une bonne moitié. Impossible encore de voir le résultat, mais là, dans l'eau, il n'a plus aucun cheveu qui lui tombe dans les yeux.

Nous sommes tous les trois trempés.

— Eh bien, tout va bien ! Samy a les cheveux courts, et nous on est lavés ! Je comprends pourquoi tu fais ça dans la baignoire, c'est d'une pierre deux coups ! me lance Richard, encore secoué par l'expérience.

— Merci en tout cas. Tu as été parfait. Tu peux revenir dans deux mois !

— Mouais, j'attends de voir le résultat... parce que si la coupe est réussie, on peut ouvrir un salon, je crois qu'on tient un nouveau concept !

— Euh... désolée de vous faire atterrir, mais je ne suis pas sûre que la clientèle se précipite. Ou alors tu viens d'inventer un nouveau style, Églantine.

C'est Véro, qui revient de la chambre où elle a emmené Samy. Nous la suivons, Richard rigolard, moi vaguement inquiète.

Samy est enveloppé dans sa serviette, couché sur le côté. Véro lui a séché les cheveux.

— Pas si mal cette coupe ! dis-je, enchantée de voir qu'elle semble régulière.

— Attends, regarde, rétorque Véro.

Elle se penche sur Samy et le redresse.

— Assieds-toi mon bébé, regarde maman.

Éclat de rire de Richard, vite suivi de Véro. Il y a une très nette différence entre le côté gauche, très court, et le droit, plus long. Sa frange, elle, est de travers. Samy a une drôle d'allure.

— Chapeau l'artiste !

— Bon OK, j'ai un peu merdé… Zut, mon amour, je suis désolée…

— Tu veux recouper un peu ?

— Certainement pas ! Tant pis, il est beau quand même, non ?

Les jours suivants, chaque éducatrice, chaque psychologue que je croise à l'école de Samy ne manquera pas de me faire remarquer mes talents de coiffeuse.

Moi, je joue la fière et souffle à l'oreille de Samy :

— Tu as vu mon amour ? Toi et moi, on sème les sourires autour de nous cette semaine !

Mais, quand même, je décide de ne plus recommencer.

Quelques mois plus tard, sommée par les éducatrices de lui recouper les cheveux, je décide de faire appel à des professionnels.

Je vais voir le salon de coiffure en bas de chez moi. Et j'explique la situation. Je suis bien accueillie. L'équipe est compréhensive. Nous choisissons une heure de rendez-vous pendant laquelle le salon est habituellement calme. Il y aura plusieurs écueils à franchir. Primo, faire entrer (et surtout rester) Samy dans un lieu fermé qu'il ne connaît pas. Secundo, lui faire supporter le bruit des coups de ciseaux assez longtemps pour une vraie coupe. Je prévois les renforts : Fatoumata, la jeune éducatrice qui accompagne Samy en ce moment, et deux coiffeurs. J'ai avec moi le nécessaire : la poule-doudou de Samy, une brosse à dents, un biberon.

À peine entrés dans le salon, Samy m'explique qu'il veut ressortir. Tout de suite. Il se dirige vers la porte, et cogne sa tête dessus.

— Non, mon amour, on reste un peu. Je t'ai dit qu'on devait te couper les cheveux.

Mais Samy ne l'entend pas de cette oreille. Je lui présente les coiffeurs. Tente de l'asseoir sur le siège prévu. La coiffeuse lui enfile une blouse. Samy ne se laisse pas faire du tout. Le coiffeur sait qu'il doit faire vite. Il s'approche avec les ciseaux. Courageux. Je lui ai dit que j'espérais qu'il fasse mieux que moi, ce qui ne semble pas très difficile, mais que je ne lui en voudrais pas s'il ratait sa coupe. Mais nous sommes tombés sur un perfectionniste. Courageux, mais têtu. Il se lance. Coupe, à droite, à gauche, avec des gestes aussi précis et rapides qu'il le peut. Samy hurle, se frappe. À présent il est déchaîné. Je demande au coiffeur d'accélérer la cadence, mais Samy se démène tellement que cela devient de plus en plus difficile de continuer sans risquer de le blesser.

Je prends Samy dans mes bras. Fatoumata lui parle, lui saisit les mains. La coiffeuse nous aide à le maintenir, protège ma tête des coups que tente de me donner Samy avec la sienne.

À ce moment, quelqu'un entre dans le salon. Un client. Qui assiste, sidéré, à cet étrange spectacle de quatre adultes maintenant de force un enfant hurlant. Nous ne prenons pas le temps de lui expliquer, accaparés par la bataille que nous livrons.

Enfin, le coiffeur a terminé.

— C'est bon, j'arrête. Je crois que je ne pourrai pas faire mieux.

— Je crois que vous avez déjà fait le maximum ! Je n'en demandais pas tant !

Je lâche enfin Samy. Qui file vers la sortie et, sa poule à la main, se calme enfin, attendant que je lui ouvre la porte, donnant quelques coups de tête contre le mur. Mais il n'est plus furieux. A-t-il vu son reflet dans le miroir ? A-t-il vu combien sa coupe était réussie ? Peut-être... En tout cas, il est drôlement mignon comme ça, mon fils ! Ouf ! Fatigant, mais le résultat est à la hauteur. Je remercie chaleureusement les coiffeurs, règle la note et repars avec un Samy tout calme... et tout beau.

Annus horribilis

J'ai signé avec France 5. Ça y est, je vais faire ce documentaire, qui parlera de nous, parents d'enfants handicapés. Cela fait plus de trois ans que je l'ai proposé, mais le sujet n'est pas facile à vendre. Pas très fédérateur le handicap. Finalement, nous choisissons d'en être Samy et moi les personnages principaux. J'ai longuement hésité.

Ce film, *Mon fils, un si long combat,* je le réalise avec Olivier Pighetti. Il est journaliste, réalisateur, et il nous connaît, Samy et moi, depuis longtemps. Il a souvent vu mon fils, nous a même invités chez lui à la campagne. Il l'a relevé maintes fois du sol sur lequel il se laissait tomber, l'a promené dans sa poussette, l'a pris dans ses grands bras costauds, il est à l'aise avec lui. Et moi aussi. J'ai confiance en son regard.

Quand nous décidons de nous lancer dans ce film, je veux montrer du doigt les incohérences du système, souligner l'abandon des familles touchées par le handicap, ouvrir une fenêtre sur notre monde, trop caché.

Je ne me doute pas un seul instant que je vais filmer l'histoire de ma séparation avec Samy. Et pourtant, cette année 2013 va être rude pour nous deux. Crises d'épilepsie à répétition, me contraignant à abandonner toute activité pour me précipiter à la Porte Rose le récupérer parfois deux à trois fois dans la semaine, j'appelle ma mère en priant pour qu'elle soit disponible et que je puisse retourner travailler, hospitalisations fréquentes pour ses vomissements, lui comme moi nous épuisons. Il est mal, je ne trouve plus de solution pour le soulager, et moi je suis usée, fatiguée, malheureuse de le voir si malheureux. Mais si quelqu'un me parle de « placer » Samy quelque part, je m'énerve. Et je pleure. De rage et de désespoir. De toute façon, je sais bien qu'il ne suffit pas de vouloir une place pour mon fils quelque part, encore faudrait-il qu'il y en ait une de libre !

Nous tournons, Olivier et moi, dans les différents lieux, les différentes situations que je veux montrer ou dénoncer. Et je vois son regard. Parfois amusé, souvent scandalisé, de plus en plus ému. Un jour, je l'appelle, je suis en larmes sur le trottoir, Samy dans sa poussette, parce que nous avons raté le véhicule de la PAM qui doit nous emmener à l'hôpital. Le chauffeur s'est garé au mauvais endroit, à un angle du carrefour où je l'attendais, je ne l'ai pas vu, il ne m'a pas vue non plus, au bout d'un bon moment, il est parti. Je vais rater notre rendez-vous, je ne sais plus comment faire, ma voiture est en panne, aucun taxi ne me répond. Et alors que je savais que cette situation arriverait un jour, que je voulais la filmer, Olivier n'est pas là, avec sa caméra.

Ça achève de m'énerver. Olivier m'écoute. Il sent que je deviens de plus en plus fragile, et en nous côtoyant d'aussi près, Samy et moi, il a une vue de la situation plus précise que ce qu'il avait imaginé jusque-là. Et surtout un recul que je ne peux me permettre, moi, toujours dans l'action. Mais il respecte ma façon de faire et ne donne pas son avis. Seulement, je vois bien qu'il est surpris par la vie que je mène. En quelques mots, ce jour-là au bout du fil, il suggère que, peut-être, tout ça va trop loin, qu'il faut autre chose pour Samy.

Au même moment, des médecins dont je viens de faire la connaissance durant les différentes hospitalisations de Samy portent un nouveau regard sur mon fils.

Moi qui le considère comme autiste depuis des années, je prends conscience qu'il est avant tout handicapé. Polyhandicapé. J'ai fini par oublier cet AVC dont on ne parle plus. On traite son épilepsie, on traite autant que possible ses troubles du comportement, et c'est tout. Mais on a oublié, moi la première, que touché par cet AVC, Samy a plus de difficultés que les autres. Voilà sans doute pourquoi, alors que tous les enfants de la Porte Rose progressent à grande vitesse dès les premières semaines de leur arrivée, lui reste en marge. J'ai l'impression que tous sont lancés dans une gigantesque course commune, et que lui comme moi sommes bloqués sur la ligne de départ, au stade de l'élan, qui ne se concrétise jamais. Certes, je ne nie pas ses progrès. Il a appris à marcher, il accepte mieux la relation à autrui, il parvient à manger presque tout seul, mais le quotidien n'est en rien transformé. Il faut rester à ses côtés pour être sûr qu'il ne va pas balancer d'un coup les assiettes par terre, contrôler ses coups, être d'une vigilance de tous les instants dans la rue et le tenir fermement pour qu'il ne décide pas de s'élancer à droite quand vous allez à gauche, ou de ne plus avancer, et de s'arc-bouter au sol, frappant sa tête contre le bitume. Je ne peux toujours pas le laisser seul bien longtemps. Les nuits restent mouvementées. Son regard fuyant. Et s'il est parvenu à maîtriser quatre signes, pour nous signifier qu'il veut manger, boire, être sur la balançoire ou écouter de la musique, il ne fait le plus souvent ces gestes que lorsque la nourriture est déjà devant lui et continue de se frapper quand il a faim et ne voit rien venir. Et puis je ne peux m'empêcher d'être déçue quand je constate que Paul-Toussaint a appris soixante signes en quelques mois, que Sarah pointe du doigt l'image d'une poupée quand elle veut la sienne ou que Tariq parvient à prononcer quelques mots. Comparé aux quatre et uniques signes que Samy a acquis laborieusement en plus d'un an, je perds espoir. Chaque sortie prévue, avec toute l'école de la Porte Rose, chaque nouvelle activité se résume à un « alors, nous ferons ceci ou cela avec les enfants. Et pour Samy, il faudra… ». Samy reste un cas particulier, il faut toujours prévoir, pour lui, autre chose.

Ce documentaire que nous réalisons, Olivier et moi, prend donc au fil des semaines une tournure inattendue. Alors que je voulais filmer les méandres dans lesquels nous nous débattons tous, je me retrouve en train de filmer l'histoire d'une mère cherchant de nouvelles solutions pour son fils handicapé. Puis se préparant à une séparation inévitable. La Porte Rose n'en veut plus, elle ne veut surtout plus de moi. Ce qui se fait là-bas n'est clairement plus adapté à lui. Si les filles, les éducatrices et les psychologues de l'école m'assurent encore de leur soutien, font tout pour continuer à s'en occuper de leur mieux, je sais qu'elles se heurtent à de grosses difficultés. Elles ne peuvent préserver continuellement Samy au détriment d'une organisation générale conçue pour le plus grand nombre. Petit à petit, je réalise que je dois prendre une décision dont je suis incapable. Je ne dors plus de la nuit. Je tourne et retourne sans cesse mille questions dans ma tête. Où va aller Samy ? Qui va s'en occuper ? Si je le laisse dans cette école, ne seraije pas obligée d'aller le chercher à chaque crise ? Supportera-t-il la promiscuité au sein des futurs locaux dont on m'a montré les plans ? Je suis sûre que non. Je peux écrire d'avance comment se dérouleront nos journées à l'avenir : l'école déménageant loin de notre domicile, je me lèverai encore plus tôt, préparant le déjeuner de Samy, son sac. Je réveillerai les deux enfants, lutterai contre Samy, qui aura mal dormi et ne voudra pas se lever, le changerai, l'habillerai, le ferai manger en croisant les doigts pour ne pas rater le véhicule de la PAM qui doit l'emmener à l'école. Et il faudra aussi que j'engage une personne qui l'accompagne, la PAM refusant de prendre Samy seul. Je ne pourrai le faire moi-même, cela me prendrait deux heures aller-retour chaque matin. Pour Samy aussi, cela fera beaucoup. Il passera des journées difficiles, dans un lieu trop bruyant pour lui, refera le même long trajet le soir. Arrivé devant mon immeuble, je lutterai encore, comme aujourd'hui, pour qu'il accepte de rentrer dans l'appartement, puis le début de soirée se déroulera de manière quasi immuable, entre luttes à table, changes difficiles, vomissements et diverses crises. Avec bien sûr des moments joyeux : des câlins, des sourires si rares qu'ils n'en sont que plus beaux, des courses dans l'appartement, quelques fous rires, des jeux dans la baignoire avec ces bulles de savon qui fascinent Samy et font s'étirer un peu sa bouche sur le côté, ravi, lui donnant cet air si singulier qui lui est propre et qui me fait fondre de plaisir. Mais alors que faire ? Le mettre en internat ? À quoi cela ressemble-t-il ? Je n'en ai jamais visité.

Vingt fois non… et San Salvadour

J'ai été confrontée une fois à ces questions, alors que je n'y songeais même pas. La jeune femme qui m'avait reçue à la MDPH pour le renouvellement de l'allocation de Samy m'avait recontactée après notre rendez-vous catastrophique. Cette fois, j'avais pu m'y rendre seule. Elle voulait me parler. À peine entrée dans son bureau, elle avait sorti un document de son tiroir. Y était inscrite une liste d'établissements. Sans prendre le temps de m'interroger, elle m'a expliqué tout de go que je ne pourrais certainement pas tenir longtemps à ce rythme, et qu'il fallait que je songe à l'avenir, un avenir qui pourrait se révéler plus proche que je ne l'imaginais. Elle tenait à ma disposition une liste d'établissements susceptibles d'accueillir des enfants comme Samy. Mais comme son cas se révélait particulièrement difficile, elle était sûre qu'aucun ne voudrait l'accepter. La solution serait donc la Belgique. C'était fréquent, beaucoup d'autistes français y étaient installés. Les frais seraient réglés pas la France. Mais, pour que son dossier soit accepté, il me fallait suivre un bien curieux parcours.

— Je vais vous indiquer les vingt établissements soi-disant adaptés à votre fils. Il vous faudra remplir tous les dossiers pour chacun. Quand vous aurez reçu toutes les réponses négatives, je pourrais vous proposer une place dans un établissement belge.

— Pardon ? Vous croyez que je n'ai que ça à faire ? Vingt dossiers différents à remplir, sachant qu'ils seront tous refusés ?

— Oui, c'est comme ça.

C'était tellement risible que j'en ai oublié d'être choquée par sa proposition, moi qui étais à mille lieues alors d'imaginer me séparer de mon fils. Enfin si, j'en étais choquée, puisque j'avais la gorge serrée et les yeux mouillés. Mais je n'ai rien dit. J'ai pris son document, sachant que je le mettrais à la poubelle à peine sortie. Comment pouvait-elle me faire une telle suggestion, alors qu'elle n'était pas médecin ? qu'elle avait semblé n'avoir jamais croisé ce genre de handicap ? Comment pouvait-elle penser une seconde que j'allais faire confiance à quelqu'un comme elle ? Non, pour accorder ma confiance, j'avais besoin de quelqu'un d'expérience, qui savait de quoi il retournait face à un enfant comme Samy.

J'étais donc rentrée chez moi, décidée à passer à autre chose. Et j'avais oublié.

Près de deux ans plus tard, je ne peux m'empêcher d'y repenser. Je sens que les choses m'échappent, que je ne pourrai plus reculer longtemps. Mais je reste incapable de prendre une décision. Si on aborde le sujet avec moi, je me mets à sangloter en moins de deux minutes.

Alors un jour, Marcel Rufo, qui me tendait régulièrement des perches que je refusais de saisir, ne m'a plus laissé le choix.

— Bon, ça suffit, Églantine. Regarde-toi. Tu penses que tu vas tenir comme ça longtemps ? À qui crois-tu rendre service ? à Samy ? à Marco ? Ce n'est pas à moi de te dire ce que tu dois faire, mais je veux que tu ailles voir quelqu'un de ma part. Un psychiatre. Fais-lui confiance, c'est quelqu'un de bien. Je veux que tu parles de tout ça avec lui. Tu ne peux prendre aucune décision dans cet état. Envoie Samy à San Salvadour pour les prochaines vacances scolaires, et prends rendez-vous, pour toi, avec ce psychiatre.

Marcel est comme ça avec moi. Depuis que nous nous connaissons. Il fait semblant de ne pas se mêler de mes affaires, ne donne son avis que quand je le lui demande, ce que je ne fais pas si souvent finalement, pour ne pas tout mélanger avec lui, le travail et le personnel, mais je sais qu'il écoute, qu'il en pense bien plus qu'il ne le dit. Et je n'ai pas toujours envie de savoir ce qu'il pense au sujet de Samy. Je le soupçonne d'ailleurs d'en être parfaitement conscient. Il se montre toujours rassurant, mais me pousse à faire confiance aux professionnels.

Jamais il n'est intervenu dans mes décisions, dans mes choix de prise en charge. L'autisme n'était pas sa spécialité, d'autres s'en chargeaient. Mais il se tenait prêt à m'aider si besoin. C'est lui qui le premier m'a parlé de l'hôpital San Salvadour, décrit ce lieu où vivent des personnes handicapées, dans un parc, au bord de la mer, à Hyères, entourées d'un personnel formidable. Je n'avais écouté que d'une oreille. Cela ne concernait pas mon fils, pensais-je alors. Marcel voulait que j'y envoie Samy en vacances. Je voyais les vacances arriver, et j'étais vraiment fatiguée. Alors un matin, pendant un de nos tournages, Marcel m'a lancé :

— Écoute, j'appelle San Salvadour. Va les rencontrer, emmène Samy là-bas, juste quelques jours, tu en as besoin. Et fais-moi confiance, lui aussi en a besoin. Tu seras surprise, ce sera peut-être difficile au début, mais il s'adaptera plus vite que tu ne l'imagines, et tu n'es plus en état de t'en occuper. Il faut que tu te reposes.

D'accord.

Ma première visite là-bas fut un choc. Les enfants que je voyais, allongés dans leurs coques de soutien, immobiles, ne ressemblaient en rien à Samy. J'étais gênée, un peu honteuse d'arriver là, telle une naufragée, et de découvrir des histoires bien plus difficiles que la nôtre. Brigitte, qui m'avait reçue, me faisait visiter les lieux. Blonde, souriante, chaleureuse et maternelle, elle inspirait confiance. Samy, qui se débattait comme un beau diable, ne semblait pas l'impressionner du tout. Calme, elle s'adressait à lui, lui expliquait ce qui se passait, où il était. Lui proposait un tapis où s'allonger. Lui disait que oui, sa maman pleurait beaucoup, ce que je n'arrêtais effectivement pas de faire lors de ce premier entretien, mais l'aimait, et qu'elle avait besoin de se reposer. Qu'ici il pourrait être bien. Elle prenait son temps. Pour que moi comme lui, nous nous sentions à l'aise. Nous avons parlé longuement.

Mais je suis repartie avec Samy. Je n'étais pas prête. Brigitte a gardé le contact. Me téléphonant, régulièrement, pour prendre des nouvelles, répondre à mes interrogations, me rassurer. Et quelques mois plus tard, je lui ai envoyé Samy, vaincue, convaincue, pour une semaine de vacances. Première expérience pas facile pour lui. Il a mis quatre jours à s'habituer. Mais moi, je l'ai vécue bien mieux que je ne l'avais cru. Je dormais, prenais mon temps, soufflais. J'avais choisi de faire confiance à cette équipe, je n'allais pas passer mon temps à m'angoisser, alors je faisais confiance. Et puis je me disais que de toute façon, oui, Samy criait, dormait mal, se débattait à table, mais c'était exactement la même chose à la maison, alors…

Quand je suis allée le chercher au bout d'une semaine, il m'a semblé un peu plus calme, presque souriant.

J'ai renouvelé l'expérience. Une fois. Puis une autre.

Cette année 2013, alors que Samy avait déjà fait trois séjours à San Salvadour, Brigitte m'a fait une proposition :

— Arrêtez de vous prendre la tête à chaque vacances scolaires, Églantine. Nous sommes là. Samy s'habitue à nous. Et nous à lui. Si vous voulez, nous l'inscrivons pour toutes les vacances.

Quel soulagement ! Là-bas, ils savaient en effet s'adapter à chaque cas particulier. Puisque Samy dormait peu et refusait de rester dans un lit normal, ils avaient installé dans sa chambre des matelas de gym, au sol et sur les murs, de sorte qu'il puisse se balancer contre eux sans se blesser. Ils lui avaient construit comme un enclos de matelas, dans lequel il se sentait suffisamment rassuré pour rester. Cet « enclos » était aussi trop haut pour qu'il puisse s'en échapper. C'était parfait. C'était son lit pour la nuit, mais aussi son coin à lui, pour ses moments de calme.

Alors, tandis que je réalise ce documentaire en cherchant ce que Samy fera l'an prochain, je me tourne à nouveau vers San Salvadour. Il vient d'y passer à nouveau presque un mois, pour ses vomissements, en observation, la Porte Rose ne sachant plus que faire, et moi non plus. Brigitte ne me perd pas de vue. Elle continue de m'appeler régulièrement. Et puis, sachant mes doutes, mes interrogations, elle finit par me dire :

— Écoutez, Églantine, nous en avons parlé en réunion. Vous ne trouverez pas de centre adapté à Samy en quelques mois. C'est difficile, c'est long. Je peux vous proposer de le garder chez nous. Quelques mois ou quelques années, le temps que nous vous aidions à trouver une meilleure solution.

Depuis cette conversation, je parle longuement avec Brigitte. Au téléphone, *de visu*, durant des semaines et des semaines, à chaque hésitation, à chaque interrogation, elle est là, patiente, me répétant les mêmes choses, avec des mots différents, me rassurant.

Parallèlement, j'ai pris contact avec ce psychiatre que m'a conseillé Marcel Rufo. Je vais le voir une fois par semaine. Les premières séances ne sont que pleurs. J'ai l'impression de déverser devant lui tous ceux que j'ai pu retenir pendant des années. J'entre, il me sert un thé et pose une boîte de mouchoirs en papier devant moi, assise en face, de l'autre côté de son bureau. Il commence en général par une question banale :

— Comment va Samy aujourd'hui ? La semaine dernière il a beaucoup vomi...

Presque immédiatement, cette question déclenche mes larmes. De semaine en semaine, je me mets quand même un peu à parler.

Un jour, il me demande :

— Pourquoi est-ce si difficile pour vous d'envisager de vous séparer de Samy ?

Je le dévisage, interloquée. Comment ça ? Mais c'est évident, non ! Ça doit être terriblement difficile pour n'importe quel parent d'envoyer son enfant de huit ans en internat à 900 kilomètres de chez lui ! Je ne comprends pas sa question. Mais elle me fait réfléchir.

Brigitte m'a déjà dit qu'il faut parfois « se séparer pour mieux s'aimer ». Cette phrase résonne dans ma tête. Ne suis-je pas parfaitement égoïste de m'accrocher ainsi à Samy alors qu'il n'est pas heureux dans la vie que je lui fais mener ? Il a besoin de calme, de choses simples. Il aime la nature, veut tout le temps rester dehors. Et nous vivons à Paris.

Fatoumata, une éducatrice formidable que j'ai trouvée cette année-là pour s'occuper de lui en fin d'après-midi, m'a écrit dans un de ses comptes rendus : « Samy a besoin de routines, d'activités ritualisées pour progresser en matière d'autonomie et d'interaction avec son environnement. » Ici, il manque de repères. La Porte Rose a mis en place une valse d'éducatrices autour de lui, je mène une vie qui n'est pas adaptée à ses besoins, et entre l'école, mon domicile, ses fréquentes visites dans des hôpitaux différents et les vacances scolaires, il passe son temps à être trimballé de lieu en lieu. Il est clair qu'il ne supporte pas ça. Il a besoin d'une « unité de lieu », comme on me le dit de plus en plus.

Mais j'ai décidément un mal fou à l'accepter.

Le psychiatre me propose un jour de me mettre sous antidépresseurs. Je ne veux pas, ne voyant pas le rapport. Je ne suis pas dépressive. Ce qu'il me confirme. Mais, ajoute-t-il, il est important de stabiliser vos émotions. Et que vous dormiez. Vous ne pouvez pas réfléchir dans cet état. Un antidépresseur, que je vous promets léger et sans effets de dépendance, va vous aider à dormir et on pourra parler sans que vous pleuriez sans cesse. J'accepte. Pour six mois, pas plus.

Dès le lendemain, je dors huit heures d'affilée ! Et, petit à petit, je peux réfléchir calmement. J'écoute plus sereinement les avis des uns et des autres. Et je parviens à admettre que si les besoins de Samy nécessitent de l'emmener loin de moi, je dois m'y résoudre. Il me faut aussi admettre que d'autres personnes que moi peuvent lui apporter chaque jour les câlins, l'attention, la patience dont il a besoin. Que je ne suis pas indispensable. Pas si facile pour une mère. Mais je l'ai compris. J'ai surtout compris que l'éloignement de Samy était devenu vital, qu'il avait besoin d'une structure hospitalière compte tenu de ses nombreux problèmes de santé. Que j'allais l'envoyer loin de moi pour lui, et non pour moi. Que je ne prenais pas cette décision pour mon bien-être, mais pour le sien.

C'est ainsi que Samy s'est installé à Hyères, et que l'hôpital de San Salvadour est devenu sa maison…

Continuer…

Nous n'avons plus droit de cité au sein de l'école de la Porte Rose, Samy vit à Hyères et, petit à petit, je sens que je m'éloigne de l'autisme, cette cause pour laquelle je me bats. Tu es de plus en plus considéré comme polyhandicapé, et je me sens de moins en moins concernée. Enfin ça dépend des jours. Des troubles que tu manifestes. De mes émotions. Si tu vas mal, j'ai besoin des autres parents, de me livrer à eux, de leur soutien. Si tu vas bien, je me dis que tu es sans doute prêt à reprendre certains apprentissages, que seules des méthodes appliquées aux autistes peuvent te permettre d'acquérir. Et je me tourne encore vers l'association, les parents, qui peuvent me guider, me conseiller.

Même si cela fait longtemps que j'ai compris que je ne devais plus te comparer à leurs enfants.

Mais l'association Un pas vers la vie, ce n'est pas que moi. Mon père, Véronique, Céline, une des autres mamans, se sont engagés à mes côtés. Travaillent, luttent. Des parents en attendent beaucoup. Avec les années, nous évoluons, nous adaptons constamment aux besoins des enfants.

Au moment où Samy a quitté Paris, nous avons créé notre centre de loisirs des mercredis après-midi. Les IME ferment leurs portes en fin de matinée, les parents ne savaient pas quoi faire des enfants. Les centres de loisirs publics ne les accueillent pas facilement. C'est même assez rare. Alors nous avons mis en place des activités, que nous finançons. Escalade, piscine, vélo, les enfants apprécient ces après-midi. Ils en ont besoin, changent encore de cadre, y font des progrès étonnants. Qui aurait pu prédire qu'Ariel, autiste et handicapé moteur, prendrait autant de plaisir à l'escalade ?

En même temps, nous avons choisi d'accompagner, de soutenir financièrement l'école que Céline a créée à son tour, quand l'âge d'Ariel l'a contraint à quitter la Porte Rose. Après les enfants, il fallait songer aux adolescents. Là encore, le manque de structures est cruel.

Céline a repris le concept de le Porte Rose, loué des locaux, recruté du personnel et accueille des adolescents à qui elle propose un programme hyperpersonnalisé.

Comme moi, elle fait face aux difficultés de mes débuts, aux parents trop heureux de trouver des solutions pour s'investir réellement à ses côtés. Elle gère tout. Ils se laissent, eux aussi, prendre en charge. Mais nous tirons les leçons de notre première expérience et ça fonctionne bien.

Et puis, surtout, nous avons décidé de nous battre pour créer un centre de répit. Un lieu auquel les parents à bout de souffle pourraient s'adresser. Confier leur enfant, pour un jour, un week-end, une semaine ou un mois, le temps de reprendre pied, de retrouver un peu d'énergie afin de poursuivre ce combat insensé et incessant qu'est l'éducation d'un enfant différent aujourd'hui.

Marco et Richard me font comprendre parfois qu'il est peut-être temps pour moi de passer le relais. Je me pose aussi la question.

Mais cette aventure donne un sens à l'histoire de Samy, que je n'espérais pas. Et puis je me sens utile. Je sais que je peux encore faire quelque chose pour les familles d'autistes.

Je sais la chance que j'ai d'avoir pu obtenir une place pour lui, de lui avoir trouvé un lieu de vie. Même s'il devait n'être que provisoire, lui et moi sommes des privilégiés dans le monde du handicap lourd.

Il y a encore tant à faire.

Et puis l'avenir me fait peur. Je n'ai pas envie de trop y penser. Imaginer Samy adulte, immense comme tous les hommes de ma famille. Costaud, comme il le sera forcément, lui si nerveux. Aujourd'hui si mignon, encore tendre de l'enfance, mais après ? Aimera-t-on encore le couvrir de baisers, le changer, le dorloter ? Ce « on » qui n'est pas sa mère, pourra-t-il encore et toujours lui prodiguer tous les soins, avec autant de cœur ?

Ses besoins auront sans doute changé. Quel lieu sera le mieux pour lui ? J'aurai peut-être encore besoin de l'association quand viendra ce moment…

J'ai un bout de cœur à Hyères
Un bout à Paris
Je vais vers l'un
Je reviens vers l'autre
Marco qui rit
J'aurai toujours mal à mon Samy.

Au pays de Kafka (3)

Je reçois un courrier des impôts. On s'attend rarement à une bonne nouvelle dans ce cas. Bingo ! Pour une nouvelle c'en est une : on m'informe que je fais l'objet d'un contrôle, et que certaines pièces doivent être renvoyées rapidement pour justifier mes déclarations.

On me réclame les reçus des dons que je fais à diverses associations. Et puis, apparemment, j'ai fait une erreur de déclaration de CSG.

OK, ça, c'est fort possible. Mais, plus curieux, je dois aussi fournir les justificatifs de handicap de Samy, et uniquement pour l'année 2011, ce qui est plutôt drôle a priori. Comme si Samy pouvait avoir été handicapé à 80 % en 2010, autant en 2012, mais pas en 2011.

Je me demande tout de même qui pourrait bien songer à inventer un handicap pour payer moins d'impôts…

Mais je connais l'administration, les questions ne servent à rien, je m'exécute donc.

Une semaine plus tard, second courrier. Cette fois, mauvaise nouvelle : je dois de l'argent supplémentaire aux impôts.

Et là, je tombe de haut : une des raisons de ce redressement est que j'ai déclaré en 2011 être « parent isolé », ce qui me donne légitimement droit à une réduction d'impôts.

Cette année-là, je vis seule avec mes deux enfants et, épuisée, je décide de loger une étudiante, en échange de son aide. Toutes les deux, nous convenons d'un arrangement : je la loge, la nourris, et elle me garantit une vingtaine d'heures de baby-sitting par semaine. Elle sera libre les week-ends.

Dans les faits, j'ai deux baby-sitters : Zohra, qui va chercher Samy à la Porte Rose, et Ana-Maria pour Marco après l'école. J'ai décidé que mon fils aîné avait besoin d'avoir quelqu'un exclusivement pour lui, cela devenait pénible qu'à la maison il n'y ait qu'éducatrices et psychologues pendant que lui s'isolait dans sa chambre. Désormais, la fantasque Ana-Maria va le chercher, met la musique à fond, chante, le dorlote ou l'emmène faire du roller. Quand je rentre à la maison, les deux jeunes filles sont en train de s'occuper des enfants. Et le soir, si je veux sortir ou si je termine un tournage un peu plus tard que prévu, je ne m'inquiète pas des horaires de Zohra, car Ana-Maria est là.

Toute cette organisation coûte cher, mais elle fonctionne.

Et là, le contrôleur des impôts, à qui je réclame un rendez-vous pour explications, me dit, droit dans les yeux que, puisque je loge une jeune fille, je ne suis donc pas « parent isolé » !

Quelle blague ! Le père de mes enfants n'est pas là, j'assume seule le handicap de mon fils, et je ne suis pas « parent isolé » ? Ana-Maria, qui a sa chambre au fond de l'appartement, préfère, à vingt ans, son ordinateur et sa musique comme toute les jeunes filles du monde, dans ses moments libres. Et d'ailleurs, elle aussi a parfois besoin de mon aide : pour ses cours, ses peines de cœur, je fais un peu office de maman de substitution, la sienne vivant à des milliers de kilomètres.

Mais le meilleur reste à venir. Mon contrôleur des impôts m'explique que si je vivais avec un membre de ma famille, ayant ou non un salaire, là, je pourrais me considérer comme « parent isolé ». Un comble !

Deux ans plus tôt, j'avais hébergé ma sœur aînée quelques semaines, le temps qu'elle trouve un appartement. Ce fut sans doute la période de ma vie de maman où je me suis sentie le moins isolée : elle m'aidait, faisait les courses, préparait les repas si je rentrais tard, Marco avait fait ses devoirs, elle avait changé les couches de Samy… et surtout, nous partagions pas mal de fous rires lors de délicieuses soirées entre filles. Et comme elle gagnait sa vie, elle n'hésitait pas à participer financièrement.

Mais malgré toute cette aide, chose bizarre, là, je pouvais être considérée comme « parent isolé ».

Alors qu'avec une jeune fille au pair complètement entretenue, qui ne m'aide pas le week-end, mais seulement lors d'horaires strictement convenus, et que je paie en supplément, là, je ne suis plus considérée comme seule, et n'ai plus droit à la réduction d'impôts convenue.

Donc, si je comprends bien la façon dont l'État, qui m'a lâchement laissée tomber avec mon fils handicapé, voit les choses, voici ce que cela donne : quand je loge une étrangère, aussi sympathique soit-elle, à peine sortie de l'adolescence, qui me coûte des frais supplémentaires, tout va bien, je peux participer encore un peu plus à la société.

Mais si je partage mon appartement avec un membre de ma famille (d'après mon contrôleur des impôts, ce peut être ma sœur, mon père ou ma mère, n'importe qui du moment que c'est dans la famille), salarié, adulte, actif dans tous les sens du terme, l'État considère que mes difficultés n'en sont que plus grandes, et allège ma charge d'impôts.

J'ai bien tout compris là, monsieur ? Mon interlocuteur acquiesce, visiblement gêné, et clôt finalement le débat d'un magnifique :

— C'est comme ça, c'est la loi, c'est pas moi qui l'ai faite.

Ouf ! Ah ben alors, si c'est pas lui, tout va bien. Vive cette société, dans laquelle plus personne n'est responsable de rien, puisqu'il y a toujours quelqu'un au-dessus. Donc plus personne ne prend la responsabilité de s'adapter non plus…

Je repars, partagée entre l'indignation, le fou rire, et le souci de devoir payer de nouveaux impôts, augmentés d'une majoration en guise de pénalités.

Froid-chaud

Cela fait des mois qu'on me rebat les oreilles de cette histoire de packing. Les plus modérés me demandent de parler d'« enveloppements humides », pour faire référence à ces séances durant lesquelles Samy est placé dans des draps froids et humides puis réchauffé, dans le but de l'amener à mieux sentir les limites de son corps, et donc, peut-être à moins s'automutilier. Ou mieux, d'éviter d'en parler, tout simplement. Aux yeux des autres, je suis manipulée, naïve, ou tellement épuisée que prête à faire n'importe quoi. Mais surtout, ma prise de position à ce sujet dérange. Alors que j'ai toujours été claire : je n'ai jamais demandé cette prise en charge que pour mon fils, il est hors de question pour moi de la défendre comme une méthode qui « guérit » les enfants autistes. Mais je refuse l'idée que l'on puisse priver mon fils de quelque chose qui peut éventuellement lui faire du bien, et ne peut en aucun cas lui faire du mal.

Pour la plupart des parents d'autistes, le mot « packing » est synonyme de psychanalyse, et fait horreur. Personnellement, je n'ai jamais bien compris pourquoi…

Il n'a jamais été évoqué le moindre aspect psychanalytique par qui que ce soit quand on a commencé à parler d'enveloppements pour calmer les coups répétés que s'infligeait quotidiennement mon petit garçon depuis des années. Et je ne me suis pas posé la question, tellement il m'aurait paru incongru que quelqu'un tente de faire parler mon fils, toujours non verbal à ce jour.

Non, ce que je voulais, moi, c'est qu'il « sente » son corps, ses limites, qu'il soit capable de différencier son pied de son oreille, afin de pouvoir, un jour, « dire », ou au moins montrer où il a mal, au lieu de se frapper. Bref, ne plus avoir besoin de ses coups pour se sentir exister.

On m'avait expliqué que les enveloppements pouvaient l'y aider, et on me confirmait ne proposer cette solution que pour des cas extrêmes, pas comme une thérapie adaptée à tous les enfants autistes.

J'ai sans doute eu la chance de ne croiser à ce sujet que des professionnels honnêtes, sensés et respectueux.

Une première psychologue m'en parle, Samy n'a que quatre ans. Il se frappe continuellement, éprouve le besoin d'aller chercher les arêtes des murs pour y cogner son dos, se défigure un peu plus chaque jour. Nous ne trouvons rien pour stopper ce comportement. Cette psychologue, d'une patience d'ange à l'égard de mon fils, refuse de se contenter d'appliquer ce qu'elle a appris, durant ses études ou avec sa superviseuse ABA. Elle cherche. Elle lit tous les articles qu'elle trouve, se renseigne sur internet, se rend à des conférences. Elle fait son métier merveilleusement. C'est donc la première à oser me parler du packing. J'avais déjà entendu ce mot, mais de la bouche d'autres parents, plus en avance que moi dans le monde de l'autisme. Et ils avaient été clairs : à refuser catégoriquement ! Il s'agissait d'un truc monstrueux, dans lequel on obligeait des enfants autistes à entrer dans des draps gelés, on les serrait très fort, et on attendait. Dit comme ça, effectivement, ça n'est guère encourageant. À l'époque, je n'avais pas cherché à en savoir davantage, personne n'en parlait vraiment non plus, c'était un peu comme une méthode barbare mise au point il y a longtemps, un truc que les autistes d'une autre époque avaient été obligés de subir.

Quand cette psychologue, en qui j'avais une totale confiance (quoique depuis mon expérience avec Claude je restais méfiante envers tous et ne voulait plus rien prendre au pied de la lettre), m'en a reparlé, j'ai écouté. Pour la première fois, quelqu'un me proposait de s'occuper réellement des automutilations de mon fils. Ne se contentait pas de l'accuser de mauvais comportements, mais émettait l'idée qu'il souffrait. Jusque-là, on me disait inlassablement que si Samy se frappait, c'était un moyen de communication qu'il avait mis en place, et ça durait parce que c'était efficace : il se frappait, et je réagissais. Nous étions dans un cercle vicieux, difficile à rompre. Mais si on appliquait bien les méthodes comportementales, ça devait s'arrêter.

Ça ne s'arrêtait pas. Nous vivions depuis plus de trois ans au rythme des crises de Samy, nuit et jour. Des coups, toujours plus violents. Et pourtant j'avais essayé. Entendre dire, enfin, que la communication n'était pas seule en cause, que Samy avait des troubles sensoriels graves, et qu'il y avait, peut-être, d'autres solutions, était comme m'entendre dire qu'il y avait une chance de me sortir de prison. Et que je n'étais pas coupable. J'entrevoyais une lueur d'espoir. Alors j'ai dit oui, renseignons-nous. Je ne voulais plus me jeter à corps perdu dans une nouvelle méthode, je voulais être sûre de l'endroit où je mettais les pieds.

J'ai fait mon travail : j'ai lu tout ce qui existait sur le packing. Il s'agissait donc d'envelopper l'enfant dans des draps froids. Simplement passés sous un robinet d'eau froide, à dix degrés, cela suffisait. Parfois, oui, on les mettait au réfrigérateur, pour plus de facilité. À peine enveloppé ainsi, on réchauffait l'enfant immédiatement, à l'aide de bonnes couvertures. Enfin détendu, il pouvait écouter les personnes qui l'entouraient, être à l'affût de ses sensations, auditives, tactiles... N'y trouvant rien de choquant, j'ai appelé quelques neurologues pour que l'on m'explique plus clairement les réactions engendrées par ce refroidissement. En fait, ce qui était important, c'était le réchauffement. Juste après le refroidissement saisissant. C'était lui qui provoquait une sensation de bien-être et de contenance. Refroidi, pour être très vite réchauffé, le corps sécrétait de la dopamine et de l'endorphine, et se détendait enfin. Les voies neurologiques du réchauffement, m'expliqua-t-on aussi, sont les mêmes que celles de la douleur. Cette douleur que les enfants autistes ne savent pas localiser pour la plupart. Alors leur apprendre par le biais du réchauffement et de la détente à sentir les limites de leur corps, pour pouvoir ensuite en identifier chaque partie ne me semblait pas absurde. Et puis l'idée de voir Samy détendu, même quelques minutes, ce qui était tellement rare chez lui, était très séduisante.

Il n'y a aucun rapport avec la psychanalyse, mais il se trouve que beaucoup de ceux qui pratiquent cette méthode, parce qu'ils s'y sont intéressés, sont de formation psychanalytique.

J'ai donc eu du mal à obtenir pour Samy le droit de bénéficier de ce type de séance. La Porte Rose ne voulait pas en entendre parler, et les rares soignants qui pratiquent encore le packing, parce que trop vilipendés, ne le font plus que dans le cadre d'un protocole de recherche. Et, surtout, ils ne voient pas l'intérêt d'une telle méthode pratiquée de façon isolée, ils demandent que ceux qui s'occupent de l'enfant quotidiennement collaborent avec eux, qu'il y ait des observations mutuelles, et une réflexion commune. Impossible dans mon cas. Même si tous constataient que Samy ne progressait pas sur le point des automutilations, la règle était de ne rien faire de plus. J'étais donc obligée de mentir pour tenter de faire du bien à mon fils. À force d'insister, et devant l'état de Samy, les professionnels du packing, au sein d'un hôpital, l'ont intégré à leur protocole. Je ne pouvais aller chercher Samy à son école qu'en prétextant des séances de psychomotricité à l'extérieur, puisque la

Porte Rose n'en proposait pas, et l'emmener seule à sa séance de packing.

La première a eu lieu un lundi après-midi. J'étais un peu tendue, ne sachant pas comment cela allait précisément se passer, comment allait réagir Samy. Mais rassurée par l'exigence de l'équipe, qui voulait qu'au moins un des parents soit présent chaque fois.

Lors des séances où je ne pouvais pas me libérer, le papa de Samy accepta de l'y accompagner, mes parents n'étant pas autorisés à le faire. Un vrai effort de sa part.

Nous sommes entrés dans une petite pièce, où un matelas avait été posé au sol. Sur le côté, une chaise, un bureau, des oreillers.

La psychomotricienne qui dirigeait la séance s'est adressée en douceur à Samy. Elle le connaissait déjà, avait pratiqué des bilans avec lui. Elle lui a demandé de s'asseoir, d'enlever ses chaussures. Déjà un peu agité au moment d'entrer dans la pièce, Samy a pourtant accepté de se laisser guider. Il s'est laissé choir sur la petite chaise qu'on lui montrait, il s'est laissé attraper les pieds, déchausser. Puis on lui a désigné le matelas, expliqué ce qui allait se passer. Il était convenu que si Samy refusait de s'allonger sur le drap humide posé sur le matelas, on n'insisterait pas, on recommencerait la fois suivante. Samy devait se sentir en confiance pour toutes les séances qui suivraient.

Cela n'avait rien à voir avec les quelques vidéos que des parents d'enfants autistes, bien intentionnés, m'avaient donné à voir sur internet. On y voyait un jeune garçon, hurlant, tandis qu'une femme, qui avait l'air à moitié folle, le tirait de force pour l'allonger sur le drap humide, tout en lui tenant des propos incohérents et ironiques sur ce qu'elle allait lui faire subir. Une horreur de caricature que de trop nombreux parents prenaient pour argent comptant. Je me demande encore comment.

Non, ici, Samy prenait son temps. Quand la psychomotricienne lui a proposé de s'allonger, lui tenant la main, moi face à lui, de l'autre côté du matelas, il a avancé son pied, et l'a reculé aussitôt, au contact froid du drap. Puis, alors qu'on lui demandait de recommencer, il s'est laissé faire. Je l'ai entendu inspirer fortement d'étonnement quand on l'a allongé et enveloppé de ce drap froid, se raidir pendant que je lui parlais doucement, puis une couverture de survie a été ajoutée immédiatement, suivie d'une couverture polaire, puis d'une autre encore. Le temps d'ajouter toutes ces couches les unes aux autres, Samy s'était déjà réchauffé. Et là, c'est moi qui ai été saisie… de surprise. Mon fils, dont les yeux flottaient en permanence depuis sa naissance, qui ne regardait jamais rien de manière soutenue, avait le regard posé sur la jeune femme qui lui massait les pieds. Puis il a dirigé son regard, tranquillement, sur la psychomotricienne, et enfin sur moi. Apaisé. Et surtout, ce qui m'a frappée, ses yeux suivaient leurs mouvements, ensemble, de manière coordonnée. Ce qui n'arrivait jamais.

Samy, à ce moment-là, je t'ai vu, toi. Un petit bonhomme ultraconcentré sur ce qui se passait autour de toi. Tu m'as regardée plus intensément que tu ne l'avais jamais fait, comme si, enfin, tu le pouvais. Comme si tout ce qui t'irritait, te dérangeait, toutes ces manifestations dont toi seul connais les causes avaient cessé. Tu étais si calme ! Un peu surpris toi-même, ai-je lu dans ton regard. Tu regardais partout. Au-dessus de toi, à ta gauche, à ta droite, à tes pieds, mais tu prenais ton temps. Comme si tu découvrais ton petit monde. Très concentré. La psychomotricienne s'est mise à te chanter une comptine, puis à te masser chaque partie du corps, pour que tu les perçoives, une à une. Je ne t'avais jamais vu si serein. Et puis tu t'es endormi. Tu parles d'un stress !

On t'a laissé dormir, et on a échangé nos impressions en chuchotant. Quelques longues minutes plus tard, tu t'es réveillé doucement. On t'a sorti des couvertures, tu avais le corps tout chaud. Et tu ne t'es pas frappé. Pendant quelques minutes, ton bras a oublié ta joue. Pas longtemps. Le temps de te donner une petite collation, de te rhabiller et de te sortir de la salle. C'était peu, mais c'était déjà énorme.

Nous sommes revenus chaque semaine pendant six mois. Chaque fois, l'équipe me prévoyait un oreiller, et je m'allongeais à tes côtés. Pendant qu'on te parlait, te massait, te chantait des comptines, moi je m'endormais, bercée par leurs voix, et je me reposais de ma nuit agitée.

Rares sont les fois où tu as refusé de t'allonger sur le drap froid. Nous t'avons écouté. Il est même arrivé que tu t'y précipites, comme impatient de te poser enfin, de pouvoir te concentrer sur tes sensations. En sortant des séances, parfois tu étais nerveux comme en arrivant, mais d'autres fois, nous pouvions respirer, toi et moi, nous avions quelques heures de répit avant que ton mal-être ne reprenne le dessus.

On m'avait prévenue : cette thérapie pouvait exiger beaucoup de temps avant qu'on n'en mesure les effets sur le long terme.

C'était épuisant d'aller te chercher deux fois par semaine à la Porte Rose, de t'emmener à l'hôpital, de patienter une heure à la cafétéria avec mon ordinateur et mon sandwich, pendant que tu passais un peu de temps avec les enfants de l'hôpital de jour, c'était dans le « contrat » du packing, puis de t'emmener à ta séance, avant de revenir à la maison, et d'aller travailler, rattraper tout ce temps que je te consacrais. Mais je suis certaine d'avoir bien fait.

Pourtant, à la Porte Rose, on me soupçonnait. J'avais pris soin de n'en parler à aucune des éducatrices que j'aimais pourtant beaucoup, je ne voulais pas les mettre dans une situation délicate vis-à-vis de leur nouvel employeur. Mais mon secret était un secret de polichinelle. Un jour, lors d'une de nos réunions d'association, nous nous sommes retrouvées dans un café, avec les psychologues, les éducatrices que j'avais engagées dans cette petite école que j'avais perdue, et elles m'ont prise à partie :

— On a entendu dire que tu faisais faire des séances de packing à Samy.

— Oui, c'est vrai.

— Mais pourquoi fais-tu une chose pareille ?

— OK. Alors je vais vous poser deux questions. Toutes simples. La première : lesquelles d'entre vous sont contre le fait que Samy suive ces séances ?

Tous les doigts se sont levés. Sauf trois. Les trois personnes qui avaient affaire à Samy au sein de l'école. Celles qui s'en occupaient huit heures par jour.

— Regardez celles qui ne sont pas contre. Bizarre que ce soient celles qui s'occupent de Samy, non ? Et pourtant, je ne leur en ai pas parlé... Je suppose que vous aussi êtes à bout de solutions pour aider Samy ?

Acquiescement des jeunes femmes en question, un peu gênées.

— Seconde question : laquelle d'entre vous est capable de m'expliquer clairement ce qu'est le packing et comment se déroule une séance ?

Silence général. Pas une ne savait vraiment de quoi il s'agissait. Mais elles étaient toutes contre. Aberrant. Même les éducatrices de Samy étaient contre avant de devoir s'occuper d'un enfant aussi difficile. Mais désemparées, elles étaient prêtes à tout essayer, elles aussi.

Je n'avais plus besoin d'argumenter.

Lâcher prise

À force d'attaques sur ce sujet sensible, j'ai cependant fini par me dire que je saurais mieux de quoi je parlais si je « testais » aussi cet enveloppement. La grande majorité des professionnels qui le pratique m'a dit l'avoir essayé, pour en ressentir les effets. Alors pourquoi pas moi ?

J'ai demandé, et on m'a laissé me faire « envelopper ». Chaque équipe praticienne du packing a son mode de fonctionnement : l'enchaînement des séquences, le nombre de couvertures varient, certains sont plus nombreux autour de l'enfant, nomment les parties du corps en le massant…

Là, je me suis d'abord déshabillée, puis, en maillot de bain, je me suis allongée sur le drap glacé. La pièce était chaude, la lumière douce, l'ambiance autour de moi chaleureuse et calme.

On m'a enveloppée dans le drap. J'ai été saisie. Le froid était intense, je me suis souvenue de cette fois où j'avais plongé dans le lac de Sainte-Croix, en été, qui n'était qu'à dix degrés. Cela m'a fait la même impression. J'étais gelée, le corps tendu à l'extrême. Mais à la différence du lac, très vite, une dizaine de secondes plus tard, la sensation de froid s'est estompée, et tandis que les éducateurs commençaient à me masser, la chaleur est revenue.

Je me suis détendue, et j'ai fermé les yeux. Pas volontairement, pour me concentrer sur mes sensations, mais parce que je n'avais plus envie de les garder ouverts. Mon corps, sous l'effet de la chaleur revenue et des pressions exercées par les éducateurs, a lâché prise. Complètement. En y réfléchissant plus tard, c'est ce qui m'a le plus frappée. Moi qui suis une adepte des massages, qui adore me détendre sous des mains expertes, je n'avais jamais ressenti une détente aussi totale.

Plus envie de faire un geste, plus envie de regarder quoi que ce soit. Plus envie de faire le moindre effort, sans pour autant avoir envie de dormir. Et chaque pression, chaque sensation sur mon corps m'a parue plus intense, dix fois plus agréable que lors des massages que je m'offre parfois. Le drap, humide, me collant à la peau, accentuait l'effet des pressions.

Ensuite, on a défait le drap, qui s'était réchauffé sous la chaleur de mon corps, et je me suis allongée sur d'autres draps, secs, additionnés de couvertures. Autour de moi, une musique douce, que j'avais préalablement choisie. J'ai poursuivi la séance, bien au chaud, toujours aussi détendue. Comme pour mon fils, j'ai eu droit à ma collation après une petite demi-heure. Pour moi, thé et madeleines.

Et voilà, fin de la séance !

Je ne nie pas avoir eu la chance de n'avoir affaire au sujet du packing qu'à des professionnels sérieux et compétents, qui savent pourquoi et comment ils le proposent.

Frères

Aujourd'hui, je vais voir Samy à San Salvadour. Et j'emmène Marco. Il est déjà venu, mais je n'insiste pas trop pour qu'il le fasse. Comme il s'agit de passer deux jours dans le monde de l'hôpital avec des enfants fragiles, puis de dormir sur place, on ne peut pas dire que ce soit le week-end idéal pour un enfant de douze ans. Alors nous avons décidé, avec Marco, que j'irais en général seule, et que, quand il en manifesterait l'envie, il n'avait qu'à me le demander, je l'emmènerais, quitte à rater l'école.

De toute façon, je ramène Samy lors de chaque vacances scolaires, les deux frères se voient donc souvent.

Les deux fois précédentes, j'avais profité de la présence de mon amie Véronique à Marseille, à une heure à peine de l'hôpital, pour dormir chez elle. C'était plus chaleureux que la chambre parentale de l'hôpital, plus propice à un week-end avec Marco.

Mais, cette fois, nous resterons à San Salvadour parce que Véronique est en Corse.

Marco aime bien San Salvadour, les palmiers entourant le bâtiment, le soleil, l'ambiance chaleureuse qui y règne. Et puis il est heureux de venir soutenir son frère, qui vit si loin de nous.

Nous sommes accueillis par l'équipe. Comme chaque fois que je viens, on nous propose thé, chocolat chaud et petits gâteaux.

Mais nous courons d'abord voir Samy. Il semble calme ce matin, assis tranquillement sur son matelas de sol. Je retiens un peu Marco et lui explique qu'il faut laisser à Samy le temps de voir et de comprendre que nous sommes là tous les deux. Marco acquiesce. Il parle tout doucement :

— Bonjour Samy. C'est nous, maman et moi. Ça va ? Tu vas bien ?

Samy mâchouille consciencieusement sa poule-doudou.

Marco, qui le connaît tout de même assez bien, ose une approche plus directe. Il vient s'asseoir juste à côté de son frère. Je tente de le retenir, de peur que cela ne soit trop tôt, mais je suis assez surprise de cette initiative : Marco a toujours été mal à l'aise avec les coups de poing que Samy se donne, et préfère en général rester à distance. Et puis chaque fois qu'il cherche à lui dire bonjour, à l'embrasser, il n'a que peu de retour. Ou alors des retours un peu brusques, pas franchement agréables, il faut bien l'avouer. Mais là, puisque Marco y va de lui-même, sans que je lui aie rien demandé, je laisse faire.

Marco s'approche en douceur et s'assoit. Tout en continuant de chuchoter à l'adresse de Samy :

— Tu as vu ? On est venus te voir avec maman. Dis donc tu es tout propre, il paraît que tu viens de prendre ton bain ? Tu es beau comme ça…

Samy ne le regarde pas. Ses yeux semblent encore dans le vague. Sa poule est maintenant toute mouillée de salive.

Mais, après quelques secondes, il s'allonge, tout doucement, sur les cuisses de son frère.

Qui en reste béat de stupeur. Marco n'ose plus bouger. Il n'en revient pas.

— T'as vu maman ? Il est allongé sur moi ! clame-t-il, le sourire jusqu'aux oreilles. Oups, pardon Samy, j'ai parlé trop fort…

Samy remue, fait mine de se donner un petit coup. Mais n'en fait finalement rien.

Et Marco se met à lui gratter doucement la tête, les doigts dans ses cheveux…

Je sors mon téléphone et immortalise la scène. La photo reste une des rares où mes fils ont l'air si bien ensemble.

Le père Noël est une ordure

19 décembre 2014. Tu es arrivé tout à l'heure de l'aéroport. Je t'attends, impatiente, alors que certains invités sont déjà là. Les autres enfants ne vont pas tarder. Aujourd'hui, nous fêtons Noël, un peu en avance, avec les familles de l'association. Le goûter est prêt, les thés et chocolats chauds aussi, nous avons réuni des cadeaux, le père Noël se prépare à enfiler son manteau rouge.

Je viens te chercher à la sortie de la voiture. Tu t'es endormi. Tu n'es pas content que je te réveille. Je te prends dans mes bras, j'y arrive encore malgré tes neuf ans et tes trente kilos, en fait j'adore te porter, et je t'emmène dans la grande salle. C'est encore calme. Comme tu t'agites, je décide de t'allonger sur un matelas posé au sol pour te laisser le temps de te réveiller tout à fait. Mais rien ne se passe comme prévu. Tu ne connais pas ce lieu, il y a trop de monde, tu ne supportes pas, tu te débats, refuses de rester allongé ou debout, tu veux sortir, t'échapper. Plus d'une heure passe sans que rien ni personne ne parvienne à te calmer.

Je finis pas abandonner la fête, décidée à te ramener à la maison. Le trajet du retour est rocambolesque. Tu te frappes, hurles, secoues la voiture dans tous les sens, et tu es devenu fort. Je prends toutes les voies des bus, espérant arriver plus vite.

À la maison, ce n'est pas mieux. Tu connais mal cet appartement dans lequel nous avons emménagé depuis que tu es parti. Tu n'y es venu qu'en coup de vent, de passage, avant de repartir à la campagne.

Le canapé rouge que tu adorais, ton lit-barricade dont tu faisais ton refuge, tes jouets préférés, tout ce que j'ai préservé pour toi, rien ne parvient aujourd'hui à te rassurer.

Je n'arrive pas à te faire manger, tu ne dors pas de la nuit. Hyperagité, automutilations violentes, c'est un cauchemar. Je préviens Marco et Richard : il vaut mieux partir le plus tôt possible demain matin, Samy ne supportera pas une minute de plus ici, sans repères. J'espère qu'une fois arrivé à la campagne, dans la maison de mes parents qu'il connaît si bien, il s'apaisera.

Mais non. Rien n'y fait. Tu es allé trop loin dans ta colère et ton stress pour te calmer. Et comme c'est Noël, toute la famille débarque, dans un joyeux brouhaha familier. Entre mes frères et sœurs, leurs moitiés et les petits-enfants, nous ne sommes pas moins de vingt-cinq dans la maison, et ça fait de l'agitation. Alors tu te réfugies dans ta chambre, et tu hurles.

Les médicaments, tu les refuses. Rien à faire, même cachés dans tes yaourts préférés. De toute façon tu refuses de te nourrir. Même de boire. Prendre un bain est une bataille, dormir, nous n'y pensons même plus. Mamoun n'arrive à rien elle non plus. Et pourtant, elle est patiente, calme. Alors que moi, je suis déjà à vif, tellement déçue de ce qui se passe. C'est moi, et moi seule, qui, contre l'avis de beaucoup, ai insisté pour que tu sois là. Je tiens à ce que tu sois présent lors de la grande fête familiale annuelle. Je sais que tu participes peu, mais j'ai peur qu'à force la famille t'oublie. Tu en fais partie, je veux le faire savoir. Richard a osé évoquer le fait que, peut-être, il s'agissait d'un caprice de ma part, que cela me ferait plus plaisir à moi qu'à toi, j'ai refusé de l'entendre.

Et maintenant, trois jours après ton arrivée, je suis obligée de faire appel à mes frères ou l'un de mes beaux-frères pour changer tes couches. Tu te débats trop, je n'y arrive plus toute seule, je n'ai pas assez de force. Nous ne sommes pas trop de trois personnes pour y parvenir. Idem pour te laver.

Tu es épuisé, mais tu résistes toujours. Tes lèvres sont sèches, mais tu refuses encore de boire. Et sans médicaments, les crises d'épilepsie sont revenues. Une à deux chaque jour, assez fortes. J'appelle Brigitte au secours, à San Salvadour. Elle est en vacances, mais me rappelle plusieurs fois avant que nous prenions une décision.

Finalement, le 24 décembre, alors que je pensais t'avoir auprès de moi au moins une semaine supplémentaire, je prends un avion, et je fais l'aller-retour dans la journée. Obligée de te ramener dans ton hôpital.

Toi et moi, piteux, à l'aéroport. Un jour de Noël. C'est triste. Quand nous arrivons, nous sommes attendus, et l'équipe s'occupe de toi. Elle t'a déjà fait couler un bain que tu acceptes. Tu es revenu chez toi, tu te calmes un peu. Et moi je sanglote, le cœur transpercé.

Je comprends que maintenant ta maison c'est ici. Pas chez moi. Tu n'y parviens plus. Tu n'y as plus tes repères.

Quelques heures plus tard, je repars à Paris.

Tu t'es levé
Et droit sur moi tu t'es dirigé
Tu as souri
Comme un soleil qui s'épanouit
Et j'ai fondu, tu m'as vaincue

La maison de Samy

Nous sommes lundi matin. Je me lève à l'aube, je me douche, m'habille, et passe discrètement dans la chambre de Marco déposer un baiser sur sa joue.

Puis je prends mon sac et ferme la porte aussi délicatement que possible pour ne réveiller personne. Ni Richard, ni Marco, ni Lolita, la petite chatte que j'ai offerte à mon fils.

Comme tous les quinze jours, je pars voir Samy.

La première année, je prenais le train. Mais Paris-Toulon, quarante minutes d'attente, puis Toulon-Hyères, et enfin la navette jusqu'à l'hôpital, j'en ai eu ras le bol. J'arrivais, Samy faisait la sieste, et je repartais le lendemain après-midi, le temps passait trop vite.

Maintenant, je prends l'avion. En plus, l'aéroport est à quelques minutes à peine de l'hôpital. Le plus souvent, j'y vais en semaine. Ça me permet d'être avec ceux qui s'occupent de Samy, de faire le point, de rencontrer les éducatrices, la chef de service et le psychomotricien. Parfois, j'y descends le vendredi. Mais entre Marco, qui passe un week-end sur deux chez son père, et Richard qui réclame sa part d'intimité, pas facile de gérer mes trois hommes. Je ne peux pas leur imposer que chacun de leurs week-ends avec moi ait lieu dans un hôpital.

Alors la plupart du temps je pars le lundi matin, et je rentre le mardi soir.

À l'aéroport, Brigitte, Fabien, Isabelle ou Denis viennent me chercher. Ils travaillent à San Salvadour. Après tout ce temps, ils sont toujours là, généreux, serviables. Si, pour ne pas les déranger encore, je ne préviens pas que j'arrive, je me fais engueuler gentiment.

On vient donc me chercher, et nous arrivons dans le service de Samy. Je sais qu'il ne faut pas que je te saute dessus immédiatement. Je prends mon temps.

J'entre, tu es assis sur ce matelas au sol, et tu te balances doucement contre le mur. Tu mâchouilles ta poule en peluche. Ou une brosse à dents que tu es parvenu à voler dans la salle de bains.

Tu ne me regardes pas. Mais je sais que tu m'as vue.

— Bonjour mon Samychou... C'est maman. Je suis là.

Je me déplace pour arriver au centre de la pièce, où je m'agenouille. Je commence par ranger les quelques affaires que j'ai apportées : nouveaux vêtements, jouets, affaires de toilette. Mes gestes sont un peu lents, je ne veux pas que tu te sentes agressé par une entrée trop vive. Enfin, au bout de quelques minutes, tu te lèves, le visage radieux, oui, tu souris, et tu viens dans mes bras. Je suis toujours agenouillée, tu me grimpes dessus, tu poses ta tête contre la mienne, un peu durement, tes mains sur mon visage, puis tu recules, tu m'attrapes une main, et tu m'emmènes hors de la chambre. Je sais déjà ce que tu veux. Tu te dis : « Ahaha ! maman est là, avec elle, je vais pouvoir faire un tour ! Elle ne dira pas non et, avec un peu de chance, elle me promènera en fauteuil, je ne serai pas obligé de marcher ! »

Je le sais, tu tentes le coup chaque fois. Et tu as raison, il m'arrive un peu trop souvent de céder. Au grand dam de Jean-Yves, le psychomotricien du service. Tenace Jean-Yves, qui depuis ton installation s'occupe patiemment de toi, quel que soit ton état ou ta nervosité, quel que soit le planning du service. Tu refuses de manger ? Il parvient à te faire avaler ton repas. Tu ne veux pas marcher, et nous sommes nombreux à ne pas trop insister ? Il râle, tu es capable, dit-il, et tu nous manipules un peu trop. Oui, il n'a pas tort, et je suis d'accord avec lui, je ne veux pas qu'on utilise trop souvent le fauteuil roulant.

Pendant les séances dans sa salle de psychomotricité, je vous ai souvent observés tous les deux. Tu uses et abuses de ton charme. Tu te loves contre lui, puis tu te lèves, faisant mine de t'intéresser à autre chose, alors qu'il sait très bien que tu cherches surtout à échapper à l'exercice qu'il te propose. Tu vas et viens, revenant systématiquement vers lui pour l'entourer de tes bras, lui marcher un peu dessus et repartir aussi vite. Jean-Yves te connaît bien. Il ne se laisse berner que quand il le veut bien. Avec lui, c'est toujours un juste équilibre entre exigence et patience.

Je te ramène dans ta chambre, parce qu'il ne faut pas que je rate mon déjeuner. Si j'arrive trop tard au restaurant de l'hôpital, je risque de devoir quémander de la nourriture aux aides-soignants et autres infirmières qui déjeunent dans la grande salle. Ils sont toujours prêts à me donner quelque chose. Il m'arrive, le soir, plutôt que d'aller dîner seule sous les tristes néons de ce self de rester avec l'équipe de service. Ils partagent volontiers leur dîner, me gardent toujours un peu de soupe. Je finis souvent par me retrouver avec un plateau-repas deux fois plus gros que le leur !

Je vais donc déjeuner. Isabelle, Karine, Maïté, Brigitte ou Fabien m'ont appelée, ils m'attendent. Les éducateurs aussi veillent à ne pas me laisser seule. Grâce à eux, j'ai mes repères partout dans ce vaste ensemble hospitalier. Quand il fait beau, nous pouvons déjeuner sous les grands arbres qui bordent le parc. Ce qui arrive fréquemment. Tu as de la chance de vivre ici.

Ensuite je remonte te voir, mon amour. J'écourte ta sieste et je t'emmène. Nous connaissons le parc par cœur maintenant. Je te tiens par la main, et nous nous promenons, au son des comptines que tu connais bien et que je continue de te chanter, plusieurs soirs par semaine au téléphone, depuis Paris.

Dès que tu en exprimes l'envie, on s'arrête et on se pose sur un banc. J'essaie de te prendre sur mes genoux. Tu l'acceptes parfois, d'autres non. Le plus souvent, tu préfères t'allonger dans l'herbe. Un peu de vert dans ton champ de vision ? Rien à faire, tu m'y attires et tu t'allonges. Pas toujours à bon escient. En hiver c'est boueux. Souvent c'est mouillé.

Alors je t'ai acheté une tenue de pluie complète. Ainsi équipé, tu peux t'allonger où tu veux.

Depuis peu, je nous ai offert une petite voiture, juste assez grande pour pouvoir y déposer ton fauteuil roulant. Et t'y installer. Je la laisse en permanence à l'hôpital, et maintenant, nous pouvons, toi et moi, sortir enfin de son enceinte. Ouf ! Je commençais à en avoir assez de ce périmètre limité, aussi beau soit-il. Tu adores la voiture. Alors, même quand tu ne vas pas bien, nous sortons et je fais défiler les kilomètres, juste pour le plaisir de te voir calme.

Ou bien je t'emmène à la plage ou à la marina. Je t'offre des gaufres au chocolat, nous allons au centre commercial, t'acheter tous ces yaourts dont tu raffoles et que l'hôpital ne peut proposer. Je te laisse dans la voiture le temps de ces quelques achats, c'est bien trop fatigant de t'en sortir, sortir le fauteuil, le déplier, et tout remettre ensuite. Je cours, je fais vite. Et tu m'attends calmement.

Quand nous en avons assez, nous rentrons. Nous allons dans ta chambre, et je prends des livres d'images. Noé, ce petit bonhomme si drôle qui habite dans une des chambres voisines, vient s'asseoir avec nous. Il adore que je raconte des histoires. J'essaie aussi d'en faire profiter Louis, ton camarade de chambrée, mais je ne sais pas s'il comprend ou non. Il est facile et mignon, Louis. Souvent souriant, il ne dit rien, mais semble apprécier que je vienne lui dire bonjour, en lui caressant la tête. Je lui claque une bise, et je lui annonce que c'est l'heure de la lecture. Suit-il notre histoire ? Peut-être toi le sais-tu…

Noé, lui, adore. Mais il faut vite faire une pause, parce que tu en as assez. Assez de m'avoir sur le dos depuis des heures, tu as besoin que je m'éloigne un peu. Alors je vais me promener dans le service, à la rencontre de ceux que je connais. Ou bien je vais m'occuper du linge à trier quand il y en a. Ou bien encore, je joue un peu avec Noé. Je parle à Rihanna qui, de sa coque en plastique qui la maintient droite, m'adresse aussitôt un gigantesque sourire, je tente de dire un mot à Charlotte, souvent si nerveuse…

Je commence à les connaître, tous ces enfants. On ne m'en dit rien ou si peu, secret médical oblige, je suppose, mais je les vois tous les quinze jours, alors forcément, eux aussi doivent commencer à me reconnaître. Je ne pose pas de question, ne sais pas toujours quelle est la limite que je ne dois pas dépasser, les gestes que je peux m'autoriser.

Noé me suit partout. Mobile, à la différence de la plupart des autres enfants, il ne se prive pas de fouiller dans tous les coins, touche à tout. Quatre ans et demi, haut comme trois pommes et facétieux comme un petit lutin. En général, quand vient le soir et que je décide de monter dans la chambre parentale à l'étage supérieur, que j'ai préalablement réservée, je dois chercher ma petite valise à roulettes, ou mon bonnet, ou encore mon casque audio. S'il manque quelque chose dans le service, vous pouvez être sûr que Noé est passé par là !

Après un petit moment, je reviens te voir. Que veux-tu faire, Samy ? Sortir ? D'accord, on y va.

Tu veux rester dans la chambre ? Je m'allonge à côté de toi, et j'essaie de te masser, de te raconter ma vie. Je te montre ta vidéo préférée, « Les Télétubbies », la seule qui t'a jamais intéressé à ma connaissance, via ma tablette. Alors là, tu adores ! Tu te redresses, tu agites tes mains comme si tu allais t'envoler, tu fais des bruits de bouche qui signalent ton plaisir, et tu colles ton visage à l'écran. Puis tu recules un peu, et tu regardes, fasciné. Toujours le même épisode, avec les mêmes musiques. Noé aussi adore. Il nous rejoint et ne dit plus rien.

Puis vient l'heure du bain. Mon moment préféré. La baignoire de l'hôpital a rendu Marco jaloux de toi. Elle est immense, tu peux t'y allonger complètement. Il est même arrivé que Noé t'y rejoigne, et tu l'as accepté. Je fais couler l'eau, tu joues avec, jusqu'à ce qu'elle t'arrive au niveau des oreilles. Seuls ton nez et tes yeux dépassent. Tu dois entendre les sons atténués, et ça te détend.

Après un long moment, tu manifestes ton envie de sortir. Comme quand nous étions à la maison, je t'enroule de serviettes, et je t'allonge sur le lit voisin. Et on retrouve tous nos rituels : chansons, massages, jeux sous la serviette…

Nous retournons dans ta chambre, en attendant l'heure du dîner. Là, je laisse autant que possible les autres faire. Souvent, on me propose de te faire manger. Mais si les enfants ne réclament pas tous leur repas en même temps, je décline. J'ai passé tant d'années à lutter avec toi à chaque repas ! Pour les médicaments, c'est pareil. Si quelqu'un d'autre peut s'en charger, je le laisse faire. Je sais que de toute façon je serai obligée de m'y recoller lors des prochaines vacances scolaires, où je te ramènerai à la maison.

Je te couche enfin, et je vais dormir, moi aussi.

Demain ressemblera à aujourd'hui. Promenades, discussions avec les équipes, blagues avec les aides-soignants. Jérôme, Pierre, Jean-Luc ou Raynald sont là, et heureusement. Il en faut des hommes pour soulever ces enfants ! On me charrie sur la pluie que j'ai tendance à ramener un peu trop souvent de Paris.

Grâce à eux tous, je me sens soutenue, jamais seule. Sandrine, Valérie ou Corinne ne manquent jamais de m'envoyer des photos de toi sur mon téléphone. Combien de fois Martine ou Laurence ont-elles essuyé mes larmes au moment où je te quittais pour rentrer à Paris ?

Petit à petit, je m'y suis faite. Maintenant je ne pleure plus. Enfin presque plus.

Tu sembles t'être si bien habitué aux gens et aux autres enfants.

Ce matin, j'arrive de l'aéroport, et tout est calme dans le service. La plupart des enfants sont occupés en diverses séances : d'école, de kiné, cognitives...

J'ouvre la barrière qui permet d'accéder au couloir des chambres de ce côté du service. La porte de la tienne est grande ouverte.

Je n'ai pas encore franchi cette barrière que tu es déjà debout, les bras tendus vers moi, le sourire

Table

Table

Cet ouvrage a été composé et mis en pages
par ÉTIANNE COMPOSITION
à Montrouge.

aux lèvres ! Quelle merveille ! Quelle beauté ! Tu m'as reconnue, tout de suite, et tu n'as pas attendu. C'est toi qui es venu à moi, immédiatement !

Mamoun, soucieuse que tu ne suives pas assez de séances d'apprentissage depuis que tu vis à San Salvadour, devrait te voir ! Si ce ne sont pas des progrès, ça ! Je m'en fiche, moi, que tu ne parles pas, ne sois pas propre. Que tu sois capable d'aller vers les autres, de les regarder, et que tu souries suffira à mon bonheur. Enfin presque. Parce qu'à chacun de tes progrès un petit coin de mon cœur en espère d'autres...

Depuis ce raté de Noël, qui avait connu deux précédents pendant l'été, nous avons pris quelques décisions : après t'avoir dorloté, rassuré, permis de prendre tes marques, dorénavant San Salvadour va travailler pour que tu puisses à nouveau sortir de ton quotidien sans que cela soit douloureux pour toi et moi.

J'y crois. Je sais que ta vie n'est plus chez moi, mais je sais aussi, tu me l'as prouvé, que je compte pour toi. Que tu as besoin de moi. Hier soir encore, au téléphone, j'ai su te calmer, alors que depuis deux jours, tu es nerveux, irritable. Je t'ai parlé, tu as murmuré dans un souffle « ma... ma... ma... », et tu m'as écoutée te chuchoter des mots doux à l'oreille. Puis tu t'es endormi, enfin.

Aujourd'hui, tu souriais en m'entendant. Et tu m'as raconté ta journée :

— Bonsoir, mon Samychou... C'est maman... Ça va ?

— ...

— Vas-y, Samy, tu peux le faire... Dis-moi quelque chose...

— Tata... tatata... bahhhhh.

— Oui, bravo mon amour ! J'adore quand tu me parles, c'est bien... Il paraît que vous êtes sortis au soleil aujourd'hui ?

— Mmmmahh ! Bah... bah... tititiiiihh...

— Ah bon ? Ça avait l'air bien, dis donc !

Et notre conversation se poursuit.

Remerciements

Merci à Marie-Caroline, Ana-Maria, Mariama, Fatoumata, Angélique, Hakim, Catherine, Marianne, Camille, Ludivine, Anaïs… qui ont toujours, avec patience et amour, su s'occuper de Samy quand j'avais besoin de me reposer.

Merci à mes frères et sœurs de leur soutien.

Merci infiniment à vous, papa et maman. Je sais que j'ai été souvent dure, parfois injuste à vos yeux, que je peux l'être encore, mais vous avez toujours répondu présent, et ça vaut tout l'or du monde. Samy n'est pas comme tout le monde, mais il a des grands-parents, comme tout le monde.

Merci à Julien, Raymond, Estelle et Michel, au nom de tous les parents et enfants de l'association, et du mien 😃.

Merci à toi, Françoise, mon éditrice, pour ton soutien et tes encouragements durant la longue écriture de ce livre.

Merci à Richard, tu sais pourquoi.

Et merci à toi, Marco. Parce que tu as toujours été là, souvent malgré toi, et que ta présence à mes côtés est aussi ma force. Je t'aime.

Impression réalisée par

CPI
BRODARD & TAUPIN

La Flèche
en novembre 2015

Dépôt légal : septembre 2015
N° d'édition : 55182/07 – N° d'impression : 3014398
Imprimé en France